KB165324

어느
철학과
자퇴생의
나날

제11회 세계문학상 우수상

어느 철학과 자퇴생의 나날

김의 장편소설

나무옆의자

차 례

누가 우리 집 문 앞에 쓰레기를 버린다

탁상시계를 보니 오전 열시가 넘었다. 그러나 나는 침대에서 일어나지 않는다. 늙은 영화의 호출 전화도 없으므로 계속 늦잠을 잔다. 일어나기가 귀찮다. 지금 일어난들 딱히 할 일도 없다. 책상 앞에 앉아 고양이 그림을 그리는 것도 싫고 주방에 나가서 오므라이스를 해 먹는 것도 귀찮다. 굳이 할 일이라면 냉장고 문을 열고 레모네이드가 담긴 병을 꺼내 레모네이드가 얼마나 남아 있는지 확인하는 것뿐인데 그건 이따가 해도 된다.

엄마는 새벽에 퇴근하고 지금 엄마 방에서 잠을 자고 있다. 밤을 꼬박 새워서 일하느라고 고단했는지 깊이 잠을 잔다.

나는 다시 눈을 감는다. 그리고 얼마쯤 잤을까. 초인종 소리가 요란하게 들려온다. 나는 애써 귀를 막고 침대에서 꼼짝하지 않는다. 초인종 소리는 그렇게 한차례 요란하게 들려오다가 멈춘다. 집에 엄마가 있다는 걸 알고 있는 것이다. 나 혼자 있을 때는 막무가내로 계속 누른다. 이윽고 현관문 밖 복도에서 키득키득하는 웃음소리가 시작되더니 엘리베이터 쪽으로 멀어져간다. 다행히 엄마는 깊이 잠들어 그 악마들의 소리를 듣지 못했다.

오후다. 엄마가 출근하기 위해 일어난다. 엄마가 방문을 열고 엄마 방에서 나서려는데 엄마의 핸드폰 벨이 울린다. 엄마가 누군가와 통화를 한다. 목소리가 커진다. 이모와 통화를 하는 것이다. 엄마는 이모와 가끔 저렇게 싸우며 통화를 한다. 이모가 매춘을 하기 시작하면서부터다. 그런데 몇 달 전부터 그 강도가 훨씬 심해졌다. 엄마는 아예 대놓고 이모를 미워하고 싫어한다. 그래서 이모는 우리 집에 발길을 뚝 끊었다. 엄마가 "끊어!"라고 소리치더니 전화를 끊는다. 그리고 방을 나와 비좁은 욕실 겸 화장실로 들어간다. 머리를 감고 샤워를 한다. 한 시간쯤 후엔 예쁘게 화장을 하고 야자나무 모양의 귀고리를 달고 출근 준비를 마친다. 그리고 현관문을 열고 밖으로 나가더니 갑자기 나를 부른다.

"인우야, 이게 뭐냐?"

나는 귀찮은 듯 침대에서 일어나 밖으로 나간다. 엄마가 노란 비닐봉지를 들고 서 있다. 엄마의 얼굴이 잔뜩 일그러져 있다. 나는 노란 비닐봉지 안을 들여다본다. 쓰레기들이 잔뜩 담겨 있다. 나는 그 봉지를 복도 바닥에 내려놓고 손으로 쓰레기들을 헤집어본다. 엄마가 더럽다며 손으로 만지지 말라고 한다. 나는 슬리퍼를 신은 발로 쓰레기들을 헤집는다. 살코기를 모두 뜯어 먹은 치킨 뼈다귀, 손톱깎이에 잘려 나간 손발톱, 꼭지가 떨어져 나간 일회용 라이터, 깨진 소주병 조각, 흉측스러운 여자 머리카락 뭉치, 피 묻은 생리대, 담배꽁초와 망고 껍질, 찌그러진 맥주 캔, 아이스크림 종이, 고추장 범벅의 떡볶이 찌꺼기와 돼지 간을 비롯한 순대 찌꺼기 등이 고약한 냄새를 풍기며 뒤섞여 있다.

엄마가 얼굴이 하얘지며 너무도 어처구니없다는 표정을 짓는다.

"도대체 누가 이런 쓰레기들을 남의 집 문 앞에 버린 거야?"

엄마가 정말 황당하다는 듯 말한다. 그러면서도 손목시계를 본다. 나는 엄마에게 어서 출근이나 하라고 말한다. 엄마는 범인들이 누구인지 잠시 고민하는 표정을 짓더니 곧 카페 해바라기로 출근길을 서두른다. 엄마가 복도에서 사라진 뒤 나는 노란 비닐봉지를 묶는다. 그러다가 비닐봉지를 뚫고 나온 날카로운 소주병 조각에 손가락을 찔린다. 손가락에 핏방울이 맺힌다.

누가 쓰레기를 우리 집 문 앞에 갖다 놓았는지, 나는 안다.

혹시 엄마도 눈치를 챘을까.

개털 작업

아직 숨이 붙어 있다. 희한하다. 물에 적신 검은 비닐봉지를 너무 일찍 벗겨낸 걸까. 아직 살아 있다. 겉보기엔 미동조차 없어서 죽은 것 같은데 아직은 아니다. 콧구멍에서 미세하나마 온기가 느껴진다. 잉글리시코커스패니얼이다. 순종은 아니다. 꼬리가 아주 길다. 골든 레트리버의 꼬리를 닮았다. 그러나 얼굴과 귀와 주둥이, 털이며 체격 등 나머지는 영락없는 잉글리시코커스패니얼이다. 분명히 완벽하게 질식사한 것 같았는데 왜 아직 죽지 않고 있는지 모르겠다. 나는 아까 이곳에 오자마자 개가 질식사한 것을 확인하고는 개 머리에 씌워서 묶었던 검은 비닐봉지와 입마개를 벗겨냈었다. 내가 착각을 한 모양이다. 아무튼 이렇게 질식사시킨 것은 질식사한 개고기가 더 맛있어서가 아니라 달리 죽일 방법이 없어서다. 늘 사용해오던 동물 마취제는 얼마 전에 호되게 매스컴을 탄 후부터 구하기가 너무 까다로워졌다. 영화네식당 단골손님인 동물병원 원장도 선뜻 내주기를 꺼린

10

다. 매스컴에서 떠드는 이유는, 동물 마취제가 살인이나 성폭행 등 사회 범죄에 악용되기 때문이다. 어쨌든 그래서 나는 늙은 영화의 지시에 따라 부득이하게 질식사라는 방법을 택했다. 동물 마취제에 대한 매스컴과 사회의 관심이 잠잠해지면 다시 그것을 사용할 것이다. 나는 심약해서 개를 때리거나 목을 졸라서 죽이지는 못한다. 늙은 영화도 그렇게 개를 죽이지는 않는다. 그래서 질식사시키라고 하는 것이다. 늙은 영화는 질식사가 그나마 개를 한 생명으로 존중하여 최소한의 고통으로 죽게 하는 방법이라고 했다. 나는 작업용 목장갑을 벗는다. 담배를 꺼내 입에 문다.

해바라기밭은 어둡다. 인근 연립주택이나 어린이집 앞의 주택가, 그리고 멀리 공사장 뒤쪽 아파트 단지 등에서 저녁 불빛이 보이지만 그 빛은 해바라기밭까지는 오지 않는다. 그래서 나는 개털 작업을 할 때 이곳으로 온다. 영화네식당에서 물에 적신 검은 비닐봉지를 머리에 씌워 죽인 개를 여기로 싣고 와서 털을 그스는 것이다. 개 한두 마리를 작업하려고 매번 산이나 물가를 찾을 수는 없다. 그렇다고 주택가 어딘가에 몰래 숨어서 작업할 수도 없다. 사람들이 귀신같이 냄새를 맡고 경찰이나 동물 보호 단체에 신고를 하기 때문이다. 그만큼 개털 타는 냄새는 유난스럽게 표가 난다. 다른 동물들 털 타는 냄새와는 비교할 수 없을 정도로 역하다. 굳이 저녁에 개털 작업을 하는 이유는 한두 마리만 태워도 낮엔 잿빛의 뿌연 연기가 선명하기 때문이다. 밤에 하면 가스토치 불빛을 멀리서도 알아볼 위험이 있다. 어중간한 어스름의 저녁이 가장 좋다.

나는 다 피운 담배꽁초를 발로 비빈다. 작업복 바지 주머니에서 마스크를 꺼내 얼굴에 쓴다. 손에는 다시 목장갑을 낀다. 개의 마지막 숨이 끊어지길 기다리며 다시 손전등을 켠다. 그리고 중고 미니밴의 트렁크에서 작업 도구들을 꺼낸다. 벽돌들과 긴 쇠꼬챙이, 부삽, 쇠파이프, 부대, 휴대용 가스토치와 일회용 부탄가스, 제법 넓은 쇠그물 철판, 생수 한 통, 그리고 소화기다. 소화기는 불길이 발생할 경우에 대비해서다. 나는 부삽으로 항상 사용하는 구덩이를 다시 들춰낸다. 그리고 익숙한 손놀림으로 구덩이 양쪽 턱에 벽돌들을 쌓는다. 한쪽 턱마다 석 장씩을 한 묶음으로 나란히 세 묶음을. 양쪽 벽돌들 위엔 쇠파이프 세 개를 나란히 걸쳐놓는다. 쇠파이프를 걸쳐놓지 않으면 나중에 철판이 휘어질 수 있어서다. 마지막으로 쇠파이프 위에 쇠그물 철판을 올려놓는다. 개를 매달아놓으면 이렇게 번거로운 사전 준비 없이 아주 쉽게 작업할 수 있지만, 이곳에는 개를 매달아둘 만한 나무가 없다. 그리고 나무에 개를 매달면 혹시라도 멀리서 누군가가 목격할 수도 있다. 그나마 이곳은 개털 작업을 하기에 안성맞춤이다. 탈모기에 죽은 개를 집어넣고 개털을 뽑은 뒤 나머지 잔털은 가스토치로 그스는 것이 가장 빠르고 손쉬운 방법이다. 그러나 개털을 뽑는 탈모기는 미니밴에 싣고 다닐 수 있는 크기도 아닐뿐더러, 영화네식당에 있지도 않다. 굳이 탈모기를 사용할 만큼 많은 개를 잡지 않기 때문이다. 그래서 나는 시간이 좀 걸리더라도 처음부터 끝까지 가스토치로 개털 제거 작업을 한다. 뒤처리도 별로 번거롭지 않다. 작업이 끝난 뒤 벽돌들을 치우고 구덩이에 흙만 다시 덮으면 되기 때문이다. 안 덮어도 나중에 바람과 비가 감쪽같이 잔재들을 처리해준다. 필균이 아저씨와 홍 씨 할아버지, 연 씨 할아버지가 하루에도 몇십 마리씩 개를 도축하던 가야농원에 비하면 그야말로 일도 아니다. 더욱이 털만 그스는 작업이다. 죽은 개의 배를 갈라서 피와 부속물을 꺼내는 것도 아니고 몸뚱이를 조각조각 토막 내는 것도 아니다.

나는 죽은 개를 들어서 철판 위에 올려놓는다. 그리고 손전등을 비추어 개의 상태를 다시 한 번 살핀다. 아무리 여섯 살짜리 환견(患犬)이라지만 너무 볼품이 없다. 많이 말랐다. 갈비뼈가 앙상하게 드러나 있다. 원래 털이 많은 견종인데 털마저도 보기 흉할 정도로 듬성듬성 빠져 있다. 얼핏 보면 사상충에 걸린 듯도 한데 늙은 영화의 말로는 사상충은 아니란다. 그러나 정확한 병명은 늙은 영화도 모른다고 했다. 하긴 견주가 늙은 영화에게 개를 팔아넘기면서 정확한 병명을 말해주었을 리 없다. 개털이 빠진 곳에는 피고름이 묻어 있거나 피고름 딱지가 붙어 있다. 염증 자국들이다. 나는 개의 반쯤 뜬 눈에서 곰팡이가 난 밥알 덩어리 같은 눈곱을 떼어내고 마저 눈을 감겨준다. 눈알에 직접 가스토치의 파란 불꽃을 들이대는 것은 차마 하기 싫어서다. 다른 사람들은 어떤지 모르겠지만 내가 개털 작업을 할 때 가장 잔인하게 느껴지는 순간은 개 눈을 그슬 때다. 자칫 눈알이 타서 터질 수도 있다. 꼭 그런 이유가 아니더라도 죽은 생명에 대한 마지막 도리로 눈 정도는 감겨주어야 한다고 나는 생각한다.

나는 부탄가스가 장착된 가스토치의 손잡이를 열면서 불꽃을 점화한다. 이윽고 파란 불꽃이 강렬하게 뿜어져 나온다. 나는 죽은 개의 몸에 파란 불꽃을 갖다 댄다. 순식간에 털이 타들어간다. 쇠꼬챙이로 개의 다리를 들어 올리며 몸 구석구석을 샅샅이 그슨다. 털이 타자 가려져 있던 염증 자국들도 드러난다. 얼마나 피부염을 앓았는지 배꼽과

염증 자국이 구별이 안 갈 정도다. 불꽃의 화력에 바짝 오그라든 불알에도 염증 자국이 있다. 나는 염증 자국들을 더 바짝 그슨다. 이런 환견들은 대형견이 아니더라도 작업 시간이 더 걸린다. 더 꼼꼼하게 바짝 태워야 하기 때문이다. 식품 위생상으로도 그래야 하지만 늙은 영화가 나중에 손질하기가 수월하기 때문이다. 안 그러면 늙은 영화는 철수세미질을 적어도 한 번은 더 해야 한다.

한쪽 면이 다 그슬려지자 나는 개 몸뚱이를 반대 방향으로 뒤집은 후 다시 그슬기 시작한다. 잿빛의 뿌연 연기가 어두운 허공으로 쉴 새 없이 올라간다. 개의 머리를 그슬며 나는 쇠꼬챙이로 개의 입술을 벌려본다. 이빨도 워낙 부실하다. 부러지고 뽑히고 삭아서 성한 이빨이라곤 거의 없다. 여섯 해 평생을 사료 한 번 제대로 먹지 못하고 약으로만 살았을 것이다. 광견병 주사는 맞고나 살았는지 모르겠다. 늙은 영화 말로는 피부염뿐만 아니라 백내장과 지독한 장염에도 걸렸을 거라고 한다. 나는 다시 쇠꼬챙이로 개의 긴 귀를 쳐들어서 귀 안쪽을 바짝 그슨다. 귀 안쪽은 특히 지저분하고 각종 병균이 많아서다. 물론 나중에 늙은 영화의 식당에서 펄펄 끓는 물에 삶아지면 없어지겠지만. 먹는 사람들은 이런 사실은 모를 것이다. 나는 눈이 감긴 개의 머리도 다시 한 번 꼼꼼하게 바짝 그슨다. 그러다가 눈이 감긴 개의 얼굴에 문득 1505호에 사는 밤색 머리 남자아이의 얼굴이 겹쳐진다.

그 남자아이도 죽어서 눈을 감으면 영락없이 저 죽은 개의 얼굴일 것이다.

식당의 손바닥만 한 뒷마당에 미니밴을 세운다. 나는 차 트렁크에서 부대를 꺼낸다. 부대 속엔 아까 해바라기밭에서 개털 작업을 한 개가 들어 있다. 늙은 영화가 주방 뒷문을 연다. 나는 부대를 들고 식당 주방으로 들어가서 바닥에 까맣게 털이 그슬린 잉글리시코커스패니얼을 쏟아놓는다. 마치 나무로 만든 개 조각상 같다. 입은 반쯤 벌리고 눈을 감은 까만 나무 개.

"수고했어."

늙은 영화가 웃으며 내 엉덩이를 툭툭 친다. 나는 매번 늙은 영화가 내 엉덩이를 건드리는 것이 싫지만, 싫다는 반응은 보이지 않는다.

늙은 영화는 좀 무식한 여자다. 한글만 겨우 읽는다. 도대체 어떻게 운전면허증을 땄는지 신기하다. 늙은 영화는 삼십 년이 넘도록 간판도 없는 보신탕집을 했다. 서울에 이런 곳이 있다니, 문화재감이다. 식당 출입문 옆 벽면에 붙어 있는 지금의 하얀 종이 간판은 내가 써준 것이다. '보신탕 전문 영화네식당'. 늙은 영화가 혼자서 하는 식당이라 이렇게 쓴 것이다.

흔히들 병들거나 비쩍 마른 개의 고기는 맛이 없고 별로 먹을 것도 없다는데, 늙은 영화의 영화네식당엔 꾸준히 손님들이 온다. 참 신기할 정도다. 늙은 영화에게 무슨 특별한 조리 비법이라도 있는지 모르지만 여하튼 손님이 없어서 장사를 쉰 적은 없다. 단골손님인 탑골공원 할아버지들은 이곳이 다른 보신탕집보다 가격이 싸고 양도 많으며 특히 김치와 부추무침이 맛있다고들 한다. 그런데 그 단골손님들은 자신들이 먹는 개고기가 국내의 합법적인 도축장에서 가져온 위생적이고 건강하고 육질 좋은 최상품이 아니라는 것을 알고 있는지 모르겠다.

"아가씨처럼 곱상하게 생겨서 처음엔 이런 일을 못할 것 같더니만."

늙은 영화는 내가 작업한 개를 가져오면 대견하다는 듯 가끔 이런 말을 한다. 하지만 아가씨 운운하는 말은 무척 귀에 거슬린다.

"뭐 좀 먹고 가."

"됐어요. 그냥 갈게요."

"그래도 사내랍시고 고집은 있어, 홍."

늙은 영화는 더는 권하지 않는다. 내가 보신탕집에서 먹을 거라곤 아무것도 없다는 걸 알기 때문이다. 그래도 늙은 영화는 매번 빠트리지 않고 뭐라도 먹고 가라고 말한다.

나는 주방에서 간단히 얼굴과 손을 씻는다. 그리고 식당의 작은 방으로 들어간다. 손님들은 못 들어가는 늙은 영화의 개인 방이다. 즐비한 청바지며 이불이며 화장대가 있는 방이다. 나는 냄새나는 작업복을 벗고 내 옷으로 갈아입은 뒤 방에서 나온다. 작업용 운동화 대신에 내 운동화를 신는다.

"누나, 갈게요. 그리고 내일은 차에 기름을 넣어야 돼요."

"알았어. 아침에 내가 넣을게."

나는 늙은 영화를 누나라고 부른다. 늙은 영화가 그렇게 부르라고 해서다. 아르바이트를 처음 시작할 때 멋도 모르고 할머니라고 불렀다가 엄청 혼났다. 나는 주방 뒷문 앞에 서 있는 늙은 영화에게 손을 흔든다. 집으로 향한다.

구역질이 난다. 늙은 영화 때문이 아니다. 나는 보신탕집의 역겨운 냄새를 견디지 못한다. 길바닥에 게우고 싶은 충동을 참고 바쁘게 걷는다. 집에 가서 얼른 시원하고 상큼한 레모네이드를 마시고 싶다.

아빠와 엄마

나는 냉장고에서 레모네이드병을 꺼낸다. 조금밖에 남아 있지 않은 레모네이드를 유리컵에 따른다. 냉동실에서 얼음 몇 조각을 꺼내 레모네이드에 섞는다. 레모네이드를 마시자 구역질이 가라앉는다. 시원하다.

내 방에 들어와 다시 일상복으로 갈아입는다. 벗은 옷에선 영화네식당의 냄새가 난다. 늙은 영화의 냄새와 개고기 냄새. 물론 내 결벽증일 수도 있다. 그러나 기분이 찝찝한 것은 사실이다. 내가 고양이 그림을 그리는 책상 위엔 일회용 부탄가스가 장착된 휴대용 가스토치가 놓여 있다. 영화네식당에서 아르바이트를 시작하고 한 달쯤 지난 후에 몰래 훔쳐 온 것이다. 원래는 고양이 그림을 더 실감나게 표현하기 위해 훔쳐 온 것이지만, 그것의 파란 불꽃을 보고 있으면 왠지 1505호 악마가 조금은 덜 두려워진다.

엄마는 집에 없다. 카페로 일하러 갔기 때문이다. 엄마의 방은 깔끔하다. 이 세상 어떤 여자의 방보다도 깔끔하다. 오죽하면 예전에 이모가 엄마더러 "언니는 천생 여자야"라고 말했을까.

이모는 대치동의 오피스텔에 사는데, 이모가 그 말을 했을 때는 엄마와 이모가 아주 가깝고 절친하던 시절이었다. 당시 엄마와 이모는 성전환 수술에 대한 이야기를 많이 속닥이곤 했다. 어느 병원이 수술을 잘하는지, 레이저 제모 시술 솜씨는 물론 서비스도 좋은 병원은 어디인지, 성형수술도 잘해 트랜스젠더뿐 아니라 유명 연예인도 찾는 병원은 어디인지, 병원마다 가격 차이는 얼마인지 등등. 또 트랜스젠더들의 천국이라는 태국이란 나라에 대해서도 많은 얘기들을 주고받았다. 태국선 고등학교에 입학하자마자 자연스럽게 트랜스젠더가 되는 아이들이 많다는 소리도 했다.

엄마는 여자가 되기 위해 일찌감치 유방 성형수술과 목소리 변환수술, 목젖 제거 수술 그리고 레이저 제모 시술까지 했다. 엄마가 성기 수술을 했는지는 잘 모르겠다. 언젠가 한번 두 사람이 심각하게 성기 수술에 대해 속닥였는데, 내 방에 있는 나를 의식해서인지 목소리가 너무 작아 자세히 알아들을 수는 없었다. 다만 다른 트랜스젠더들과 이모의 성기 수술에 대해서 말하는 것만은 확실했다. 엄마는 해라, 이모는 안 해, 라고 하는 것 같았다. 아무튼 엄마는 그쪽 방면에 무척 관심이 많고 아는 것도 많았다. 특히 성전환 수술에 드는 비용에 대해 말할 때는 내 방에서 다 들릴 정도로 큰 소리를 내곤 했다. 그렇게 열을 낸 이유는 성전환 수술 관련 비용은 일절 건강의료보험 적용이 안 되기 때문이었다. 낡고 비좁은 아파트에서 꼬박꼬박 월세를 지불하며 가난하게 사는 우리 집에 대한 콤플렉스 때문인지는 몰라도 엄마는 그 비용에 관한 얘기만 나오면 열을 올리곤 했다.

　이모는 우리 집에 발길을 끊었다. 몇 달 전부터 우리 집에 오지 않는다. 무슨 일 때문인지는 몰라도 두 사람이 한번 대판 싸우고 나서부터 엄마가 이모를 몹시 싫어하게 되었기 때문이다. 요즘도 가끔 통화는 한다. 통화할 때마다 싸워서 그렇지.

　깔끔한 내 엄마는, 눈치챘겠지만 트랜스젠더다. 내가 어렸을 때는 아빠였던 사람이다. 내 아빠.

나는 오늘도 고양이를 그린다

아파트 복도에서 탁탁탁 소리가 난다. 줄넘기 소리다. 옆집인 1501호의 민경이 아빠다. 그는 다른 데도 아니고 꼭 자기 집 앞 복도에서 줄넘기를 한다. 하루도 안 거르고 줄넘기를 한다. 마치 줄넘기에 목숨을 건 사람처럼 줄넘기를 한다.

1501호 민경이네는 식구가 셋이다. 생활력을 상실하고 언제나 줄넘기와 담배로 살아가는 민경이 아빠, 거의 날마다 술에 취해 귀가해서 집안을 온통 뒤집어놓는 민경이 오빠, 그 오빠 때문에 걸핏하면 우는 민경이가 산다. 민경이는 만화가다. 아빠와 오빠를 위해 집안 살림을 하며 만화를 그린다. 애당초 민경이 아빠는 처자식과 떨어져서 혼자 살았다고 한다. 젊어서 하도 바람을 피우고 집에는 생활비도 안 주어서, 민경이 엄마가 자식들을 데리고 집을 나와 혼자서 갖은 고생을 하며 자식들을 키운 것이다. 그렇게 세월이 흐르다가, 민경이 엄마가 유방암에 걸려 죽기 얼마 전에 민경이 아빠는 다시 가족과 합쳤다. 주위에 그 많던 여자들은 다 떠나가고 손바닥만 한 사글세 쪽방에서 쓸쓸히 혼자 냄비에 라면을 끓여 먹고 겨울엔 얼어붙은 수돗물을 녹이며 손빨래를 하는 늙어버린 남편 모습이 너무 안쓰러워, 민경이 엄마가 용서하고 받아들인 것이었다. 민경이 아빠는 민경이 엄마가 살아 있을 때는 그럭저럭 자식들한테 가장 대접을 받았지만 민경이 엄마가 세상을 떠나자 사정이 달라져, 집 안에서 숨소리도 제대로 못 내며 산다. 젊어서 처자식을 내동댕이쳤던 죄책감 때문에 스스로 알아서 그러는 건지도 모른다. 어쨌거나 그저 자나 깨나 줄넘기만 한다. 그런 민경이 아빠와 민경이를 나는 하루에도 몇 번씩 마주친다. 워낙 말이 없는 민경이 아빠와는 본체만체 인사도 안 하며 지내지만 민경이와는 그런대로 인사를 하며 지낸다. 왜냐하면 민경이가 먼저 웃으며 인사를 하기 때문이다.

나는 레몬 세 개를 모두 반으로 가른다. 반으로 가른 레몬들을 노란 커피 잔처럼 생긴 레몬 과즙기의 돌출 부분에 끼워 눌러가면서 즙을 짠다. 레몬 향기가 잠시 머릿속을 맑게 해준다. 즙을 병에 붓는다. 그리고 사이다도 병에 붓는다. 비율은 1대 2. 나는 그 레모네이드병을 냉장고에 넣는다.

복도에서 줄넘기 소리 대신에 소란스러운 목소리들이 들려온다. 1505호의 밤색 머리 남자아이와 그 패거리 목소리다. 그 목소리 속에 민경이 목소리도 섞여 있다. 소란의 발단은 밤색 머리와 그 패거리가 민경이 아빠에게 손가락질을 하며 밤중에 아파트 복도에서 줄넘기를 하다니 돌았다고 말한 것이었다. 민경이 아빠가 두 눈을 부릅뜨는 바람에 시비가 붙었고, 민경이가 뛰쳐나와 밤색 머리와 그 패거리에게 거듭 사과를 요구했지만 그들은 끝내 사과를 거부하고 가래침만 뱉는다.

민경이가 민경이 아빠를 데리고 다시 1501호로 들어간다. 그런데 누가 1501호 앞에서 우리 집인 1502호 앞을 왔다 갔다 하면서 계속 우리 집 초인종을 누른다. 막무가내로 누른다. 우리 집에서 아무 반응이 없자 그 누군가가 아이들과 함께 키득키득 웃으며 엘리베이터 쪽으로 간다. 초인종을 누른 아이는 바로 1505호의 밤색 머리임을 나는 안다. 그 악마는 복도 쪽으로 난 내 방 창문 불빛을 보고 내가 집에 혼자 있음을 알고는 일부러 막무가내로 누른 것이다. 나는 그 밤색 머리와 패거리가 우리 집 초인종을 아무리 눌러도 한 번도 현관문을 열어준 적이 없다. 그 아이들은 1502호 초인종만 누른다. 대부분은 밤색 머리가 누르지만 어떤 때는 다른 아이가 누를 때도 있다. 밤색 머리와 그 패거리가 다른 집 초인종도 누르고 다닌다면 내 마음은 덜 아플 것이다. 하다못해 민경이네 집인 1501호 초인종이라도 누른다면 덜 힘들 것이다. 그러나 밤색 머리와 아이들은 1502호 초인종만 누른다.

1505호에 사는 밤색 머리 남자아이는 누가 봐도 첫인상이 불량스러워 보이는 열여덟 살가량의 청소년이다. 그런데 그 아이는 그런 자신의 모습을 무척 자랑스러워한다. 그래서 아무 데나 침을 뱉고 누구 앞에서든 거리낌 없이 담배를 피운다. 머리 스타일도 남달라서 앞이마를 덮은 약간 더부룩한 머리를 항상 밤색으로 염색을 하고 다닌다. 고등학교를 중퇴했고, 키는 180센티미터쯤 된다. 나보다 조금 크다. 몸이 마른 편이라 호리호리한 인상이다. 눈은 작은데 양쪽 눈꼬리가 유난히 아래로 처졌다. 보통 눈꼬리가 아래로 처진 사람은 순한 인상인데 밤색 머리는 안 그렇다. 눈꼬리가 유난히 처져서 그런 건지 아니면 내 선입견 때문인지는 몰라도. 그런 얼굴로 담배라도 입에 물면 더없이 불량스러워 보인다. 기분 나쁘게 쳐다보는 그 시선은 뭐랄까, 왠지 잔인하고 비열하고 음흉한 느낌이다. 웃을 때는 더 그렇다.

그 악마가 왜 우리 집 초인종만 누르는지, 나는 안다.

나는 책상 앞에 앉는다. 고양이 그림을 그리기 위해서다.

내가 고양이 그림을 처음 그린 것은 중학교 3학년 때였다. 트랜스젠더인 엄마 때문이었다. 엄마 때문에 생긴 지독한 우울함 때문에 이따금씩 넋이 나간 표정이 되면서 무심코 낙서 비슷하게 그리기 시작한 것이었다. 나도 모르게 까만 볼펜으로 고양이 얼굴을 그린 것이 시초였다. 그 후부터 마음이 괴롭거나 혼란스러울 때 혹은 심심할 때면 무의식적으로 고양이 그림을 그렸다. 무슨 피치 못할 운명처럼 고양이 그림을 그리기 시작한 것이다. 그러다가 대학교를 자퇴한 뒤부터 본격적으로 고양이 그림을 그렸다. 젊은 놈이 영혼의 빙하기를 살아가면서 달리 스스로를 위로할 길이 없어서였다. 지금까지 그린 고양이 그림은 수백 장도 넘는다. 나는 내가 탄생시킨 모든 고양이들을 사랑한다. 그 고양이들은 내가 힘들 때마다 나를 위해 태어났기 때문이다. 아이 러브 고양이들.

나는 책상의 통나무 필통 속에서 빨간 볼펜을 꺼낸다. 빨간 고양이를 그린다. 얼굴부터 빨갛게 그린다. 눈도 빨갛고, 코도 빨갛고, 귀도 빨갛다. 다리도 빨갛고, 발톱도 빨갛고, 털도 빨갛다. 엉덩이도 빨갛고, 꼬리도 빨갛다. 성기도 빨갛다. 민경이다. 빨간 고양이는 민경이다. 민경이는 홍대 앞을 좋아한다. 수많은 사람들이 붐비는 홍대 앞 길거리의 화장품 가게 앞에서 나를 기다리고 있다.

나는 통나무 필통 속에서 노란 볼펜을 꺼낸다. 노란 볼펜으로 빨간 고양이의 귀에 노란 별을 그려준다. 민경이는 노란 별 귀고리를 달았다. 이윽고 나는 노란 볼펜으로 노란 고양이를 그린다. 얼굴부터 노랗게 그린다. 눈도 노랗고, 코도 노랗고, 귀도 노랗다. 다리도 노랗고, 발톱도 노랗고, 털도 노랗다. 엉덩이도 노랗고, 꼬리도 노랗다. 성기도 노랗다. 바로 나다. 노란 고양이는 나다.

나는 수많은 사람들로 붐비는 홍대 앞으로 간다. 내가 인간일 때는 사람들 앞에 나서기가 싫어서 가지 않던 곳이다. 그러나 지금은 고양이이므로 활기차게 자신감이 넘치는 발걸음으로 간다. 즐비한 술집과 클럽과 카페와 식당과 옷 가게를 지나 화장품 가게 앞에 서 있는 민경이를 발견한다. 민경이는 노란 별 귀고리를 흔들고 빨간 꼬리도 흔들며 나를 반긴다. 나도 꼬리를 흔들며 민경이 엉덩이에 코를 갖다 댄다. 민경이의 빨간 엉덩이에서 야릇한 향기가 난다. 이어서 빨간 고양이인 민경이와 노란 고양이인 나는 잠시 길거리를 오가는 사람들을 바라본다. 사람들도 우리를 바라본다. 빨갛고 노란 고양이들이 홍대 앞에 나타난 것이다. 몇몇은 까르르 웃으며 우리의 머리를 쓰다듬어 주고 자신들이 먹던 쥐포를 뜯어 주기도 한다. 하지만 우리는 쥐포를 얻어먹으려고 홍대 앞에 온 것이 아니다. 나는 쥐포를 외면하고 혀를 내밀어 민경이의 빨간 얼굴을 핥는다. 눈도 핥고, 코도 핥고, 입도 핥는다. 민경이도 혀를 내밀어 나의 노란 얼굴을 핥는다. 눈도 핥고, 코도 핥고, 입도 핥는다. 나는 민경이의 빨간 엉덩이를 핥는다. 민경이가 빨간 꼬리를 바짝 쳐들며 엉덩이를 더욱 내 얼굴에 들이민다. 나는 민경이의 빨간 성기도 본다. 내가 인간이었을 때는 어림도 없는 일이다.

민경이가 다시 몸을 돌려 혀로 내 몸을 핥는다. 나의 노란 꼬리에 자신의 얼굴을 비빈다. 사랑한다는 뜻이다. 민경이는 나의 노란 엉덩이와 노란 성기에도 얼굴을 갖다 댄다. 민경이와 나는 섹스를 하기 시작한다. 즐비한 술집과 클럽과 카페와 식당과 옷 가게와 화장품 가게를 오가는 사람들이 우리의 섹스 행위를 바라본다. 호기심으로 바라보기도 하고, 더러는 멸시하듯 바라보기도 한다. 그러나 그들 중엔 우리를 부러워하는 커플도 있다. 하지만 우리는 그들의 감정에 전혀 개의치 않고 사랑을 나눈다. 내가 인간이었을 때는 불가능한 일이다. 그러나 지금은 고양이이므로 아무 상관이 없다. 조금도 부끄럽거나 창피하지가 않다. 사람들은 두 고양이의 사랑을 방해하지 않는다. 휴대전화 카메라로 사진이나 동영상을 찍기에 바쁘다. 설사 우리의 섹스 장면이 인터넷에 널리 퍼진다고 해도 민경이는 빨간 고양이이고 나는 노란 고양이일 뿐이어서 조금도 걱정하지 않는다. 나는 섹스를 멈추지 않는다. 나는 전혀 창피하지가 않다. 이 벅찬 심장의 자유와 황홀함을 어디에 비할까.

홍대 앞 길거리에서의 뜨겁고 질펀한 섹스가 끝난 뒤, 나는 젖은 팬티를 벗는다. 그리고 엄마 방을 지나 베란다로 가서 세탁기에 팬티를 넣는다. 세탁기를 돌린다.

내 방으로 돌아온 나는 빨간 고양이 그림과 노란 고양이 그림을 발기발기 찢어서 화장실 변기통 속에 버린다. 물을 내린다.

배가 고프다. 고양이를 그리고 나면 이상하게도 식욕이 생긴다.

나는 냉장고 문을 연다. 오므라이스를 만들 재료를 찾아본다. 김치와 버터뿐이다. 달걀이 없다. 그나마 토마토케첩이 있고, 채소 칸엔 쪽파 몇 줄기가 있다. 재료들을 다 꺼낸 후 신발장 옆 솥단지 위에 있는 바나나도 한 개 떼어낸다. 나는 마트에 가서 달걀을 사 올까 하다가 그냥 오므라이스를 만들기로 한다. 나의 오므라이스 레시피에서는 달걀이 크게 중요하지 않기 때문이다. 나는 배추김치를 도마 위에 올려놓고 잘게 썬다. 바나나도 껍질을 벗겨서 반 토막은 랩에 싸서 냉장고에 넣고 나머지 반 토막을 잘게 썬다. 쪽파 한 줄기도 잘게 썬다. 가스레인지의 불을 켠 뒤 프라이팬에 올리브유를 두르고 쥐똥만큼 남아 있는 버터를 긁어 넣는다. 그리고 김치와 바나나를 넣어 볶는다. 밥솥에서 밥을 퍼서 프라이팬에 넣는다. 김치와 바나나와 섞어가며 밥을 볶는다. 가스레인지 불을 끈다. 프라이팬의 볶은 밥을 접시에 담는다. 그리고 밥 위에 쪽파를 뿌린다. 토마토케첩도 그 위에 얹는다.

나는 오므라이스 접시를 들고 엄마의 방으로 들어간다. 안방이다. 우리 집엔 따로 거실이 없다. 비좁은 아파트라서 그렇다. 텔레비전이 엄마 방에 있기 때문에 나는 밥을 먹을 때면 곧잘 엄마 방으로 들어간다. 밥을 먹을 때는 텔레비전을 보는 습관이 있다. 아주 오래된 습관이다. 내가 어릴 때부터 엄마는 돈을 벌러 직장에 나갔기에 나 혼자 식사를 해야 했고, 그래서 생긴 버릇이다. 엄마는 '해바라기'에 출근하고 없다. 해바라기는 엄마가 일하는 곳이다. 오후에 출근해서 거의 밤새 일하는 카페다. 나는 텔레비전을 켜고 접시의 밥을 토마토케첩과 뒤섞은 후 한 숟가락씩 퍼먹기 시작한다. 뜨겁다.

텔레비전에선 홈쇼핑 광고를 하고 있다. 소고기갈비탕이다. 뚝배기에 펄펄 끓는 갈비탕이 담겨 있다. 한가족으로 분장한 출연자들이 아주 먹음직스럽게 갈비탕을 먹는다. 하얀 쌀밥을 말아서 입으로 호호 불어가며 세상에서 가장 행복한 표정으로 갈비탕을 먹는다. 나는 늙은 영화도 개고기갈비탕을 만들어 저렇게 홈쇼핑에서 판매를 하면 돈을 많이 벌 수 있지 않을까 하는, 말도 안 되는 생각을 해본다. 늙은 영화는 비록 합법적이지 않은 방법으로 개고기를 입수하지만 고양이 고기나 괴물 쥐로 불리는 뉴트리아 고기, 또는 밀항선으로 들여오는 중국, 베트남, 라오스 등의 개고기를 국내산 개고기로 둔갑시켜 비싸게 파는 비양심적인 사람은 아니니까. 그러나 늙은 영화는 자신의 청바지를 구입할 때 외에는 눈곱만큼도 홈쇼핑엔 관심이 없다. 작고 허름한 영화네식당으로 만족한다.

나는 채널을 돌린다. 개그 프로그램이다. 키가 작고 못생긴 여자 출연자가 키가 크고 잘생긴 남자 출연자에게 엉큼한 인간이라고 화를 내며 남자의 뺨을 때린다. 자신을 도와주는 척하며 가슴을 훔쳐봤다는 이유에서다. 그러자 남자가 황당한 표정을 지으면서 이게 무슨 개똥 같은 소리냐며 여자의 얼굴에 밀가루 세례를 퍼붓는다. 하얗게 밀가루를 뒤집어쓰고 엉엉 소리 내어 우는 여자를 보고 방청객들이 폭소를 터뜨린다.

핸드폰 벨이 울린다. 늙은 영화다. 오늘 장사를 마친 모양이다. 술을 한잔 걸친 목소리다. 늙은 영화는 하루 장사를 마치면 꼭 술을 한잔 마신다. 간혹 손님들이 남긴 수육도 처리할 겸.

"인우야, 뭐 해?"

"밥 먹어요."

"저녁? 이제서?"

"네."

"식당에서 먹고 가지."

"아니에요. 장사는 끝났어요?"

"응. 조금 아까."

"술 많이 먹지 마세요. 약도 먹으면서."

늙은 영화는 날마다 한 주먹씩의 약을 먹는다. 고혈압, 당뇨, 갑상선, 만성위장질환, 관절염 약. 내가 개털 작업을 하는 환견들보다 훨씬 많은 약을 먹으며 산다.

"너, 식당 올래?"

"지금요?"

"응. 지금 와."

"못 가요."

"안마 안 시킬게, 와."

늙은 영화는 내가 안마를 해주면 좋아한다. 어깨부터 팔과 다리, 허벅지까지 안마를 해주면 온갖 피로가 사라지며 시원하다고 한다. 그런데 나는 마음이 편치가 않다. 특히 허벅지를 안마할 때가 그렇다. 늙은 영화의 팬티 라인이 있는 부위까지 안마를 할 때는 고역이다. 그러나 늙은 영화는 아무렇지도 않다는 듯 그곳까지 안마를 하라고 성화다. 술이 거나하게 취했을 때는 아예 청바지까지 벗고 브래지어와 팬티만 입은 채 막무가내로 안마를 하란다. 그러면 나는 역한 개고기 냄새가 지독하게 밴 늙은 영화의 작은 방에서, 대문까지 꼭꼭 걸어 잠근 그 식당의 작은 방에서 늙은 영화의 몸을 주무르는 것이다.

늙은 영화는 죽은 할머니 같아서 안마를 해주는 것이다. 160센티 미터가량의 아담한 키, 약간 휘어진 코, 눈매 고운 웃음, 무엇보다 나한테는 자상한 말투가 어딘가 모르게 할머니를 닮았다. 물론 늙은 영화가 할머니보다는 나이가 한참 적다. 그리고 늙은 영화는 언제나 까맣게 머리를 염색하고 일을 할 때는 꼭 청바지를 입는다. 그녀에겐 청바지가 참으로 많다.

나는 오늘 밤엔 영화네식당에 갈 수가 없다고 말한다.

"알았어, 이놈아!"

늙은 영화는 마치 화가 난 듯 소리를 지른다. 그러더니 내일 저녁 내가 작업할 일거리가 생겼다며, 시끄럽다는 이유로 이웃으로부터 야구방망이로 두들겨 맞은 셰퍼드 얘기를 꺼낸다. 견주가 집에 없을 때 두들겨 맞았는데, 평소에도 그 개 때문에 두 집 사이에 싸움이 잦았단다. 다행히 죽지는 않았는데 그 이후로 계속 변을 못 봐서 견주가 동물병원에 알아보니 수술비가 수백만 원이라고 했단다. 그래서 수술을 포기한 견주가 늙은 영화에게 개를 가져가라고 전화를 했단다.

그런데 늙은 영화는, 그건 다 견주가 꾸며낸 거짓말이라고 못 박는다. 키우던 개가 병이 나서 더 이상 키우기가 싫어지자 억지로 꾸며낸 얘기라는 것이다.

늙은 영화는 다시 한 번 내게 안마는 안 시킬 테니 지금 당장 식당으로 오라고 하지만, 나는 내일 저녁에 가겠다고 말한다. 늙은 영화는 정말 화가 났는지 빽 소리를 지르더니 전화를 끊는다.

나는 어느새 식어버린 오므라이스를 마저 썹어 먹는다. 그리고 냉장고에서 레모네이드병을 꺼내 레모네이드를 한 잔 마신다.

악마는 나를 우습게 안다

핸드폰 벨이 울린다. 청주의 작은아빠다.

"인우냐? 지금 어디냐? 학교냐?"

"집인데."

"그래? 집에 너만 있냐?"

작은아빠는 대뜸 엄마의 부재 여부부터 묻는다.

"응. 나 혼자 있어."

그러자 작은아빠가 다소 목소리의 긴장을 푼다.

"그래? 너는 학교에 잘 다니고?"

"응."

나는 거짓말을 한다. 작은아빠는 내가 대학교를 자퇴한 줄을 모른다.

"건강은?"

"뭐, 좋아."

"대학교 다닌답시고 쓸데없이 친구들하고 술이나 마시러 다니고 그러면 안 된다. 알지?"

"응."

"다른 게 아니고, 네 할아버지 할머니 기일이 다음 주 화요일인데 너, 올 수 있냐? 여름방학은 했냐?"

작은아빠는 조부모의 제삿날을 알린다. 올해로 할아버지 기일은 12주기, 할머니 기일도 벌써 3주기다.

할머니는 내가 고등학교 3학년 때 하늘나라로 떠났다. 살아생전에 유독 나를 귀여워하고 사랑해주었다. 내가 다섯 살 때부터 할머니는 엄마는 철저히 외면하면서도 나만은 끔찍할 정도로 예뻐했다. 내가 초등학교에 다닐 때는 작은아빠가 학교로 와서 나를 할머니 집에 데려가고는 그날로 다시 우리 집에 데려다주는 심부름꾼 역할을 하곤 했다. 물론 엄마 몰래. 엄마는 그런 사실을 진작부터 눈치챘지만 나한테 단 한 번도 할머니를 만나고 왔느냐고 물은 적이 없었다. 대신 그런 날 밤에는 혼자서 소주를 마시며 나 몰래 울었다. 술이 들어갈수록 더 서럽게 울었다. 할머니가 돌아가셨을 때도 엄마는 대성통곡을 했지만 장례식에는 한걸음에 달려가지 않았다. 작은아빠와 얼굴을 붉히며 통화를 한 후에야 겨우 청주로 가서 짧은 문상을 하고 왔다. 나만 장지까지 갔다.

작은아빠는 자기가 전화했다는 얘기는 엄마에게 일절 하지 말라 하고는 다시 한 번 나의 참석 여부를 묻는다.

"갈게."

내 대답에 작은아빠는 미리 연락을 하고 오란다. 차를 갖고 터미널로 마중을 나가겠다면서.

전화를 끊자 고민스러웠다. 엄마는 내가 고등학교 1학년 때 혼자 할아버지 기일에 청주에 내려갔다는 걸 알고 나서부터 때가 되면 청주에 다녀오라고 먼저 말하곤 했다. 차비와 소고기값, 사촌동생들에게 줄 용돈까지 챙겨주면서. 따라서 청주에 내려가는 것은 별문제가 아니었다. 고민스러운 건 따로 있었다. 마침 토요일이라서 참석한 고등학교 1학년 때의 할아버지 기일에도 그랬고, 할아버지의 11주기이자 할머니의 2주기인 작년에도 그랬지만, 제사가 끝난 후 작은아빠네 집에서 하룻밤 잘 때가 문제였다. 작은아빠도 그렇지만 그 자리에 참석한 친척들이 음복주에 취하면 엄마 얘기를 꺼내는 것이었다. 듣기 좋은 소리가 아니고 아주 듣기 거북한 소리였다. 엄마가 어쩌다가 그 지경이 되었느냐는 얘기부터 원래는 조부모 제사도 엄마가 모셔야 하는데 참으로 통탄할 노릇이라는 등, 할아버지도 그렇지만 할머니마저 제대로 눈을 감았겠느냐는 얘기까지 온갖 듣기 거북한 소리를 늘어놓는 것이었다. 게다가 엄마와 똑같은 증상이었던 엄마의 당숙은 그래도 어린 나이에 죽어서 그나마 다행이라는 얘기까지 했다. 그러니까 그 당숙이 성주체성장애(생물학적 신체와 달리 인격적으로 자신이 반대의 성에 속한다고 생각하는 증상)를 극복하지 못하고 열여섯 살에 미쳐서 죽은 것을 다행이라고 말하는 것이었다.

그 당숙은 자신의 정신적 혼란 상태를 극복하지 못하고 기어이 중학교 2학년 때 자퇴를 했다. 그리고 나름대로는 치료를 받았다. 정신병원에 가서 의학적 치료를 받은 것은 아니고, 살고 있던 시골의 장로교회 목사가 수시로 찾아와 기도를 해주었다. 그러나 그 기도도 별 효험이 없자, 나중엔 어떤 친척 할아버지가 용하다고 말한 추풍령 아랫마을의 무당을 불러서 굿까지 했다. 장로교회 목사와 무당이 공통적으로 한 말은 당숙의 몸 안에 숨어 있는 귀신을 몸 밖으로 쫓아내야 한다는 것이었다. 도대체 그들이 말하는 귀신과 성주체성장애가 무슨 연관이 있는지는 모르겠지만. 그 당숙은 기도와 굿의 효험을 전혀 못 보았다. 그렇게 영혼 없는 청춘을 연명하던 당숙은 갑자기 며칠 동안 행방불명이 되었다. 그리고 저수지에서 물고기를 잡던 한 동네 사람이 거기 버려진 폐기물을 수거하다가 물속 돌 틈에 끼어 있는 당숙의 시신을 발견했다.

아무튼 그렇게 어린 나이에 죽은 그 당숙과는 달리 왜 엄마는 오래 살아서 가문에 평지풍파를 일으키느냐는 것이 친척들의 주장이었다. 나는 그런 얘기들이 역겨운 술 냄새 속에서 쏟아져 나올 때마다 당장이라도 뛰쳐나와 집으로 돌아가고 싶은 생각이 굴뚝같았지만, 어른들 앞에서 차마 그럴 수 없어서 간신히 참았었다. 그 거북하고 난감한 일이 이번 할아버지 할머니 제삿날에도 반복되지 말라는 법은 없다. 그래서 고민이다.

형벌이다. 트랜스젠더의 자식으로 살아간다는 것이 때론 너무 힘들다. 신은 인간을 창조할 때 장난기가 발동했던 모양이다. 남자를 만들어놓고 여자의 살가죽을 입혔으니 말이다. 여자를 만들어놓고 남자의 살가죽을 입혔으니 말이다. 인간이 스스로 그 살가죽을 벗으려면 얼마나 많은 피를 흘려야 하는지 정말 몰랐단 말인가. 신은 하필 왜 그런 장난을 부렸는지 모르겠다. 아니면 일부러 제3의 성을 만든 걸까.

나는 엄마를 무자비하게 성토하는 친척들 얼굴을 보는 것이 죽기보다 싫다.

"혹시 찬형이를 닮아서, 인우 쟤도 그 꼴이 나는 건 아녀?"

찬형은 엄마가 아빠였을 때의 이름이다. 작년에 들었던 그 술 취한 친척 노인의 말을 두 번 다시는 듣고 싶지 않다.

나는 작은아빠한테 전화를 해서 아무래도 아르바이트 때문에 청주엔 못 갈 것 같다고 핑계를 댈까 말까 고민한다.

나는 다시 침대에 눕는다. 침대가 삐걱거린다. 눕거나 일어날 때마다 침대는 삐걱거린다. 마치 내 몸의 뼈가 삐걱거리는 것만 같아서 기분이 씁쓸할 때도 있다. 중학교 2학년 때 산 침대다. 집안 형편에 비해 큰돈을 주고 산 침대다. 당시엔 침대가 크다고 느껴졌는데 이제는 비좁다. 하지만 침대를 바꿀 생각은 없다. 가난한 엄마에게 침대를 바꿔 달라고 말하기도 싫고 내 용돈을 모아서 침대를 바꾸고 싶지도 않다. 그럴 용돈도 없다.

얼마쯤 잤을까. 누가 초인종을 누른다. 나는 꼼짝하지 않는다. 귀찮기도 하고 현관문을 열고 얼굴을 내밀며 누구냐고 응대하기도 싫어서다. 그런데 초인종 누르는 소리가 귀에 익다. 등기우편물이나 택배처럼 급한 용무가 있어서 현관문까지 두드리며 요란하게 누르는 것도 아니고, 열어주면 좋고 안 열어줘도 그만이라며 그냥 무심히 눌러보는 종교 단체 사람들의 초인종 소리도 아니다. 30초씩 일정한 간격을 두고 몇 분 동안 계속 초인종을 누른다. 내가 집 안에 있다는 걸 알고 누르는 것이다. 다행히 1505호 악마는 아니다. 1501호의 민경이다. 그러나 나는 계속 꼼짝하지 않고 누워 있기만 한다. 내 방은 현관문 바로 옆이기에 방문 여는 소리는 말할 것도 없고 침대 삐걱거리는 소리도 그녀에게 들릴지 모르기 때문이다. 그녀는 나를 짝사랑하기 시작한 후부터 가끔 저런다. 며칠 전에는 자기가 만든 케이크라며 접시에 앙증맞은 우산 모양의 초콜릿 케이크를 가져왔다. 오늘은 또 무엇을 가져왔는지 모르겠다. 얼마 후, 그녀는 포기하고 내 방 창문 앞을 지나 1501호 현관문을 열고 들어간다.

귀찮을 때는 꼼짝 않고 현관문을 열어주지 않는 것이 상책이다.

다시 누웠는데 복도에서 고함 소리가 들려온다. 1505호다. 1505호 부모가 퇴근하고 집에 돌아와서 내는 소리다. 현관문을 열어놓았는지 꽤 크게 들린다. 밤색 머리 남자아이가 패거리 아이들과 또 어디서 술을 마신 모양이다. 부모가 밤색 머리에게 큰소리로 꾸짖고 밤색 머리는 되받아서 고함을 지른다. 1505호 부모는 갈현동에서 고물상을 한다. 양평 쪽에서 큰 갈빗집을 했었는데 이 년도 안 되어 쫄딱 망하고 빚까지 져서 이 가난한 아파트로 이사 온 뒤부터 고물상을 하는 것이다. 고물상은 원래 밤색 머리 엄마의 형부가 하던 사업이었다. 그 형부가 아파서 폐업을 할까 하다가 넘긴 것이다. 1505호 밤색 머리가 현관문을 부서져라 닫고 복도로 뛰쳐나오며 제 부모에게 또 뭐라고 고함을 지른다. 욕이다. 계속 욕을 하며 엘리베이터 쪽으로 가는 소리가 들린다. 밖으로 나갈 모양이다.

자기 부모한테도 욕을 하며 저렇게 대들 정도이니 나 같은 인간쯤은 얼마나 우습게 알까. 하긴 악마니까.

레모네이드를 한 잔 마시고 다시 얼마쯤 잤을까. 또 초인종이 울린다. 민경이다. 사람을 참 귀찮게 하는 여자다. 아까 한번 왔다 갔으면 됐지, 또 올 게 뭐람.

나는 현관문을 연다. 그런데 민경이가 아니다. 남자다.

남자는 엄마를 찾아오는 중년 사내다. 작년 겨울 크리스마스 무렵 어느 추운 날 아침에 엄마를 데려다준 후로 계속 찾아온다. 중년 사내는 복도 끝 1508호에 사는 여동생을 만나러 오는 길에 아파트 입구 도로에서 몹시 비틀대는 엄마를 발견했다고 한다. 처음엔 자주 찾아오는가 싶더니 봄이 되자 뜸했다. 그러다가 다시 발길이 잦아졌다. 행색으로 보아 그다지 돈이 있어 보이지는 않는다. 아주 꾀죄죄하진 않지만 윤기 나는 꽃중년도 아니다. 말투부터가 그렇다. 굳이 전체적인 분위기를 말하자면, 비 오는 날의 시골 들길 같은 남자다. 낭만적인 표현으론 그렇고, 이 거대한 도시에선 그다지 별 볼 일이 없어 보이는 남자란 뜻이다. 어쨌든 중년 사내는 잊을 만하면 찾아온다. 그런데 꼭 엄마가 해바라기로 출근한 시각에만 찾아온다. 왜 그럴까. 엄마를 만나려면 해바라기로 가야 한다. 그런데 굳이 집으로 찾아온다. 언젠가 한번 나는 그에게 말했다. 해바라기로 가보세요. 그랬더니 엄마는 해바라기에 없단다. 그게 무슨 말씀이냐고 물었더니, 해바라기에 갔더니 엄마가 없다고 하더란다. 그제야 나는 알았다. 엄마가 중년 사내를 피하고 있음을.

중년 사내가 슬며시 웃으며 나에게 인사를 한다. 나는 어색하다.

"엄마, 집에 없는데요."

"……없어?"

"네."

중년 사내는 실망한 듯 짧은 한숨을 내쉰다. 그러더니 눈빛이 슬쩍 바뀐다. 내가 거짓말을 하는 것은 아닌지 의심하는 눈빛이다. 나는 은 근히 기분이 나쁘다. 중년 사내는 다시 현관 바닥의 신발들을 내려다 본다. 바닥엔 내 신발 외에 엄마의 신발들도 있다. 빨간 운동화와 분홍 운동화 말고도 신발장에 못 넣은 하이힐들이 있다. 그는 고개를 들어 슬그머니 안방도 바라본다. 나는 점점 열을 받는다.

"해바라기로 가보세요."

"……없다는데."

"없대요?"

"……응. 출근을 안 했다고 하던데."

나는 참 난감하다. 이럴 땐 어떡해야 하는가.

"그럼 핸드폰을 해보세요."

"……안 받아."

당연히 엄마는 중년 사내의 전화를 피할 것이다.

중년 사내가 다시 짧은 한숨을 내쉬더니, 전처럼 고개를 떨구듯 가 볍게 인사를 하고는 돌아서서 조용히 복도를 걸어간다. 사내는 엄마 에게 단단히 빠져 있다. 쓸쓸한 중년 사내의 사랑.

엄마가 엄마와 이혼을 한 후, 저렇게 엄마를 쫓아다니는 남자는 처 음이다.

엄마와 여자

나는 엄마가 어떤 남자와 사랑을 하든 관심이 없다. 그것은 엄연히 엄마의 사생활이고, 나는 내 인생 문제만으로도 벅차다. 엄마가 설사 옛날의 엄마 같은 여자와 사랑에 빠진다고 해도 관심 없다. 물론 엄마가 다시 옛날의 엄마 같은 여자를 사랑하는 일은 없을 것이다. 그럴 바에야 애당초 엄마와 이혼을 하지 않았을 테니까.

지금의 엄마와 나를 낳아준 엄마 중에 누가 더 예쁜가 하면, 지금의 엄마다. 물론 나를 낳아준 엄마도 예쁘다. 내가 초등학교를 졸업하기 하루 전날 찾아와서 만났던 그 엄마는 옷차림은 그저 그랬지만 화장을 해서 그런지 예뻤다. 그래도 지금의 엄마가 더 예쁘다. 워낙 가꾸고 꾸며서 그런지는 몰라도 더 예쁜 것이다. 키도 170센티미터쯤 된다. 아빠였을 때의 키다. 그래서 동년배의 키 작고 뚱뚱한 중년 아줌마들과는 비교가 안 될 정도로 늘씬하다. 목소리도 영락없는 여자여서 얼마나 가늘고 섬세하고 톤이 높은지 모른다. 아무리 목소리 변환 수술을 했다지만 타고난 면도 있는 듯하다. 특히 엄마는 머리와 눈에 엄청 신경을 쓴다. 놀란 토끼 눈 같은 크고 동그란 눈(나도 닮았다)엔 언제나 긴 속눈썹이 보이는데 아주 매혹적이다. 피부도 날마다 장미꽃 물의 온천수로 목욕을 하는 것처럼 보드랍고 뽀얗다. 영락없는 여자 피부다. 그러니까 엄마는 원래 태어날 때부터 여자애처럼 예쁘게 태어난 것이 아니었을까. 그래서 어쩔 수 없는 운명에 따라 여자가 되고 지금의 엄마가 된 것은 아니었을까. 그렇다고 작은아빠한테 엄마의 어린 시절 모습이 정말 여자애처럼 예뻤느냐고 물어본 적은 없다. 죽는 날까지 물어보고 싶지도 않고. 할머니가 생전에 어린 시절 엄마가 꼭 여자애 같았다고 하신 적이 있었는데, 그것은 하는 행동이 여자애 같았다는 의미였지만 생긴 모습이 여자애처럼 예뻤다는 뜻도 조금은 포함되어 있었을 것이다.

나는 엄마가 이른바 신이 정한 윤리를 어기고 남자에서 여자가 되었다고는 생각하지 않는다. 엄마는 그저 본래의 모습인 여자를 되찾은 것뿐이다. 신이 엄마에게 운명이란 이름으로 잘못 입혀놓은 남자의 옷을 벗은 것뿐이다. 불편하고 거추장스러워서 그 옷을 벗은 게 무슨 잘못이란 말인가. 나는 엄마뿐만 아니라 세상의 모든 트랜스젠더가 그렇다고 생각한다.

내가 극심하게 방황하던 사춘기 시절부터 지금까지 엄마를 볼 때마다 이따금 두려운 것은 나도 혹시 엄마의 전철을 밟지나 않을까 하는 거다. 나는 트랜스젠더가 싫은 것이 아니다. 다만 엄마의 전철을 밟아 여자가 되는 것이 싫다. 여리고 곱상하고 섬세하고 부드럽고 예쁘다는 말이 싫다.

침대에 누웠다가 다시 일어나 책상 앞에 앉아 고양이 그림을 그리려고 하는데 엄마에게서 핸드폰 문자가 온다. 세탁기 옆 광주리에 담겨 있는 빨래를 건조대에 널어달란다. 나는 그러겠다는 답 대신 중년 사내가 엄마를 찾아왔었다는 문자를 보낼까 하다가 그만둔다.

나는 안방을 지나 베란다로 나간다. 세탁기 옆 광주리에는 빨래가 가득이다. 엄마가 세탁기에서 꺼낸 빨래를 미처 널지 못한 채 출근을 한 것이다. 화장하는 시간을 조금만 줄였어도 빨래를 널 시간이 있었을 텐데, 화장이 그렇게도 중요한가. 나는 갑자기 짜증이 난다.

나는 광주리에서 빨래를 하나씩 꺼내 탁탁 털고 건조대에 널기 시작한다. 브래지어와 팬티가 여러 장 보인다. 호기심에 잠깐 세어보니 브래지어는 두 장, 팬티는 여덟 장이다. 며칠 동안 빨지 않은 브래지어와 팬티를 한꺼번에 몰아서 세탁기에 넣은 듯하다. 꽃무늬, 나비무늬, 물방울무늬, 체크무늬, 그냥 원색인 팬티들. 엄마 양말은 보이지 않는다. 어디 있나 두리번거려보니 세탁기 위 선반 한쪽에 얌전히 모여 있다. 엄마는 무좀이 있어서 자기 양말은 다른 빨래와 섞어놓지 않는다. 엄마 발의 무좀은 아주 오래되었다. 왜 여태까지 치료가 안 되는지 그 이유는 알 수 없지만 엄마의 몸에서 유일하게 흠이라면 흠이다. 어쩌면 하이힐을 신고 다녀서 생긴 것인지도 모른다. 엄마는 해바라기로 출근할 때 언제나 하이힐만 신는다. 물론 다른 곳에 외출할 때도 하이힐을 신는다. 발가락이 드러나지 않는 하이힐. 어쩌다 해바라기 주인 남자랑 등산 갈 때만 빨간 운동화나 분홍 운동화를 신는다. 우리 집엔 신발장에 채 넣지 못한 갖가지 디자인의 하이힐들이 많다. 가난

해도 하이힐만은 많은 것이다. 엄마는 다른 여자들과는 달리 샌들이나 슬리퍼, 댄스슈즈는 별로 없다. 발가락이 드러나기 때문이다. 엄마는 아직도 발을 부끄러워한다. 보기 싫을 정도로 투박하거나 못생기지도 않았는데, 내가 볼 때는 여느 아줌마들 발보다 훨씬 가냘프고 예쁜데도 말이다. 그러나 어쩔 수가 없다. 엄마로서는 자기 발이 원래 남자 발이었다고 생각할 수밖에 없으니까. 그렇다고 엄마가 자기 발을 포기하고 발톱에 페디큐어를 하지 않는 것은 아니다. 1년 365일 발을 정성스럽게 씻고 색깔과 디자인을 바꾸어가며 페디큐어를 한다. 그래서 웬만한 여자들보다 발이 훨씬 예쁘다.

엄마는 양말도 10대 여고생들이나 20대 여대생들이 신는 것을 신는다. 사이즈가 작고 색상은 밝으며 심플하면서도 아기자기한 디자인의 양말을. 나이 쉰을 바라보는 마흔일곱 살 중년 여자의 양말치고는 봐주기가 좀 그렇다. 그러나 엄마는 스타킹을 착용하지 않을 때는 꼭 그런 양말을 신는다. 반면에 나는 양말을 별로 좋아하지 않는다. 양말 신는 걸 싫어하는 편이다. 나도 엄마처럼 발에 무좀이 있어서다. 엄마보다는 덜 하지만(엄마는 양쪽 발에 모두 무좀이 심하고, 나는 왼쪽 발의 첫째와 둘째, 셋째 발가락 사이에만 무좀이 있다) 양말을 신으면 무좀이 악화될까 봐 신경이 쓰여서다. 어쨌든 나는 엄마와는 반대로 양말 신는 걸 좋아하지 않는다. 고등학교 다닐 때는 학교에서 지적당하고 잔소리를 듣기 때문에 어쩔 수 없이 꼭 양말을 신었지만, 지금은 운동화를 신어도 그냥 맨발로 신는다.

비록 무좀은 있지만, 엄마가 머리를 감고 나와 헤어드라이어로 말린 뒤 정성스럽게 빗질을 하고 말아 올리는 모습을 보면 영락없는 여자다. 예쁜 에메랄드빛 액세서리 상자에서 머리핀들을 찾아 뒷머리에 꽂을 때는 아름답기까지 하다. 다른 여자들은 안 그런 것 같은데 엄마는 유난히 머리핀을 좋아한다. 목걸이나 반지, 귀고리보다 더 신경을 쓰는 것 같다. 해바라기로 출근할 때는 머리핀을 전혀 사용하지 않으면서도 유난히 머리핀을 모은다. 머리핀을 해야 진정한 여자 머리가 된다고 생각하는 것은 아닌지 모르겠다. 트랜스젠더의 일종의 콤플렉스 같은 걸까. 이유야 어떻든 나는 엄마의 그런 정성스러운 꾸밈을 볼 때마다 정말 태생적인 여자로 착각할 때가 많다.

나는 빨래를 다 널고 안방으로 들어온다. 엄마의 방은 언제나 깔끔하다. 작은 화장대에 화장품이며 향수병이며 미용 티슈며 기타 물건들이 아주 반듯하게 놓여 있다. 화장대 옆엔 자색 상자도 있다. 그 안에는 비록 길거리 손수레에서 산 싸구려들이지만 목걸이와 귀고리들이 담겨 있다. 목걸이보다는 귀고리가 훨씬 많다. 엄마가 예쁘게 머리를 꾸미고 화장을 하고 해바라기로 출근할 때는 귀고리를 한참 고른다. 날마다 새로 바꾸어 달고 해바라기로 간다.

엄마는 언제나 시내버스를 타고 카페 해바라기로 간다. 엄마는 차가 없다. 그 흔한 싸구려 중고차도 없다. 서울에서 바이러스 다음으로 넘쳐나는 것이 자동차이고, 어린아이와 노숙자와 장례식장의 망자만 빼고는 누구나 다 갖고 있다는 게 자동차인데 엄마는 자동차가 없다. 폐차 직전의 똥차조차 없다. 물론 나도 없다. 내가 개털 작업을 하려고 해바라기밭으로 끌고 가는 미니밴은 늙은 영화의 소유다. 엄마와 나는 단거리를 갈 때는 시내버스를 타고 장거리를 갈 때는 지하철을 타며 이 거대한 도시에서 요리조리 다람쥐처럼 살아간다. 자동차가 없어서 가끔 무시도 당하면서 말이다. 어디 가서 차가 없다고 하면 무슨 외계인 보듯 쳐다본다.

엄마가 대치동 이모와 절친했을 때는 이모가 차로 엄마를 카페 해바라기까지 바래다주었다. 이모는 엄마를 친자매처럼 따랐다. 그래서 바쁘지 않은 날엔 꼭 차를 갖고 와서 엄마를 태우고 해바라기로 갔었다. 이모는 엄마처럼 트랜스젠더다. 엄마보다 열네 살 아래인 서른세 살인데, 나이 차이가 많아서인지 아니면 같은 트랜스젠더라서 그런지 엄마를 무척 좋아하고 따랐다. 이모는 작년에 차를 바꿨다. 나는 직접 보진 못했지만 외제차라고 했다. 어쨌든 이모가 돈을 잘 버는 것은 사실인 모양이다.

엄마도 자동차가 있었다. 내가 아주 어렸을 때는 엄마가 운전하는 자동차를 세 식구가 타고 다녔다. 내가 다섯 살 때 엄마가 엄마와 이혼을 하기 전까지는 말이다. 엷은 진흙빛의 소형 승용차였다. 지금의 엄마가 운전석에 앉아 운전을 하고 조수석엔 이혼을 한 엄마가 타고, 어린 나는 조수석의 엄마가 안고 탈 때도 있었으나 서너 살 때부터는 뒷좌석에 혼자 탔다. 그렇게 세 식구는 해마다 몇 번씩 청주에 내려가곤 했다. 감나무가 많은 청주 시골집에 도착하면 할머니가 부엌에서 달려 나왔다. 할아버지는 때로 지붕 위에서 지붕을 고치다가 우리더러 왔느냐고 한마디 던지곤 했다. 그러면 운전석에서 내린 엄마는 사다리를 타고 조심스레 지붕 위로 올라갔고, 조수석의 엄마는 할머니를 따라 부엌으로 들어갔다. 나는 마당에서 친척 형이나 누나들을 졸졸 따라다녔다. 저녁이 되어서야 청주 시내에서 사는 작은아빠가 트럭을 몰고 도착하곤 했다. 작은아빠는 청주 시내에서 보일러 시공 가게를 했는데, 나를 보면 웃으면서 번쩍 안아 올렸다. 그러고는 트럭 짐 칸에서 돼지고기 삼겹살이 든 봉지와 작은엄마가 만든 짜면서도 달 달한 빵들을 내려놓았다.

우리 세 식구는 그 진흙빛 자동차를 타고 군포 외가에도 갔었다. 외 가엔 자주 가는 편이었다. 서울에서 가깝기도 하고 혼자 사는 외할머 니가 외로우실까 봐. 그러다가 운전석의 엄마가 조수석의 엄마와 이 혼하기 일 년 전쯤부터 군포로 가는 일이 뜸해졌다. 당시엔 나는 그 이유를 몰랐다.

그리고 엄마가 엄마와 이혼을 하면서 엷은 진흙빛 자동차는 온데 간데없이 사라졌다. 그 후로 엄마는 자동차를 갖지 않았다. 오늘날까 지 뚜벅이다.

이런 일은 있었다.

내가 고등학교 1학년 때였다. 학교가 걸어서 십오 분 정도 거리에 있었음에도 불구하고 나는 입학 시즌인 3월 한 달만 제외하고는 4월 부터 내내 지각을 했다. 3월도 사실은 날마다 뜬눈으로 밤을 지새우 다시피 하고는 학교에 간 것이었다. 담임선생님은 지각 대장인 내가 지각할 때마다 팔굽혀펴기를 시켰다. 삼백 번. 처음엔 팔이 떨어져 나 가는 것 같았지만 나중엔 그럭저럭 할 만했다. 생물을 가르쳤던 그 노 처녀 담탱이는 나중엔 나한테 협상을 제의했다. 지각을 안 하면 짜장 면을 사주겠다고. 그래서 나는 절대 지각을 하지 않겠다고 대답했다. 그러나 나는 대답과는 달리 계속 지각을 했다. 노처녀는 답답해서 미 치겠다고 했지만 나도 답답해서 미칠 지경이었다. 내가 지각을 안 할 수 없었던 것은, 엄마 때문이었다. 엄마는 해바라기에서 늘 새벽이 다

되어 퇴근하기 일쑤였고, 고단해서 이내 잠이 들면 아침에 나를 깨우지 못했다. 그렇다고 아침에 나 스스로 일어나기란 역부족이었다. 알람 소리도 소용없었다. 아침마다 그렇게 잠에서 헤어나지 못했던 이유는, 밤이 깊도록 잠을 못 자고 고민을 하기 때문이었다. 중학교 3학년 때부터 안개처럼 찾아온 삶에 대한 혼란스러움과 우울함 때문이었다. 공부와 친구들 때문에 받는 스트레스뿐만 아니라, 나도 혹시 엄마처럼 이다음에 트랜스젠더가 되는 것은 아닐까 하는 막연한 불안감과 두려움이 늘 밤잠을 방해했다. 몰래 담배를 아무리 많이 피워도 잠이 안 왔다. 고등학교에 진학해서도 지각은 계속 반복되었는데 엄마는 나의 지각 사실을 알지 못했다. 엄마가 한 번도 물어보지 않았고 나도 말하지 않아서였다. 아무튼 나는 담임선생님이 사주는 짜장면을 단 한 번도 얻어먹지 못하고 여전히 지각이었다. 그러다가 5월 중순 어느 날 아침에 평소처럼 지각을 해서 교문 옆 아카시아나무를 이용해 담을 넘다가, 때마침 아카시아나무를 지긋이 바라보며 시상에 잠겨 있던 (시인인) 교감선생님한테 딱 걸렸다. 그리고 그날 노처녀는 엄마한테 전화를 했다. 그 바람에 엄마가 학교에서 귀가하는 나를 기다렸다가 뜬금없이 자동차 얘기를 꺼냈다.

"인우야, 우리 집에도 차가 있으면 좋겠지?"

나는 엄마의 갑작스러운 말에 잠시 멍하니 서 있다가 말했다.

"갑자기 웬 차?"

"아니, 그냥. 그럼 엄마가 아침에 널 학교까지 데려다줄 수도 있고."

그러면서 엄마는 비로소 나의 지각 얘기를 꺼냈다. 내가 지각을 하는 것은 우리 집에 자동차가 없기 때문이 아니라 엄마가 나를 일찍 깨워주지 않기 때문이란 걸, 또 내가 지독한 우울감과 고민에 싸여 항상 밤늦게 잠들기 때문이란 걸 몰라서 한 소리였다. 어쨌든 나는,

"차 사."

그렇게 못을 박듯 말하고는 내 방으로 휭 들어가버렸다.

그러나 엄마는 자동차를 사지 않았다. 돈이 없어서이기도 했지만, 장기할부로 구입할 형편은 됐다 해도 엄마는 자동차를 살 수 없었을 것이다. 엄마의 주민등록번호 때문이었다.

그러나 그 당시 나는 그런 엄마의 아픈 비밀을 알지 못했다.

가끔은 레몬이 들려주는 자장가를 들으며 잔다

엄마의 성기는 어떻게 생겼을까.

엄마는 평소에 치마를 즐겨 입는다. 해바라기로 출근할 때는 짧은 스커트를 입고 집에선 약간 긴 치마를 입는다. 그래서 나는 본의 아니게 엄마의 치마 속을 볼 때가 있다. 엄마의 사타구니 부분에 있는 앙증맞고 예쁜 여자 팬티를 볼 때마다 엄마가 나처럼 남자 성기를 갖고 있다면 얼마나 불편할까, 꽉 조여서 얼마나 답답할까 하는 생각이 든다. 그러나 엄마의 표정은 전혀 딴판이다. 전혀 불편하거나 답답한 표정이 아니다. 홈쇼핑에서 배달되어 온 여자 속옷이 든 택배 상자를 뜯을 때마다 엄마는 행복해한다(브래지어와 팬티 세트는 엄마가 홈쇼핑에서 주문하는 유일한 상품이다). 엄마는 간혹 바지를 입을 때도 있는데, 그때 봐도 알 수가 없다. 만일 나처럼 남자 성기를 갖고 있다면 바지의 지퍼 부분이 조금은 볼록할 텐데 엄마의 바지 앞부분은 볼록한 것 같기도 하고 안 그런 것 같기도 하다. 꽉 조이는 바지가 아니라서 그런지 몰라도 알쏭달쏭하기만 한 것이다. 그렇다고 자꾸 그 부분만 몰래 관찰할 수도 없고.

그래서 나는 가끔 엄마의 성기가 궁금하다. 다섯 살 이후로 엄마와 단둘이 살면서 이제껏 엄마의 성기를 본 일이 없다. 엄마는 내가 어릴 때부터 목욕을 혼자 했고, 지금도 여전히 혼자 한다. 엄마는 나와 함께는 고사하고 혼자서도 대중목욕탕에는 가지 않는다. 집에서 혼자 몸을 씻는다. 비좁고 낡은 욕실 겸 화장실에서 내가 집에 없거나 잠을 잘 때 조용히. 엄마는 결코 내게 자기 알몸을 보여주지 않는다. 무슨 일이 있어도 보여주지 않을 것이다. 나 역시 엄마에게 함께 목욕하자고 한 적이 없다. 초등학교 2학년 때부터는 친구들과 대중목욕탕에 갔고, 좀 더 자라서는 혼자서 갔다. 지금은 대중목욕탕에 가지 않는다. 특별한 이유가 있어서 가지 않는 것은 아니다. 다만 다른 남자들이 내 성기를 허락 없이 훔쳐보는 것이 짜증 나서다. 마치 자신의 성기와 내 성기를 비교라도 하는 것만 같아서 불쾌하다. 내 성기가 그들의 성기보다 작은 것은 아니다. 아라비아 종마의 자지처럼 크지도 않지만 2,000원짜리 롯데햄 소시지보다 작지도 않다. 목욕탕에서 가장 보기 싫은 것은 내 옆에서 물을 끼얹던 남자가 자신의 성기를 태연하게 마구 주무르는 것이다. 도대체 씻는 것인지 자위행위를 하는 것인지 알 수가 없다. 아무리 목욕탕이라지만 다른 손님 옆에서 아무렇지도 않게 자신의 성기를 마구 주무르는 것은 이해할 수가 없다. 존경스러울 정도의 성기도 아니고, 그야말로 딱 한입 깨물어 먹고 남은 시들한 막대 어묵처럼 볼품없는 성기를 그렇게 주물러대다니. 냉탕 안에 들어가서 몰래 오줌을 누는 인간도 싫고, 용인지 뱀인지 문신을 한 몸으로 다른 손님들 앞에서 큰 소리로 떠들며 칵칵 가래침을 뱉는 양아치들도 싫다. 그래서 나는 엄마처럼 집에서 혼자 씻는다. 월세로 사는 소형 아파트의 비좁고 낡은 욕실이라고 해서 씻는 데 지장이 있는 것은 아니다. 전혀 불편하지 않다. 아무도 보는 이 없고 물만 잘 나오면 그만 아닌가. 어쨌든 나는 지금까지 엄마의 성기를 볼 기회가 없었다. 엄마의 불룩한 젖가슴 윗부분은 가끔 본 적이 있지만 성기는 보지 못했다. 엄마의 성기는 여자일까, 남자일까.

내가 고등학교 1학년 때, 지독한 유행성독감이 번져서 많은 학생들이 결석을 하거나 조퇴를 했던 적이 있다. 텔레비전 뉴스에 짧게 보도된 내용과는 달리, 유행성독감은 전국의 수많은 어린이들과 노약자들과 중고등학생들을 강타했다. 나도 하루는 열이 너무 심해서 결석을 했고, 엄마의 극진한 간호를 받으며 오전 내내 누워 있었다. 점심때가 지나자 엄마는 카페 해바라기로 출근을 했다. 나는 오후 늦게까지 내내 잠만 잤다. 내 의식의 날개는 심해보다 더 깊게 가라앉았다가 먼 우주의 까마득한 공간을 날아다니며 비몽사몽 식은땀을 흘렸다. 조금 과장해서 표현한다면 식은땀을 두 양동이는 흘렸을 것이다. 몸이 완전히 기력을 잃었다. 오줌이 마려웠지만 일어설 기운도 없었다. 그런데 갑자기 빵이 먹고 싶었다. 시원한 콜라와 함께 빵집의 모든 빵들을 닥치는 대로 먹고 싶었다. 특히 크로켓과 딸기크림빵이. 그렇다고 해바라기에서 한창 일하고 있을 엄마더러 지금 빨리 빵과 콜라를 사달라고 할 수는 없었다. 어떡하든 내가 사 와야 했다. 마을버스를 타고 전철역 근처에 있는 유명 빵집까지 가지는 못하더라도 아파트 단지에 있는 마트라도 가야 했다. 그런데 생각해보니 돈이 문제였다. 나는 돈이 없었다. 참고서를 산다며 엄마한테 타낸 돈은 모두 담배 사는 데 써버리고 없었다. 며칠 전에 대치동 이모가 집에 놀러 왔다가 준 용돈은 친구들과 함께 드나들던 자금성 외상값을 갚는 데 써버린 상태였고. 나는 엉금엉금 기어서 돈을 찾기 시작했다. 엄마의 돈이 어딘가에 있으리라 생각하고. 장롱부터 뒤졌다. 엄마에겐 미안했지만, 그런 걸 따질 여력이 없었다. 오로지 빵과 콜라가 먹고 싶을 뿐이었다. 뜻밖에도 일은 순조로워서 장롱 두 번째 서랍에서 엄마의 지갑을 발견했다. 엄마는 내가 엄마 지갑이나 뒤지는 불효자식은 절대 아니라고 생각하고 서랍에 지갑을 넣어둔 듯했다. 엄마가 손가방에 넣고 다니는 지갑과는 다른 지갑이었다. 그 지갑보다 낡고 훨씬 컸다. 검은 악어가죽 지갑이었다. 진짜 악어가죽인지 가짜 악어가죽인지는 몰라도 무늬는 틀림없는 악어가죽이었다. 지금은 사용하지 않는 듯한 오래된 지갑이었다. 지갑을 열어보니 작은 비닐봉투만 들어 있었고 정작 돈은 없었다. 실망이었다. 10원짜리 동전 한 개도 없었다. 문득 비닐봉투 안을 보니 몇 장의 사진이 들어 있었다.

모두 여섯 장으로, 엄마가 군대에서 복무하던 시절에 찍은 것들이었다. 철조망을 배경으로 총을 들고 서 있는 사진, 겨울에 완전무장을 하고 행군을 마친 뒤 지친 모습으로 동료 군인들과 찍은 사진, 부대 정문 앞에서 위병 완장을 차고 찍은 사진, 동료 군인들과 군대 체육복을 입고 찍은 사진, 부대의 가요경연대회에서 기타를 치는 동료 군인과 함께 노래를 부르는 장면을 찍은 사진, 상병 계급장이 달린 모자를 쓴 채 일병 계급장 모자를 쓴 군인과 함께 용산역 앞에서 찍은 사진 등이었다. 나는 엄마가 결혼 전 청년 시절에 군대에 갔다 왔다는 건 작은아빠에게 들어 알고 있었지만 그 사실을 증명하는 사진을 본 것은 처음이었다. 엄마는 평소에 단 한 번도 군대 시절 얘기를 한 적이 없었다. 나뿐만 아니라 누구에게도 군대 시절 얘기를 한 적이 없었다. 내가 초등학교 다닐 때 엄마가 예비군 훈련을 받으러 갔던 적은 있었다. 그러나 당시 나는 어려서 예비군 훈련이라는 것이 무엇인지도 몰랐고, 예비군 훈련에 갔다 온 엄마 모습도 그때 단 한 번밖에 보지 못했다. 나는 사진들을 도로 지갑에 넣고 지갑도 다시 서랍에 넣었다. 그러고는 손바닥만 한 방 곳곳을 다시 뒤졌다. 그러나 아무리 뒤져보아도 엄마의 돈은 발견되지 않았다. 그러자 더욱더 빵에 대한 갈망이 솟구쳤다. 아니 무엇이든 먹고 싶었다. 나는 주방으로 간신히 기어 나가서 빵 대신에 먹을 무언가가 없을까 하고 냉장고부터 시작해서 여기저기 뒤졌다. 그러나 라면 말고 아무것도 없었다. 나는 그 자리에서 라면 한 봉지를 부수어 스프를 뿌리고는 라면 조각들을 깨물어 먹기 시작했다. 고소했다. 정말 맛있었다. 나는 라면 한 봉지를 더 뜯어서 그렇게 날것으로 정신없이 깨물어 먹었다. 세상에서 그토록 맛있는 라면은 처음이었다. 이제 살 것 같았다. 깨질 것처럼 아팠던 이마의 열도 나도 모르게 가라앉았다. 다시 방으로 들어와 누웠다. 심심했다. 핸드폰으로 학교에서 수업 중인 친구와 문자질을 했다. 독일어 시간이라고 했다. 이십 분 정도 했을까, 친구에게서 갑자기 문자가 끊겼다. 선생님한테 걸린 것 같았다. 잠시 후 그 친구한테 전화가 왔다. 혹시 선생님에게 맞아서 다친 데는 없나 싶어서 나는 얼른 핸드폰을 받았다.

"너 이놈의 자식! 아프다고 결석했다더니!"

광분한 독일어 선생님이었다. 나는 얼른 전화를 끊었다. 학교에서 게슈타포로 불리며 악명을 떨치던 선생님이었다. 물론 한국인이었는데 내가 가장 싫어하는 선생님이었다. 고등학교에 입학한 뒤 최초로 나를 때린 선생님이었다. 입학하고 며칠 되지 않아 맞은 첫 독일어 시간에 칼로 책상을 파다가 걸린 것이었다. 아주 잠깐 딴생각을 하며 낯선 독일어 시간을 보내다가 그림자처럼 다가온 그 선생님한테 걸린 것이었다.

"이름이 이인우? 너는 왜 공부 시간에 공부는 안 하고 멀쩡한 책상을 파는 거냐? 왜? 너도 4대강 사업 하려고? 여기다가?"

그리고 앞으로 끌려 나가 엎드린 뒤 참나무 몽둥이로 엉덩이를 열 대나 맞았다. 죽는 줄 알았다. 나는 쓰러져서 한동안 못 일어났다. 학년 초라 본보기로 맞은 것이었다. 그런데 쉬는 시간에 옆줄에 앉아 있던 웬 뚱뚱한 아이가 다가와 자신이 핸드폰으로 몰래 찍었다며 동영상을 보여줬다. 그리고 게슈타포를 경찰에 신고하라고 했다. 동영상엔 내가 독일어 선생님한테 참나무 몽둥이로 한 대씩 맞을 때마다 교실 바닥에 맥없이 두 다리를 뻗고 쓰러지는 모습이 담겨 있었다. 마치 비오는 날에 장난꾸러기 아이들에게 막대기로 등짝을 후려 맞고 두 다리를 쭉 뻗은 개구리 꼴이었다. 뚱뚱한 아이는 나더러 병원에 가서 상해진단서를 끊고 게슈타포를 폭행죄로 고소하라고 부추겼다. 그러나 나는 고개를 가로저었다. 만일 경찰에 독일어 선생님을 고소하면 일이 커져서 엄마가 학교와 경찰서를 오가게 될 것이다. 그러다가 행여 엄마가 트랜스젠더라는 사실이 노출되면? 엄마에게도 큰일일뿐더러 나한테도 창피하기만 하고 좋을 건 없었다. 어쨌든 그날 이후 독일어 선생님은 나를 기억했고 나는 독일어 시간만 되면 죽을 맛이었다.

덕분에 독일어 시험은 한 번도 70점 이하를 맞은 적이 없었지만.

다시 심심했다. 나는 장롱 서랍 속의 엄마 사진들이 생각났다. 그래서 또다시 장롱 서랍을 열고 지갑에서 엄마 사진들을 꺼냈다. 물끄러미 바라보니, 사진 속 엄마 모습이 지금과 어쩌면 이렇게 다를 수가 있을까 싶었다. 아까 해바라기로 출근할 때 새 브래지어를 찾아서 가슴에 두르고 얼굴엔 예쁘게 화장을 한 엄마의 모습과 너무도 비교가 되었다. 아무리 세월이 흘렀다지만 도무지 다른 사람 같아 보였다. 나도 모르게 짧은 한숨이 새어 나왔다. 사진 속 엄마는 군복을 입고 나라를 지키는 씩씩한 남자이고, 해바라기로 일하러 간 엄마는 중년의 예쁜 여자였다. 그때부터 나는 불현듯 엄마의 성기가 궁금해졌다. 왜 갑자기 못된 불량 학생처럼 하필이면 그런 생각을 했는지 모르겠지만.

엄마는 지금도 여전히 아빠의 성기를 갖고 있을까. 내가 다섯 살 이전에 보았던 엄마의 성기는 소시지처럼 생긴 아빠의 성기였다.

배가 고프다. 아까 오므라이스를 먹었는데 또 오므라이스가 생각난다. 나는 오므라이스 돼지가 아닌지 모르겠다.

돼지면 어때. 곱상하고 여린 계집애보단 낫지.

나는 오므라이스를 해 먹기 위해 주방으로 간다. 냉장고 문을 연다. 오므라이스를 만들 재료를 꺼낸다. 김치와 랩에 싼 반 토막의 바나나뿐이다. 달걀이 없다. 그나마 토마토케첩이 있고, 채소 칸엔 쪽파가 몇 줄기 있다. 아까 상가의 마트에 가서 달걀을 사 올 걸 그랬다. 나는 그냥 오므라이스를 해 먹기로 한다. 나의 오므라이스 레시피는 달걀이 없어도 상관없다. 나는 배추김치를 도마 위에 올려놓고 잘게 썬다. 바나나도 잘게 썰고 쪽파 한 줄기도 잘게 썬다. 가스레인지의 불을 켠 뒤 프라이팬에 올리브유를 두르고 김치와 바나나를 넣어 볶는다. 밥솥에서 얼마 남지 않은 밥을 모두 퍼서 프라이팬에 넣는다. 그 밥을 김치와 바나나와 섞어가며 볶는다. 가스레인지 불을 끈다. 볶은 밥을 접시에 담는다. 그리고 밥 위에 쪽파를 뿌린다. 토마토케첩도 그 위에 얹는다.

나는 오므라이스 접시를 들고 엄마의 방으로 들어간다. 선풍기를 튼다. 선풍기 바람에서 엄마의 화장품 냄새가 풍긴다. 나는 텔레비전을 켠다. 뉴스다. 기초연금과 국민연금 얘기다. 나는 뮤직 채널로 돌린다. 아이유가 노래하고 있다. 나는 접시의 밥을 토마토케첩과 뒤섞은 후 한 숟가락씩 퍼먹기 시작한다. 뜨겁다. 아이유는 그런 내 모습을 바라보며 노래를 부른다. 나는 갑자기 저 예쁜 여자 인형이 갖고 싶다. 그러나 아이유는 대답도 안 하고 노래만 부른다. ……슬쩍 웃어줄 땐 나 정말 미치겠네 어쩜 그리 예뻐 babe 뭐랄까 이 기분 널 보면 마음이 저려오네 뻐근하게.

내 삶도 가끔은 저리고 뻐근하단다.

나는 오므라이스를 모두 먹지 못하고 3분의 1쯤 남긴다. 남은 오므라이스는 화장실 변기통 속에 버리고 물을 내린다.

내 방으로 들어와 삐걱거리는 침대에 걸터앉는다. 담배를 꺼내 피우기 시작한다. 창문을 열고 피울까 하다가 그냥 피운다.

담배를 반쯤 피웠을까. 복도 엘리베이터 쪽에서 고함 소리가 들려온다. 얼마나 술에 취했는지 여기저기 벽에 부딪히고 쓰러질 때마다 복도 바닥이 울린다. 1501호의 민경이 오빠는 저러지는 않는다. 아무리 밤마다 술을 마시고 한밤중에 귀가해도 저 정도는 아니다. 자기 집까지는 그런대로 얌전히 들어간다. 15층 아래로 뱉는 것인지 아니면 복도 바닥에 뱉는 것인지는 몰라도 기껏해야 요란하게 가래침을 두세 번 뱉는 정도다. 그리고 1501호에 들어가서야 본격적으로 집 안을 뒤집어놓고 급기야 민경이를 울리는 것이다. 나는 바로 옆에 딱 붙어 있는 이웃집이란 이유로 그 소음을 다 견디어내고 말이다.

그런데 지금 15층 복도에서 여기저기 벽에 부딪히며 고함을 질러대는 목소리는 1505호의 악마다. 밤색 머리는 아까 한 시간 전쯤에 자기 부모한테 술을 마셨다고 꾸중을 듣자 마구 화를 내며 자기 집을 뛰쳐나갔었다. 자기 부모에게 욕을 하며 엘리베이터를 타고 밖으로 나간 것이다. 그러고는 어디서 또 술을 마신 모양이다. 밤색 머리는 인사불성이 되어 좀체 자기 집을 못 찾고 있는 듯하다. 배 속이 부대끼는지 헛구역질을 해가며 소리만 질러댄다. 그러면서 이리저리 힘겹게 걸음을 옮긴다.

나는 내심 15층 어느 집에서 누군가가 나와 저 망나니처럼 술 취한 열여덟 살짜리 악마를 실컷 두들겨 패주기라도 했으면 좋겠다는 생각을 한다. 두들겨 패지 못한다면 밤색 머리를 질질 끌고 가서 부모에게 넘겨주기라도 했으면 좋겠다. 저러다가 밤색 머리가 갑자기 내 얼굴을 떠올리며 혹시라도 우리 집으로 쳐들어오지 않을까 겁이 나서다. 주먹으로 현관문을 마구 두드릴까 봐 겁이 나는 것이다. 그야말로 나로선 대책이 없는 것이다.

그런데 1505호 부모는 무엇을 하고 있는지 모르겠다. 피곤해서 벌써 잠이 들었나. 아무리 그래도 그렇지, 자기 자식 고함 소리도 못 들는단 말인가. 밤색 머리는 제풀에 지쳤는지 조금 조용하다가 다시 고함을 지른다. 나는 하다못해 관리사무소 사람이라도 와주었으면 하는 생각을 한다. 그러나 착한 것인지, 바보 같은 것인지 아니면 나처럼 두려워서인지 관리사무소에 신고하는 사람은 없는 모양이다. 1505호 부모 얼굴을 봐서 신고를 안 하는 이웃도 있을 것이고.

다행히도 어느 집에서 누군가가 나온다. 말소리를 들어보니 1504호 여자다. 대리 기사의 젊은 아내다. 60대 초반의 남편과는 나이 차이가 많이 나는데 그래도 남편보고 오빠라고 부른다. 어쩌다가 그 집 앞을 지나가다보면 "오빠, 고추장으로 볶을까?" "오빠, 똥 다 눴어?" 이런 식이다. 그러나 대리운전을 하는 남편의 직업상 밤엔 거의 혼자 지내는 여자다. 아기도 없다. 가끔 여자의 남편과 나이 차이가 별로 없는 친정엄마만 방문한다. 얼핏 보면 여자의 남편과 친정엄마가 부부 사이 같고 여자는 딸 같다. 여자가 1504호와 1505호 사이의 엘리베이터 쪽 벽에 기대어 있음직한 밤색 머리에게 다가가 몇 마디 말을 건넨다. 그러나 밤색 머리는 횡설수설이다. 여자가 다시 1505호 쪽으로 걸어간다. 그리고 초인종을 누른 모양이다. 1505호에서 밤색 머리의 엄마가 나온다. 그녀가 이놈의 새끼 때문에 못사네 어쩌네 하며 부리나케 엘리베이터 쪽으로 가서 다짜고짜 큰 소리로 윽박지르며 자기 자식을 일으켜 세운다. 제풀에 지쳤는지, 밤색 머리가 별 저항 없이 자기 엄마에게 떠밀려 1505호로 들어간다. 이윽고 1504호 현관문도 닫힌다. 착한 여자다. 15층의 1501호부터 1508호까지 여덟 가구 중에서 유일하게 1505호 밤색 머리에게 소음 거부권을 행사하기 때문이다. 그 덕분에 나머지 이웃들이 밤색 머리의 소음 공해를 덜 받는다. 이 아파트 동네에선 정말 훌륭한 여자인 것이다.

　나는 잠시나마 가슴을 졸이며 긴장했던 마음을 푼다. 악마 때문에 가끔 이러는 내가 싫다. 그러나 어쩔 수가 없다. 이 허름한 아파트 동네에서 이사를 가지 않는 한은 말이다.

　나는 담배를 한 개비 더 피운 뒤 책상 앞에 앉는다. 그리고 책상의 통나무 필통 속에서 까만 볼펜을 꺼낸다. 까만 고양이를 그린다. 얼굴부터 까맣게 그린다. 눈도 까맣고, 코도 까맣고, 귀도 까맣다. 다리도 까맣고, 발톱도 까맣고, 털도 까맣다. 엉덩이도 까맣고 꼬리도 까맣다. 성기도 까맣다. 1505호의 밤색 머리다. 까만 고양이는 밤색 머리다. 밤색 머리는 뒷골목을 좋아한다. 신당동의 어느 공업고등학교로 가는 지름길인 뒷골목이다. 그 공업고등학교까지의 거리는 불과 100미터도 안 된다. 밤색 머리는 그 뒷골목에서 나를 기다리고 있다..

　나는 통나무 필통 속에서 노란 볼펜을 꺼낸다. 노란 볼펜으로 까만 고양이의 입에 노란 막대사탕을 그려준다. 밤색 머리는 노란 막대사탕을 입에 물고 있다. 밤색 머리는 담배를 입에 물고 있지 않을 때는 항상 막대사탕을 빤다. 이윽고 나는 노란 볼펜으로 노란 고양이를 그린다. 얼굴부터 노랗게 그린다. 눈도 노랗고, 코도 노랗고, 귀도 노랗다. 다리도 노랗고, 발톱도 노랗고, 털도 노랗다. 엉덩이도 노랗고, 꼬리도 노랗다. 성기도 노랗다. 바로 나다. 노란 고양이는 나다.

　나는 피시방을 지나고 족발집을 지나 뒷골목으로 들어간다. 내가 인간일 때는 세상에서 가장 낯설고 무서워서 결코 가지 않던 곳이다. 그러나 지금은 고양이이므로 활기차게 자신감 넘치는 걸음으로 들어간다. 뒷골목의 폭은 2미터가 채 안 된다. 두 건물 사이다. 한 건물은 3층이고 또 다른 건물은 5층이다. 3층 건물의 1층은 족발집이다. 5층 건물의 1층은 공인중개사 사무실이다. 이 뒷골목에서 북쪽 방향으로 빠져나가면 4차선도로가 나오고 그 도로를 가로지르면 곧바로 공고 후문이다. 공고 옆은 중학교다. 같은 학교 법인의 중학교다. 간혹 그 중학교 학생들이 뒷골목을 이용하기도 하지만 아주 극소수다. 간이 통통 부은 애가 아니면 중학생은 물론 공고생도 이 뒷골목에 얼씬거리려 하지 않는다. 뒷골목 주인들에게 얻어맞거나 물건을 빼앗기거나 돈을 뜯기 때문이다. 빼앗기는 물건은 운동화, 담배, 라이터, 일회용 반창고, 핸드폰, 황사 마스크, 유성 매직펜, 셔츠, 교복 넥타이, 비타민, 과자, 청소년증 등등 거의 모든 것이다. 심지어 학생증과 안경도 뺏긴다. 학생증은 며칠만 빌려달라며 빼앗고, 안경은 색상과 디자인이 너하고는 안 어울린다며 빼앗는다(청소년증과 학생증은 그 양아치들이 범죄를 저지를 때 도용하려고 빼앗는 거겠지만, 남의 도수 있는 안경은 빼앗아서 도대체 어디에 쓰는지 궁금하다).

이 뒷골목 주인들은 주로 공고 일진회나 공고를 중퇴한 아이들이다. 그들이 자기 학교 동급생들이나 후배들의 물건을 빼앗는 것이다. 중학교의 어떤 처녀 선생님은 멋모르고 이곳을 지나가다가 긴 머리와 엉덩이에 봉변을 당하기도 했다. 밤색 머리는 이 뒷골목을 좋아한다. 그의 서식지다.

나는 밤색 머리를 발견한다. 밤색 머리는 막대사탕을 빨며 내게 다가온다. 나는 도망가지 않는다. 솔직히 겁이 나기는 하지만 절대로 뒷걸음질 치지 않는다. 내가 인간이었을 때는 어림도 없는 일이다. 그러나 지금 나는 노란 고양이로서 까만 고양이가 결코 두렵지 않은 것이다. 다른 고양이들이 우리를 바라본다. 까만 고양이와 함께 뒷골목을 서식지 삼아 살아가는 패거리다. 하나같이 나를 가소롭다는 듯 바라보며 웃고 있다. 까만 고양이가 노란 고양이인 나를 한입에 물어 죽이고 짓밟아버릴 것이기 때문이다. 그러나 나는 결코 그 고양이들의 비웃음에 주눅 들지 않는다. 이윽고 까만 고양이가 막대사탕을 던져버리더니 날카로운 이빨과 발톱을 드러내며 나에게 달려든다. 마치 거대한 괴물이 달려드는 것 같다. 그러나 나는 당황하지 않는다. 도망가지 않는다. 내 손에는 영화네식당에서 훔친 휴대용 가스토치가 있기 때문이다.

나는 일회용 부탄가스가 장착된 가스토치를 재빨리 점화한다. 순간, 까만 고양이가 깜짝 놀라며 멈칫한다. 그러나 때는 이미 늦었다. 나는 까만 고양이를 향해 가스토치의 파란 불꽃을 쏘아댄다. 순식간에 까만 고양이의 털이 타들어간다. 머리부터 꼬리까지 온몸의 털이 탄다. 역겨운 냄새가 진동한다. 너무 순식간에 벌어진 일이라 밤색 머리는 도망갈 엄두도 못 내고 제 몸의 불을 끄기에 바쁘다. 고통스러운지 비명을 지른다. 나는 밤색 머리가 저렇게 허둥지둥 발버둥을 치는 모습이 우습기까지 하다. 우리를 바라보던 다른 고양이들도 놀라기는 마찬가지다. 그러나 어느 고양이도 나에게 달려들어 가스토치를 빼앗거나 밤색 머리를 구해주지는 않는다. 파란 불꽃이 너무 무섭기 때문이다. 더러는 도망을 가기까지 한다.

밤색 머리의 몸이 새까맣게 그슬려 숯덩이처럼 변한다. 그러나 죽지는 않는다. 아직 숨이 붙어 있다. 나는 가스토치의 화염 분출구로 밤색 머리의 몸을 툭툭 친다. 저항하지 않는다. 약간의 움직임도 없다. 혼절한 상태다. 저렇게 그대로 놔두면 곧 죽을 것이다. 나는 밤색 머리의 얼굴을 본다. 역시 새까맣게 그슬렸다. 그런 밤색 머리의 얼굴이 흉측스럽다기보다는 어딘가 낯설어 보인다. 평소의 악마 얼굴이 아니기 때문이다. 밤색 머리의 콧구멍과 입에선 피가 섞인 콧물과 침이 흘러나온다. 나는 밤색 머리의 성기를 본다. 타서 바짝 오그라들었다. 그리고 항문에는 똥이 나와 있다. 뜨거워서 무진장 놀란 모양이다. 이렇게 밤색 머리의 똥까지 보다니 가슴 한구석이 시원하게 뻥 뚫리는 느낌이다.

나는 다시 가스토치의 파란 불꽃을 점화한다. 그리고 밤색 머리의 얼굴을 향해 불길을 갖다 댄다. 내가 인간이었을 때는 도저히 할 수 없었던 일이다. 그러나 지금은 고양이이므로 할 수 있다. 나는 파란 불꽃의 방향이 밤색 머리의 눈으로 향하게 한다. 밤색 머리의 눈이 또 한 번 타기 시작한다. 너덜해진 눈꺼풀이 마저 탄다. 이윽고 눈알이 타기 시작한다. 강렬한 파란 불꽃을 견디지 못한 눈알이 그만 터져버린다. 밤색 머리의 터진 눈알에서 지지직 소리와 함께 액체가 흘러나온다. 밤색 머리가 내게 흘리는 눈물이다. 용서를 구하는 항복의 백기다. 아, 이 벅찬 심장의 자유와 황홀감을 어디에 비할까.

뒷골목에서 나오니, 어느덧 새벽 두시가 되어간다. 나는 책상 앞에서 일어난다. 까만 고양이 그림과 노란 고양이 그림을 발기발기 찢어서 화장실 변기통 속에 버린다. 물을 내린다. 그리고 주방으로 나와 냉장고에서 레모네이드병을 꺼낸다. 레모네이드를 한 잔 마신다.

나는 삐걱거리는 침대에 벌렁 드러눕는다. 레몬이 들려주는 자장가에 배 속이 상쾌해지면서 마음이 고요해진다.

오므라이스가 식어갈 때

핸드폰 벨소리가 몇 번이나 반복된다. 나는 간신히 눈을 뜬다. 늦은 영화다. 핸드폰으로 시간을 확인하니 아침 열시가 넘었다.

"아직도 한밤중이니?"

"아뇨. 일어났어요."

"아침밥은?"

"아직요."

"그럼, 빨리 밥부터 먹고 식당으로 와. 아니면 식당에 와서 먹든지."

"아뇨. 먹고 갈게요. 그런데 왜요?"

"어젯밤에 내가 얘기한 그 셰퍼드 말이야, 일찍 좀 가져와야겠다. 개 주인이 낮에 급한 볼일이 있댄다. 개 주인이 있을 때 가야지."

"알았어요."

나는 전화를 끊고 조금 더 침대에 누워 있다가 일어난다. 한 시간만 더 자고 일어나면 좋겠지만 어쩔 수가 없다. 담배를 피우며 정신을 차린다.

나는 욕실 겸 화장실로 가기 위해 방을 나선다. 엄마의 방을 바라보니 엄마는 자고 있다. 해바라기에서 언제 돌아왔는지는 모르겠다. 아마 새벽이나 이른 아침에 들어왔을 것이다. 내가 새벽 두시까지 잠을 안 잤으니까. 주방 개수대 옆엔 하얀 비닐봉지가 놓여 있다. 안을 들여다보니 레몬주스 캔들이 들어 있다. 내가 레모네이드를 물 삼아 마시니까 엄마가 사 온 것이다. 퇴근길에 편의점에 들렀거나 아니면 해바라기에서 파는 걸 계산하고 가져왔을 것이다. 하지만 나는 레몬주스 캔을 좋아하지 않는다. 캔 특유의 싸늘함이 싫고 맛도 상큼하고 시원하다기보다는 지나치게 달기만 하다. 그러나 나는 엄마가 사 오는 레몬주스 캔을 버리지 않고 마신다. 특히 담배를 피워서 목구멍이 깔깔한데 만들어놓은 레모네이드가 다 떨어졌을 때 마신다. 그래서 엄마는 내가 레몬주스 캔을 좋아하는 줄 안다. 엄마에게 레몬주스 캔은 안 좋아하니까 사 오지 말라는 말은 하기 싫다. 왠지 그렇다. 나는 하얀 비닐봉지에 담긴 레몬주스 캔들을 냉장고에 넣는다.

나는 변기통에 앉아 볼일을 본다. 설사는 아니다. 어젯밤에 그런대로 잘 잤기 때문이다. 나는 신경을 많이 쓰고 잠자리에 들면 꼭 설사를 하곤 했지만, 레모네이드를 마신 후부터 그 증세가 호전되었다. 그 전에는 지사제를 먹었다. 지겹도록 먹었다.

"병원에 한번 가보시지 그러세요?"

상호만 푸른, 아파트 단지 입구의 '푸른 약국'에 갈 때마다 여자 약사가 그렇게 말하는 것이 너무 듣기 싫었다. 가까운 맛에 가는 그 약국의 약사는 나를 단골손님으로 생각해 걱정되어 그렇게 말하는 것이 아니었다. 나를 한심한 인간으로 생각하고 하는 말이었다. 나이도 젊은 애가 무슨 설사를 그렇게 자주 하느냐, 하루도 쉬지 않고 미친놈처럼 술을 마셔대는 건 아니냐는 투였다. 나는 그녀의 말투 이면에 감춰진 조소를 몇 번이나 읽었다. 그리고 그 약국에서 지사제를 사서 나올 때마다 이상하게도 아파트 앞에서 꼭 1505호 밤색 머리 패거리와 마주쳤다. 무슨 끔찍한 우연처럼.

변기통 정면 벽면에는 보리의 사진이 붙어 있다. 보리는 내가 처음으로 사랑했던 고양이다. 사진은 보리가 한창 자랄 때 찍은 것이다. 유일한 사진이다. 내 방 책상 앞에 놓여 있던 것을, 혹시 엄마도 보리가 보고 싶지 않을까 해서 욕실 겸 화장실로 데려왔다. 보리는 수컷이었다. 아파트 사람들 중에 누군가가 버린 유기 고양이였다. 누군가가 아직 새끼였던 보리를 컵라면 상자에 담아 경비원 아저씨가 없는 틈에 슬그머니 경비실 옆에 버린 것이었다. 당시 대학교 새내기였던 나는 거의 매일 괴로운 몸으로 집에 돌아왔다. 술 때문이었다. 그날 밤도 학과 선배들에게 붙들려서 술을 마신 후 기진맥진한 상태로 귀가하던 길이었다. 평소처럼 경비실 앞을 지나는데, 어떤 인간이 이런 짓을 했냐는 경비원 아저씨 말소리가 들렸다. 그 아저씨와 몇 마디 횡설수설 주고받다가 내가 키우겠다며 덥석 고양이를 받아 안았다. 아무 생각 없이 술김에 데려온 것이었다. 그리고 술이 깬 그다음 날부터 보리를 키웠다. 처음엔 너무 귀찮아서 다시 경비실에 갖다 줄까 하고 몇 번이나 망설였다. 볼펜으로 고양이 그림을 그리는 것과 실제로 고양이를 키우는 것은 그야말로 천지 차이였다. 그림 속 고양이들은 제아무리 배가 고파도 나를 귀찮게 하지 않지만, 보리는 배가 고프면 사뭇 울었다. 그림 속 고양이들은 똥오줌 문제로 나를 신경 쓰이게 하지 않지만, 보리는 배탈이라도 났다 하면 그야말로 골치였다. 특히나 보리는 처음 두 달 동안 걸핏하면 설사를 해서 나를 곤혹스럽게 만들었다. 게다가 그림 속 고양이들은 내가 무슨 말을 해도 다 알아들었지만, 보리는 그렇지 않았다. 내 눈만 말똥말똥 쳐다볼 뿐이었다. 그리고 내겐 보리를 돌볼 시간적 여유도 없었다. 새내기 생활에 정신이 없었기 때문이다. 다행히 엄마가 보리를 돌봐주었다. 해바라기로 출근하기 전에 먹이를 주고 목욕도 시켜주었다. 어느 일요일 오후에 나는 보리를 보고 빵, 웃음이 터졌다. 화장실 변기 위에 올라가 용변을 보는 자세를 취하고 있는 것이었다. 내 흉내를 내는 것인지 원래 애완용 고양이들이 다 그러는지는 몰라도. 그리고 보리는 무슨 잘못을 저지르든 아무 일도 없었다는 듯 천연덕스럽게 내 침대 위에 올라와 잠을 자는 것이었다. 그 천진난만한 뻔뻔함에 나는 차츰 보리의 삶을 받아들였다. 보리를 키우다 보니 고양이라는 동물이 생각보다 훨씬 사랑스러운 동물임을 알게 되었다. 귀엽고, 애교도 많고, 말도 잘 듣고, 호기심도 많고, 영리하고, 무척 깔끔하고, 의외로 고고했다. 털이 빠져서 문제였지만 그것만 빼고는 한마디로 신비스러운 동물이었다. 그 신비스러운 생명은 그렇게 나와 이 년쯤 살다가 몇 달 전에 타지마할 묘로 갔다. 타지마할 묘는 내가 보리를 위해 아파트 단지 뒷산에 만들어준 조그만 무덤이다. 보리가 죽은 것은 순전히 내 잘못이었다. 내 부주의로 인해 집 밖으로 빠져나갈 수 있었던 보리는 들개에게 물려 죽었다. 아파트 단지 뒷산에 살면서 추운 겨울날 밤중에 가끔씩 먹이를 찾으러 아파트 단지로 내려오는 들개에게 물려 죽은 것이다. 그 들개의 목엔 언제나 줄이 끊어진 올가미가 씌워져 있었는데, 경비원 아저씨 말에 의하면 옆 동네 주택가에서 건너온 개라고 했다. 원래는 집에서 기르던 개였는데 개 주인 할아버지가 야산에서 개를 올가미에 매달아 삽으로 때려잡다가 실패했고, 탈출한 개는 들개가 되었다는 것이다. 아무튼 들개에게 물려서 103동 뒤 놀이터에 쓰러져 있는 보리를 발견한 것도 그 경비원 아저씨였다. 보리는 병원에 데려가기 전에 죽었다. 목에 난 이빨 구멍들이 치명적이었다. 내가 베란다에 쌓아둔 쓰레기들을 현관문 밖 복도로 내놓을 때, 보리는 나 몰래 밖으로 나갔다. 나는 내가 사는 101동 밖으로 나가 쓰레기를 버리고 집에 들어와서도 보리가 나간 줄 모르고 있었다. 집 안 어딘가에 있으려니 했다. 경비원 아저씨가 우리 집에 찾아와 어떻게 그 날쌘 고양이가 개한테 물려 죽느냐며, 길고양이가 아니라 집에서 기르던 고양이라 들개에게 당한 모양이라고 했을 때도 처음엔 남의 집 고양이 이야긴 줄 알았다. 보리를 타지마할 묘에 묻고 난 후, 집에 돌아와 가만히 생각해보니 보리는 살아생전에 다른 고양이와 한 번도 사랑을 나눈 적이 없었다. 나는 너무도 마음이 아팠다. 그래서 밤을 새워 정성스럽게 볼펜으로 고양이 그림들을 그렸다. 새벽까지 그린 고양이는 모두 서른다섯 마리였다. 그중엔 들개를 앞발로 찍어 누르고 있는 갈색 점박이 고양이도 있었는데 바로 보리의 모습이었다. 나는 아침에 그 서른다섯 마리의 고양이 그림들을 갖고 타지마할 묘에 가서 보리 곁에 묻어주었다. 그런데 집에 돌아와 생각하니 깜박 잊고 그 서른다섯 마리 고양이들의 성별 구분을 안 해준 것이었다. 그렇다고 무덤을 다시 파헤칠 수도 없었다. 그러나 지금 생각해보면 그 서른다섯 마리 고양이들에게 암수 성기를 그려 넣지 않은 게 오히려 잘된 일이었다. 자기들끼리 알아서 마음에 드는 성기를 갖고 사랑을 나누면 되니까. 보리와 서른다섯 마리 고양이들이 차라리 성에서 해방되어 마음껏 자유롭게 사랑을 나눈다면 그것도 나름대로 괜찮은 삶의 한 방법이라고 생각한다.

그러고 보니 내가 타지마할 묘에 마지막으로 간 것이 언제인지 모르겠다. 영화네식당 아르바이트를 시작한 후로 통 못 갔다. 다 내 게으름 탓이다. 오늘만큼은 얼른 타지마할 묘에 다녀와야겠다고 생각하는데, 늙은 영화에게 전화가 와서 단념한다. 개를 가지러 가야 한다. 돈을 벌어야 하는 것이다.

나는 속이 빈 채로 영화네식당에 가긴 싫어서 간단히 아침 식사를 하기로 한다. 십 분이면 완성하는 오므라이스를 만들기 위해 주방으로 간다. 인간이 창조한 음식 중에 오므라이스처럼 훌륭한 음식도 드물다. 오므라이스의 출발인 오믈렛을 최초로 만든 어느 가난한 농부 아저씨에게 경의를 표하고, 그 오믈렛에 밥도 곁들여 먹을 수 있도록 최초로 오므라이스를 만든 어느 레스토랑 주인아저씨에게도 경의를 표한다. 진정한 셰프들이다. 나는 냉장고 문을 열고 오므라이스를 만들 재료들을 찾아본다. 김치와 토마토케첩과 쪽파 몇 줄기가 있지만, 달걀과 버터는 없다. 나는 마트에 가려다가 잠시 망설인다. 일찍 오라고 재촉하던 늙은 영화가 떠올라서. 하지만 속이 빈 채로 영화네식당에 가서 그 역겨운 개고기 냄새에 구역질을 느끼는 것보다는 오므라이스를 몇 숟가락이라도 먹고 가는 게 나을 것이다. 더욱이 개를 가져오려면 기운이 없으면 안 된다. 나는 마트에 다녀오기로 한다. 운동화를 신고 현관문을 나선다.

1층에 도착한 엘리베이터 문이 열리는 순간, 한 무리의 남녀 아이들이 보인다. 순간 나도 모르게 본능적으로 몸이 움츠러든다. 1505호 밤색 머리와 그 패거리다. 그들은 내가 엘리베이터에서 내리기도 전에 타려고 한다. 나 같은 인간쯤은 안중에도 없다는 태도다. 아이들은 남자 여자 할 것 없이 모두 담배를 입에 물었다. 내가 엉겁결에 그 모습을 바라보자, 기분 나쁘게 뭘 보느냐는 시비조의 눈길로 한 아이가 나를 쏘아본다. 나는 나보다 어린 그 아이의 도발적이고 반항적인 눈길에 당황해서 한마디 말도 못 하고 엘리베이터를 나와 101동 건물 출입구를 빠져나간다.

　"어디 가니? 오늘 한번 할까?"

　잔인한 밤색 머리는 내 뒤통수에 대고 그렇게 큰 소리로 외치고, 그 말에 남녀 아이들은 한바탕 키득키득 웃는다. 마트로 가는 동안에도 계속 그 아이들의 웃음소리가 내 뒤통수에 따라 붙는다. 악마의 목소리는 망치보다 더 거세게 내 가슴을 후려친다.

　나는 가던 길을 멈추고 잠시 심호흡을 한다. 그리고 고개를 쳐들어 하늘을 바라본다. 푸르고 맑은 하늘에 황조롱이가 떴다. 이 아파트 단지 뒷산엔 황조롱이가 산다. 같은 산에 있는 참새, 노랑할미새, 굴뚝새, 산비둘기, 뱀, 들쥐, 다람쥐 등의 먹잇감을 사냥하면서. 저 황조롱이가 어느 날 쏜살같이 내려와 악마의 눈을 쪼았으면 좋겠다. 심장을 꺼내 먹으면 더 좋고.

　마트의 물건 값은 싸지가 않다. 말이 할인마트지, 일반 슈퍼마켓 수준이다. 아파트 사람들은 급할 때만 이곳을 이용한다. 나는 달걀과 버터를 산다. 30개짜리 달걀 한 판 가격이 지난달보다 몇백 원 올랐다. 5,100원이던 것이 5,800원이 되었다. 계산을 하고 나오려는데 1504호 여자가 마트에 들어온다. 장을 보러 온 모양이다. 아마 남편이 귀가했나 보다. 밤새 대리운전을 하느라고 피곤한 남편에게 고기라도 먹일 모양이다. 아니면 친정엄마가 또 방문했거나. 저 여자도 원래는 아기가 있을 뻔했었다. 그런데 임신 일곱 달째인 재작년 늦겨울에 사고를 당해서 아기를 잃었다. 아파트 단지 서쪽 정문 앞길에서 일어난 사고였다. 시내버스와 오토바이가 부딪쳤는데 오토바이가 튕겨나가면서 때마침 횡단보도에서 신호를 기다리고 있던 여자를 덮친 것이다. 그 바람에 여자는 유산을 했다. 여자가 죽지 않은 것이 천만다행이었던 끔찍한 사고였다. 하필이면 저 훌륭한 여자에게 그런 불행한 일이 일어나다니. 내가 저 여자를 훌륭한 여자라고 생각하는 것은, 101동 15층에서 유일하게 1505호 악마에게 조용히 하라고 항의하는 사람이기 때문이다.

이런 일도 있었다. 작년 여름, 장마 후 땡볕 더위에 15층 사람들이 모두 문을 열어놓고 생활할 때였다. 낮에는 현관문까지 열어놓고, 밤에도 창문을 열어놓고 잠을 잘 때였다. 워낙 더웠으니까. 어느 날 새벽 1503호 남자(현서 아빠)가 자기 아내에게 사랑을 요구했다. 1503호 여자(현서 엄마)는 귀찮아서인지 아니면 토라져서인지 사랑을 거부하고 복도 쪽 현서 방으로 건너가 현서 옆에 누웠다. 그러나 제대로 몸이 달아오른 남자는 곤히 잠든 딸아이가 잠에서 깰 정도로 집요하게 여자에게 사랑을 요구했다. 그 부부의 옥신각신하는 소리가 열려진 창문을 통해 고스란히 15층 복도로 퍼져 나갔다. 그 부부의 실랑이에 가장 괴로운 사람은 바로 옆집인 1504호 대리 기사 남자였다. 밤새도록 대리운전을 하고 귀가해서 간신히 눈 좀 붙이려는데, 1503호에서 자꾸만 수면을 방해하는 시끄러운 소리를 낸 것이다. 참다못해 화가 머리끝까지 난 대리 기사는 급기야 팬티 차림에 맨발로 1504호를 박차고 뛰쳐나왔다. 그리고 1503호 창문 앞에서 현서 엄마를 향해 버럭 소리를 질렀다.

"그냥 줘! 그거 한번 준다고 닳나? 빨리 줘! 이웃 사람들 잠 좀 자자!"

1504호 대리 기사의 난데없는 고함 소리에 1503호 부부는 한동안 넋이 나간 표정이었다. 창피함과 부끄러움에 몸 둘 바를 몰랐다. 그러나 그런 감정은 이내 분노로 바뀌어 1503호 남자가 집 밖으로 뛰쳐나왔다. 30대의 건장한 화물차 기사와 60대의 늙은 대리 기사가 새벽에 복도에서 몸싸움을 벌이기 시작했다. 그러나 대리 기사가 화물차 기사에게 막 두들겨 맞으려고 할 무렵, 1504호의 훌륭한 여자가 뛰어나와 싸움을 말렸다. 화물차 기사도 평소에 1504호 여자의 됨됨이를 알고 있었기 때문에 순순히 주먹을 거두었다. 물론 1504호 여자는 새벽 댓바람부터 15층 사람들에게 창피를 당한 1503호 여자에게 자기 남편 대신 정중히 사과도 했다. 그 훌륭한 여자가 아니었다면 대리 기사는 몸이 성한 데가 없을 정도로 두들겨 맞아 일을 못 나가게 되었을지도 모른다. 화물차 기사도 이유야 어떻든 폭행상해죄로 경찰에 입건되어 합의금 때문에 생계가 곤란해졌을지도 모르고. 훌륭한 여자 덕분에 두 가정 모두 평화로운 일상을 영위할 수 있었던 것이다.

나는 계산대 옆에서 아예 담배까지 사고 마트를 나선다. 혹시나 해서 하늘을 올려다보았더니 황조롱이는 없다. 대신 고추잠자리들이 아파트 곳곳을 날아다니고 있다. 시선을 거두고 다시 집으로 향하는데 중년 사내가 보인다. 엄마를 찾아오는 남자다. 중년 사내는 101동 건물 화단 앞에 서 있다. 오늘도 1508호 여동생 집에 볼일이 있어서 온 건지, 아니면 엄마 때문에 온 건지는 모르겠다. 그런데 오늘은 모자를 안 썼다. 대머리다. 절반만 대머리다. 정수리 쪽은 훤하지만 이마 쪽엔 더러 머리숱이 있다. 영화에서 본 중세 유럽의 수도승 머리 같다. 그는 그냥 서 있다. 담배도 안 피우고 그냥 우두커니 서 있다. 저게 무슨 청승인지 모르겠다. 1508호에 여동생이 없는 걸까. 만일 엄마 때문이라면 왜 우리 집에 안 올라가는 걸까. 물론 초인종을 누른다고 해서 엄마가 만나준다는 보장은 없지만 말이다. 지금 엄마는 자고 있다. 중년 사내가 올라가서 초인종을 누르면 엄마는 만나줄까. 중년 사내의 시선과 내 시선이 마주친다. 나는 모른 척하기도 어색해서 가볍게 목례를 한다. 그가 웃으며 아는 척을 한다. 그는 언제나처럼 조용한 표정이다. 좀 더 정확히 표현하면 조용함이 지나쳐 풀이 죽은 표정이다. 원래 타고나기를 그런 사람인지 아니면 엄마한테 매번 거부를 당해서 풀이 죽은 것인지는 알 수 없다. 어쨌든 보기에는 안 좋은 모습이다. 나는 중년 사내 앞을 지나 101동 건물로 들어간다. 그는 집에 엄마가 있느냐고 묻지도 않고 나를 따라 들어오지도 않는다. 그러거나 말거나 나는 더 이상 신경 쓰지 않고 엘리베이터 입구에만 신경을 쓴다. 아까 거기에 밤색 머리와 아이들이 서 있었기 때문이다. 다행히 지금은 없다. 나는 얼른 엘리베이터에 탄다. 타자마자 15층 버튼을 누른다.

그런데 이게 웬일일까. 어처구니가 없다. 집에 돌아와 배추김치를

썰어서 볶고 프라이팬에 밥을 넣으려는데 밥솥에 밥이 없다. 생쌀만
들어 있다. 엄마가 퇴근해서 그 피곤한 외중에도 쌀을 씻어 안쳐놓았
지만 취사 버튼은 누르지 않은 것이다. 나는 밥이 될 때까지 기다렸다
가 오므라이스를 만들까 하다가 그만둔다. 취사 버튼만 눌러놓는다.

　엄마는 여전히 자고 있다. 가끔 코까지 곤다. 저럴 땐 영락없는 아
빠다. 나와 엄마와 아빠, 그렇게 셋이서 살 때도 아빠는 저렇게 코를
골았다고 한다. 나는 어렸을 때라 잘 기억이 나지 않지만 나를 낳아준
엄마가 말해주었다. 내가 초등학교를 졸업하기 하루 전날, 그 엄마는
동네 피시방으로 나를 찾아왔다. 초등학교 졸업을 축하한다는 이유였
다. 그리고 동네 중국집에서 짜장면을 사주면서 아빠에 대해 서너 가
지를 물었는데, 그중에 하나가 여전히 코를 골며 자느냐는 것이었다.
나는 아니라고 대답했다. 전혀 코를 골지 않고 얌전하게 잔다고 말했
다. 아빠가 코를 골며 잔다고 말하기가 그냥 싫어서였다. 지금 생각해
보면 왜 그런 엉뚱한 거짓말을 했는지 모르겠다. 아무튼 그 엄마는 그
후로 지금까지 나를 찾아온 적이 없다. 내가 중학교와 고등학교를 졸
업할 때도, 그리고 대학교에 입학할 때도 찾아오지 않았다. 아마 재혼
한 남편과 잘 살고 있기 때문일 것이다. 잘 살고 있으니까 연락이 없
는 것이다.

　세월이 흘렀지만 엄마의 코 고는 소리는 그때나 지금이나 변함이
없다. 코 고는 소리만큼은 결코 여자처럼 될 수 없는 모양이다. 오늘
저렇게 코를 고는 것은 해바라기에서 아주 피곤했거나 술을 한잔 마
셨기 때문일 것이다. 집 안에 술 냄새가 나지 않는 걸로 보아 전자 쪽
인 것 같지만 언뜻 안 좋은 생각도 든다. 엄마가 혹시 퇴근하다가 택

시 승강장에서 밤색 머리를 만난 것은 아닐까 하는 생각이.

나는 식사 대신 냉장고에서 레모네이드병을 꺼내 레모네이드 한 잔을 마신다. 그리고 늙은 영화에게 갈 준비를 한다.

개는 한눈에 봐도 환견이다. 몰골이 말이 아니다. 숨만 붙어 있는 꼴인데 그래도 나를 보자 일어나서 개의 본성을 드러내며 경계를 한다. 개는 셰퍼드가 아니다. 늙은 영화의 말과는 다르다. 늙은 영화도 견주의 말만 듣고 셰퍼드인 줄 알았을 것이다. 셰퍼드 피가 섞여 있는 것은 맞다. 세워져 있는 귀며 커다란 타원형의 눈, 뾰족하고 검은 주둥이 등 얼굴이 그렇다. 그러나 몸은 어딘가 모르게 로트와일러를 닮았다. 셰퍼드와 덩치는 비슷하지만 털빛은 더 검고 털 길이도 짧은 데다가 굵고 짧은 목까지 더 다부지고 단단해 보인다. 도대체 무슨 용도로 이 개를 키웠는지 모르겠다. 전문적인 개 사육 농가라면 식용으로 키웠을 것이다. 그러나 일반 가정에서 겨우 한 마리를 식용으로 키웠을 리는 없다. 투견용으로 사육한 것 같지도 않다. 개의 몸에 물어 뜯겨서 찢어진 상처가 없다. 새끼 때 누가 공짜로 줘서 대충 키운 듯하다. 벽돌로된 개집 지붕도 낡은 슬레이트 조각 서너 장을 대충 이어서 만든 것이다. 개의 이름은 '복스'다. 견주인 여자가 분명 그렇게 불렀다. 복슬이도 아니고 복서도 아니고 복스다. 복스가 무슨 뜻인지 잠시 궁금했지만 물어보지는 않았다. 여자는 개털이 치마에 묻었는지 치마를 툭툭 턴다. 개는 상황도 모르고 여자를 올려다보며 꼬리를 흔든다. 기운이 없는지 간신히 흔든다. 흔드는 시늉을 한다는 표현이 맞을 듯하다. 개는 엉덩이뼈 쪽이 주저앉아서 뒷다리를 간신히 세우고 있다. 그리고

아랫배가 퉁퉁 부어서 거의 땅바닥에 닿을 지경이다. 눈곱 때문에 눈
도 제대로 못 뜨지만 여전히 자기 주인을 올려다보며 간신히 서 있다.

늙은 영화는 견주가 개를 키우기 싫어서 거짓말을 꾸며냈다고 했
는데, 개가 둔기로 엉덩이 부위를 맞은 건 사실인 듯하다. 이웃 사람
이나 누군가로부터 야구방망이로 두들겨 맞은 것 같다. 그리고 변을
못 본다는 말도 사실인 것 같다. 그래서 아랫배가 저렇게 퉁퉁 부어서
땅바닥에 질질 끌릴 정도가 되지 않았나 싶다. 그러나 누구 말이 옳든
상관없다. 자세한 내막을 물어볼 수도 없고. 내가 할 일은 그저 개를
싣고 가는 것이다. 그리고 저녁때 해바라기밭에서 개털을 그스는 것
이다.

나는 여자에게 3만 원을 건넨다. 늙은 영화가 준 돈이다. 3만 원이
면 그동안 개에게 먹인 사료값에도 턱없이 모자란 액수다. 전화로 가
격을 흥정할 때 저 여자는 분명 3만 원 이상을 요구했을 것이다. 그러
나 귀신보다 눈치가 빠른 늙은 영화는 개를 보지도 않고 개의 상태를
파악하고는 3만 원밖에 줄 수 없다고 딱 잘라 말했을 것이다. 어쩌다
가 개 한 마리를 키워본 여자가 삼십 년 동안 셀 수 없이 많은 개들을
만져온 여자를 이길 수 있겠는가. 아무튼 몸에서 나는 지독한 개고기
냄새만큼이나 지독한 늙은 영화다. 어쨌든 견주인 여자 입장에선 그
나마 3만 원은 버는 셈이다. 저러다가 개가 죽으면 사체를 치우는 일
만 해도 만만치가 않다. 여자가 자기네 집에서 개의 사체를 토막 내어
열흘이고 보름이고 끓여 먹지 않는 이상은 그렇다. 소형견이나 중형
견이면 쓰레기봉투에 담아서 한밤중에 슬그머니 쓰레기 하치장에 갖
다 놓으면 되지만, 저런 대형견은 여러모로 곤란하다. 그리고 개가 저

렇게 아파서 고통스러워하는데 동물병원에 데려가지도 않고 마냥 죽기만을 기다릴 수도 없을 것이다. 여자가 자기 손으로 개를 죽일 수도 없을 것이고. 그렇다고 저 꼴의 개를 동물병원에 데려가서 안락사를 시켜주십시오, 라고 말할 수도 없다. 그랬다간 수의사와 수의 테크니션한테 욕만 먹는다(물론 환영하며 받아주는 일부 동물병원도 있다. 그런 병원에선 안락사시킨 개를 보신탕집에 돈을 받고 팔아넘긴다). 저 꼴의 개를 동물 보호 단체에 전화해서 데려가달라고 말할 수도 없다. 역시 욕만 먹기 때문이다. 그러니 여자로선 이런저런 번거로움을 한 번에 해결함과 동시에 3만 원을 번 것이다. 보나마나 늙은 영화는 이런 식으로 말했을 것이다. 골치 아픈 생명 하나 치워주고 3만 원씩이나 주면 많이 주는 거지, 안 그래요? 늙은 영화는 또 이런 죽는소리도 했을 것이다. 요즘은 장사가 잘 안 되니 팔려면 팔고 말려면 마슈. 누가 먹어야지. 젊은 사람도 그렇고 예전보다 사람들이 개고기를 잘 안 먹어요. 노인네들이나 가끔 한두 명씩 찾아올까.

물론 늙은 영화도 이득을 본 셈이다. 아무리 복스가 엉덩이 부위가 주저앉고 배가 퉁퉁 부은 환견이라고는 해도 무게가 15킬로그램 이상은 족히 되므로 3만 원에 샀으면 싸게 구입한 것이다. 더욱이 죽은 것도 아니고 산 개를 말이다. 개가 멀쩡했다면 나이도 세 살밖에 안된 데다가(이빨을 봐도 세 살이라는 견주의 말이 사실인 듯하다) 지방층은 적고 덩치는 커서 최소 7~8만원은 지불해야 했을 것이다. 나한테 주는 아르바이트 비용과 영화네식당에서 해바라기밭까지 삼십 분가량의 왕복 주행에 들어가는 자동차 기름값까지 제해도 수육이나 탕, 무침으로 만들어 손님들에게 팔아서 벌 돈을 생각하면 늙은 영화는 꽤 이득을 본 셈이다.

　나는 미니밴 트렁크에서 입마개를 가져와 여자에게 건넨다. 개가 최후의 발악을 할지도 모르기 때문이다. 개는 자기 주인의 손을 거부하지 않고 순순히 입마개를 착용한다. 여자가 개의 목줄을 나에게 건네준다. 그러자 개는 자신의 운명을 드디어 깨달았는지 뒷다리로 버티며 마당을 나오려 하지 않는다. 하는 수 없이 여자가 개의 엉덩이를 민다. 환부인지라 개가 몹시 고통스러워한다. 그러나 어쩔 수가 없다. 나는 앞에서 목줄을 끌어당기고 여자는 뒤에서 개의 엉덩이를 민다. 그렇게 십여 분 동안 진땀을 흘리며 실랑이를 한 뒤 개를 나무 케이지에 넣는다. 케이지에 들어간 개의 무릎관절은 모두 접혀 있다. 케이지 공간이 비좁아서다. 케이지는 트렁크 공간에 딱 맞게 만들어서 대형견은 무릎관절이 접혀야 들어갈 수 있다.

　운전석에 앉아 시동을 켜고 백미러를 바라보니 여자가 아직 서 있다. 집 앞에서 물끄러미 차 트렁크 쪽을 바라보고 있다. 개와 마지막 이별 인사를 나누는 듯하다.

　씁쓸하다. 개는 이제 자기 주인이었던 여자의 바람대로 한 그릇의 보신탕이 되어서 사람들의 배 속으로 들어갈 것이다. 하긴 사람들 배 속으로 들어가지 않는다면 쓰레기장에 버려져서 파리가 꼬이며 구더기가 들끓는 채 더 비참한 운명을 맞이하게 될지도 모른다. 환경과 건강 문제에 관한 한 거의 정신질환자나 다름없는 사람들은 개의 명복을 빌며 다음 생을 기원하기는커녕, 코를 막고 눈살을 찌푸리며 주민자치센터에 민원이나 넣을 것이다. 안타깝지만 그것이 서울의 현실이다.

　서울에선 1988년 서울 올림픽을 앞두고 잠시 보신탕이 금지되었다. 외국 관광객들에게 혐오감을 줄 수 있고 국가의 대외 이미지에도 악영향을 끼칠 수 있다는 이유로. 그러나 지금 서울에는 구석구석에 숨어 있는 곳까지 합하면 보신탕집이 은근히 많다. 오죽하면 서울 공무원들 중에서 삼복더위에 보신탕 안 먹는 사람을 못 봤다고 늙은 영화가 우스갯소리까지 할까. 늙은 영화는 명동과 광화문, 부처님이 계신 조계사, 대통령님이 사시는 청와대 그리고 광진구 능동의 한국애견협회 사무국 건물 앞에서만 보신탕을 안 팔면 된다고 말한다. 그러나 예전의 절반 이하로 손님이 떨어진 것은 사실이다. 개에 대한 인식이 많이 바뀌어 우리 같은 젊은이들을 중심으로 개고기를 먹지 않는 것이 대세가 됐기 때문이다. 개고기라면 자다가도 벌떡 일어났던 세대가 사라져가는 것도 손님이 줄어드는 한 요인이다.

영화네식당에 개를 갖다 주러 갔더니 머리가 약간 헝클어진 낯익은 아줌마가 보신탕 그릇을 앞에 놓고 소주를 마시고 있다. 부부 싸움을 할 때마다 식당에 찾아오는 일명 보험 아줌마란 여자다. 또 남편하고 싸운 모양이다. 지난주 금요일 밤엔 남편이 한껏 멋을 내고 혼자서 밤 외출을 하려는 걸 시비 걸었다가 대판 부부 싸움을 했었다. 남편에게 몹시 얻어맞고 팔까지 꺾여 초등학생 큰딸이 경찰에 신고까지 한 큰 싸움이었다. 그때 분에 못 이겨 영화네식당에 찾아온 그녀는 이혼을 하겠다고 늙은 영화와 내 앞에서 큰소리를 쳤었다.

"얘, 나하고 술 한잔 할래?"

보험 아줌마가 나를 발견하고는 불러 세운다. 그러자 늙은 영화가 발끈한다.

"다 먹었으면 얼른 집에 가! 애들 학교에서 안 와?"

"애들이 벌써 와요? 지금이 몇 신데. 얘, 나하고 술 한잔 하자. 어쩜 볼수록 이렇게 이쁘게 생겼대?"

그 말이 끝나기가 무섭게 늙은 영화가 보험 아줌마의 소주병과 술잔을 치우기 시작한다.

저래서 나는 보험 아줌마가 싫다. 결혼 십삼 년이 되도록 계속 백수 건달이라는 남편한테 걸핏하면 얻어맞는 것은 참 안됐지만. 그나저나 보험 아줌마는 다시 보험회사에 다닐 거라고 하더니 아닌 모양이다. 전세보증금도 다 까먹어서 집주인이 방도 내놨다던데, 부부 싸움을 했다고 저렇게 맨날 술만 퍼마신다. 늙은 영화는 며칠 전에 보험 아줌마가 요즘 가족 몰래 노래방 도우미 일을 나간다며, 신세가 딱하다고 했다. 어린 자식들을 먹여야 하는데 남편이란 사람은 생활비를 안 벌어다주니 어쩔 도리가 있겠느냐면서.

집에 들어가니 엄마가 방에서 큰 소리로 통화를 하고 있다. 들어보니 또 이모다. 또 이모와 전화로 싸우고 있는 것이다. 그런데 좀 이상한 것은, 이모가 매춘을 시작했다는 것을 처음 알았을 때도 엄마가 저렇게 이모에게 큰 소리를 지르지는 않았다는 것이다. 몇 달 전부터 갑자기 저렇게 이모와 싸우며 통화를 한다. 도대체 엄마와 이모 사이에 무슨 일이 생긴 걸까.

밥솥은 보온 상태로 넘어가 있다. 나는 냉장고에서 레모네이드병을 꺼내 레모네이드를 한 잔 마신다. 내 방으로 들어가 창문을 연다. 기다렸다는 듯이 무당벌레들이 날아 들어온다. 방충망 구멍에 들어와 있다가 창문이 열리기만 기다린 것 같다. 방충망 구멍의 스카치테이프가 너덜거린다. 이 아파트엔 무당벌레들이 많다. 15층까지 어떻게 무당벌레들이 날아 들어오는지 모르겠다. 나는 담배 한 개비를 꺼내 피우기 시작한다. 배도 고프지만 담배가 먼저다. 늙은 영화는 갈치를 맛있게 조려놓았으니 밥을 먹고 가라고 했지만 나는 그냥 집으로 왔다. 보험 아줌마 때문이 아니었다. 개고기를 삶는 가마솥에서 올라오는 수증기와 냄새가 가득한 식당에서 도저히 밥을 먹을 수가 없었기 때문이다. 늙은 영화는 집에 가는 나에게 욕까지 했다. 몹시 화가 난 모양이었다. 일부러 택시까지 타고 노량진 수산시장에 가서(내가 개를 가지러 미니밴을 끌고 나가는 바람에 택시를 탄 것이다) 싱싱한 제주산 은 갈치를 사다가 조렸는데 내가 안 먹고 그냥 간다고. 그렇다고 욕까지 할 건 뭐람.

나는 담배를 끄고 무당벌레들을 잡아 현관문을 열고 복도로 던진다. 그중에 두 마리는 날개를 펴고 복도 너머의 허공으로 날아간다. 주홍색 날개에 검은 점들이 박혀 있어서 혹시 병든 곤충이 아닌가 하고 인터넷을 찾아보니 칠성무당벌레란다. 화면을 자세히 보니 정말 점이 일곱 개다. 노트북을 닫는데 1501호 현관문이 열리는 소리가 난다. 누군가가 나온다. 나는 얼른 창문을 닫는다. 배가 고프다.

엄마는 여전히 이모와 싸우고 있다. 아까 내가 마트에 다녀올 때 보았던 중년 사내는 왔다 갔는지 모르겠다. 중년 사내가 설사 우리 집에 찾아왔어도 저 소리를 들었다면 그냥 발길을 돌렸을지도 모른다. 어쩌면 초인종을 눌렀다 해도 엄마가 중년 사내임을 알고는 현관문을 안 열어주었을 수도 있다. 불쌍한 중년 사내. 그는 엄마가 트랜스젠더라는 사실을 모르고 있다.

눈물

엄마가 다시 자고 있다. 엄마는 항상 잠이 부족하다. 해바라기에서 일하는 것이 얼마나 피곤한 것일까. 오후에 나가 대부분 새벽이나 이른 아침에야 퇴근을 하니 그럴 만도 하다. 식사는 제대로 하는 것일까. 오후에 일을 나갈 때도 밥 대신 냉장고에서 여자에게 좋다는 오미자차를 꺼내 한 모금 마시는 것이 고작이다. 엄마는 내가 자고 있는 이른 아침에 집에 들어오므로, 나는 엄마가 식사를 하고 잠자리에 드는지 아니면 피곤해서 그냥 자는지 정확히 알지 못한다. 아마 피곤해서 그냥 잠자리에 들 것이다. 식사를 한 흔적이 없으니까. 엄마에겐 일요일도 없다. 토요일은 말할 것도 없고 일요일에도 해바라기에 나간다. 엄마는 해바라기를 사랑한다.

해바라기는 성소수자들의 카페다. 그들만의 세상이다. 엄마도 성소수자다. 그래서 그곳에서 일하는 걸 좋아한다. 엄마의 해방구니까. 세상으로부터의 해방구. 엄마는 팔 년째 해바라기에서 일하고 있다. 이 오래되고 낡은 편복도식 아파트 1502호로 이사를 왔을 때부터, 그러니까 내가 중학교 2학년 때부터 그곳에 다녔다(엄마가 해바라기 주인 남자를 알게 된 것은 그 이전부터였고). 엄마의 월급은 많지 않지만, 그런 건 신경 쓰지 않고 다니는 눈치다. 나는 엄마의 정확한 월급 액수는 모른다. 그러나 고정적으로 지출되는 생활비를 빼면 거의 여유가 없는 월급을 받는 것만은 분명하다(내가 영화네식당에서 아르바이트를 하는 이유도 내가 피우는 담뱃값 정도는 스스로 해결하기 위해서다). 엄마가 여성성을 유지하기 위해 끊임없이 지불하는 호르몬 치료비도 만만치 않을 것이다. 예전에 엄마가 이모와 얘기하는 걸 들었더니, 트랜스젠더 여성은 여성호르몬을 지속적으로 투여해야 여성성을 유지할 수 있다고 한다. 그것이 유방이나 손톱, 머리카락의 성장을 촉진하고 여성적인 정서도 유지시키며 체모 성장은 감소시키기 때문이란다. 그래서 그 호르몬 치료가 꼭 필요하지만, 건강의료보험이 적용되지 않아 경제적으로 부담이라고 했다. 그래서 그런지는 몰라도 우리 집은 항상 가난하다. 그러나 엄마를 원망한 적은 한 번도 없다. 원망할 이유도 없다. 아무튼 우리 집은 기약 없이 가난하다. 이 거대한 도시에서, 신분 상승이 거의 불가능한 하층민이다. 어느 날 갑자기 하늘에서 벼락을 맞듯이 로또복권에 당첨되거나 어떤 재벌이 우리 아파트의 각 가정마다 거액의 현금을 나누어 주지 않는다면 말이다. 게다가 엄마는 성소수자여서 하층민 중에서도 가장 하층민이다. 물질적인 소외뿐 아니라 사람들로부터 정신적 소외까지 감수하며 살아야 하는 처지다(물론 트랜스젠더 중에 전문직에 종사하며 물질적 정신적으로 잘 사는 사람들이 소수나마 있기는 하다). 그래서 그런지 엄마는 목숨을 걸고 해바라기에 다닌다. 그곳에선 소외된 하층민의 눈물과 고달픔과 설움으로부터 잠시라도 해방될 수 있으니까.

나는 카페 해바라기에 들어가본 적이 없다. 거의 십 년이 다 되도록 엄마가 다니는 직장이지만 한 번도 그 안을 구경해본 적이 없다. 엄마가 구경시켜주겠다고 데리고 간 적도 없고, 내가 구경하고 싶다고 조른 적도 없어서다. 하다못해 엄마의 심부름으로라도 들어간 적이 없다. 어쨌거나 엄마는 해바라기에 다니며 지금까지 나를 키웠다. 중학교, 고등학교를 졸업시켰고, 대학교도 다니게 해주었다. 내가 자퇴하지 않았다면 대학교도 졸업시켰을 것이다.

카페 해바라기가 성소수자들의 공간이란 것을 내가 확실하게 알게 된 것은 딱 하나의 사건 때문이었다. 대학교에 합격하고 입학식을 기다리던 2012년 2월 초에 일어난 조그만 사건. 텔레비전의 밤 아홉시 뉴스에서 짧게 보도한 사건이었는데 큰 이슈는 되지 못하고 곧 세상 사람들의 관심 밖으로 사라졌다. 어느 트랜스젠더에 관한 사건이었다.

사건의 주인공인 서른두 살의 트랜스젠더는 남성에서 여성으로의 (성기 수술을 포함한) 성전환 수술을 받고 주민등록상의 성별을 여성으로 바꾸기 위해 법원에 성별 정정 허가 신청을 냈다. 그런데 법원에서 황당하고 어이가 없는 요구를 했다. 그 트랜스젠더는 대법원 예규(성전환자의 성별 정정 허가 신청 사건에 관한 가족관계등록 예규. 2009년 최초 제정)에 따라 성전환자의 성별 정정에 필요한 6종의 모든 서류를 갖추어 법원에 제출했는데, 법원이 뜻밖의 보정명령을 내린 것이다. 기존에 제출한 서류들 외에 추가로 신청인의 성기 사진을 제출하라는 것이었다. 남성의 외부성기에서 여성의 외부성기로 바뀌었다는 것을 증명하는 사진 두 장 이상을 추가로 제출하라는 뜻이었다. 어처구니가 없는 법원의 요구에 심한 수치심을 느낀 그 트랜스젠더는 고민하다가 어차피 성기 수술까지 받은 이상, 법원의 명령에 따르기로 했다. 그런데 외부성기만을 찍어서 제출할 경우, 법원에서 혹시 또 무슨 이유를 들어 성별정정 허가를 불허할지도 모른다는 두려움이 생겨 아예 자신의 알몸 사진을 찍어서 법원에 제출하기로 했다. 낯선 사진관에 찾아가 그 사진을 인화해줄 것을 부탁하는 것이 너무도 수치스럽고 힘들었지만, 주민등록상의 성별 정정이 너무나 절박했기 때문에 꾹 참고 그렇게 할 수밖에 없었다.

나는 그날 밤에 엄마 방에서 오므라이스를 먹으며 텔레비전을 보다가 우연히 그 뉴스를 보았다. 짧은 뉴스였지만 몹시 화가 났다. 그래서 나는 그 힘없고 안타까운 트랜스젠더에게 한없는 동정심을 느끼면서, 그런 황당한 명령을 내린 판사에게 온갖 욕설과 저주를 퍼부었다. 죽이고 싶도록 미웠다. 자유민주주의 국가에서 어떻게 그런 황당하고 어이가 없는 일이 일어날 수 있단 말인가. 나는 자꾸 그 판사가 알몸 사진을 몰래 집에 갖고 가서 자신의 아내가 잠든 사이 침을 흘리며 열심히 자위행위를 할 것만 같았다. 그 정도로 미친 인간으로 보였다. 시간이 흘러 대학교 새내기 생활에 나름 정신이 없던 4월의 어느 날 오후에, 나는 동대문운동장 근처의 버스 정류소에서 버스를 기다리다가 엄마를 만났다. 그런데 엄마 옆에 엄마보다 훨씬 젊고 날씬하고 예쁜 여자가 서 있었다. 엄마가 그녀를 소개해주었다. 이름까지는 알려주지 않았지만. 그리고 곧 나는 버스를 탔다. 내가 버스 좌석에 앉자 그 여자가 차창 밖에서 내게 가벼운 목례를 보냈다. 나는 그 여자가 2월 초에 내가 뉴스로 접한 그 트랜스젠더 사건의 주인공이란 걸 까맣게 몰랐다. 그런데 며칠 후, 엄마가 집에서 나한테 무슨 말인가를 하다가 바로 그 여자가 2월 초의 밤 아홉시 뉴스에 보도된 '황당한 법원의 요구 사건'의 주인공이라고 말했다. 나는 그야말로 깜짝 놀랐다.

여자보다 더 여자 같은 그 트랜스젠더를 그 이후에 본 적은 없다. 다만 카페 해바라기에 사나흘에 한 번은 꼭 온다는 사실은 알고 있었다. 현재의 직업은 자동차 정비사지만, 꿈이 가수이기에 해바라기에서 정기적으로 라이브 공연을 하고 남자 친구도 있다는 말을 엄마에게 전해 들었다.

3만 원에 가져온 복스의 머리에 씌운 물 적신 검은 비닐봉지와 입마개를 벗겨낸다. 검은 비닐봉지와 입마개는 늙은 영화가 씌운 것이다. 개는 죽었다. 나는 차 트렁크에서 작업 도구들을 꺼내고는 일회용 부탄가스의 뚜껑을 따고 가스토치에 연결한다. 이것으로 개털 작업 준비는 다 됐다.

쇠그물 철판 위에 죽은 개를 올려놓는다. 무겁다. 균형이 안 맞아서 다시 사체를 옮기는 와중에 철판 가장자리 뾰족한 부분에 개의 아랫배가 찢긴다. 피가 흘러나온다. 피는 바닥을 흥건히 만들고서야 멈춘다. 아무리 작업용 운동화라지만 바닥에 피가 묻는 것은 왠지 꺼림칙하다. 늙은 영화도 피 묻은 운동화를 빠는 일은 한결 귀찮을 것이다. 그런데 늙은 영화는 왜 굳이 이런 과정을 거쳐서 장사를 할까. 그냥 손질이 잘되어 있는 냉동육을 사서 개고기 요리를 만들어 팔면 될 것을. 아무리 냉동육 중에 국산이라고 속여 파는 것이 많다 해도 어차피 손님들 입장에선 중국산인지, 베트남산인지, 라오스산인지 알 수가 없다. 그리고 영화네식당에서 파는 국내산 개고기 중에서도 두들겨 맞아서 죽은 개, 교통사고로 죽은 개, 암에 걸려 죽은 개 등 먹기 꺼림칙한 것들이 많다. 그러나 손님들은 그에 대해선 아무것도 모를 것이다. 어쨌든 장사는 늙은 영화가 하는 것이므로 내가 신경 쓸 일은 아니다. 나는 아르바이트만 잘하면 된다.

늙은 영화의 말로는, 사람 젖으로 기른 개를 도축해야 가장 좋은 개고기를 얻는다고 한다. 보약이나 그 어떤 사료로 기른 개보다 사람 젖을 먹인 개의 육질이 영양이 뛰어나 사람의 모든 장기에 활력과 생명력을 불어넣고, 맛도 그만이라는 것이다.

늙은 영화는 어렸을 때는 아주 잘살았다. 충남 금산 지방에서 알아주는 갑부의 딸이었다. 그런데 세상에 태어나자마자 엄마를 잃었다. 영화의 엄마는 원래부터 임신하기에는 병약한 몸이었기에, 영화를 출산하자마자 세상을 떠난 것이다. 무남독녀 영화는 아주 귀하게 자랐다. 두세 살 때부터 개고기를 먹었다. 영화의 아버지가 자신이 먹으면서 어린 영화에게도 먹이기 시작한 것이다. 보통 개고기가 아니라 바로 사람 젖으로 기른 개를 도축해서 얻은 것이었다. 영화의 아버지는 인삼 관계 일로 알게 된 어느 한약업자의 말을 듣고, 가난한 집 여자에게 돈을 주고 갓 태어난 강아지들에게 젖을 먹여달라고 부탁했다. 그런 강아지가 육 개월이 되면 잡아서 자신도 먹고 어린 영화에게도 먹였다. 집의 넓은 뒷마당에선 식모 할머니와 식모 언니가 세 개의 가마솥에서 날마다 개고기를 끓여댔다. 비가 오나 눈이 오나 끓여댔던 걸로 늙은 영화는 기억하고 있다.

영화는 일곱 살 때까지 그 귀한 개고기를 먹었지만, 아버지가 갑자기 돌아가시면서 더 이상 먹을 수 없게 되었다. 아버지는 영화가 여섯 살 때 어린 영화를 위해, 그리고 집안 살림을 위해 어디서 새파랗게 젊은 여자를 데려왔다. 그리고 영화더러 앞으로 엄마라고 부르라고 했다. 영화의 아버지는 재혼이면서도 결혼식을 성대하게 치렀다. 얼굴도 모르는 다른 동네 사람들까지 불러서 일주일 동안 잔치를 벌였다. 그런데 몇 달 지나지 않아 영화의 계모에게 남동생이 찾아오면서 불행이 시작되었다. 이 남동생이 매부인 영화 아버지 사업을 돕겠다며 딴짓을 하기 시작했다. 인삼으로 가공식품을 만들어 일본의 오사카와 나고야에 수출한다며 적지 않은 돈을 없앴다. 나중에 다그치는 매부에게 일본인 현지 업자에게 사기를 당했노라고 둘러댔다. 영화의 계모는 항상 남동생 편이었다. 그러다가 인삼밭을 팔아서 종합병원을 설립하자며 남편을 꼬드겼다. 당시는 지방에서는 현대식 종합병원을 구경하기가 어렵던 시절이었다. 영화의 아버지는 온갖 달콤한 말로 꼬드기는 젊은 아내와 처남의 말에 그만 금싸라기 같은 수천 평의 인삼밭을 팔았다. 인삼밭 주인보다는 종합병원 이사장이란 직함이 귀에 솔깃해서였다. 그러나 종합병원 설립은 사기였다. 젊은 아내와 처남의 사기였다. 병원에 대해선 아무것도 모르던 영화의 아버지가 그 두 사람의 장단에 허울 좋게 놀아난 것이었다. 영화의 아버지는 그 두 사람을 고소했다. 그런데 경찰서에서 조사를 받고 나온 처남이 곧바로 영화의 아버지를 찾아가 칼부림을 했다. 영화의 아버지는 칼의 상처를 끝내 극복하지 못하고 어린 영화의 여덟 번째 생일을 하루 앞두고 죽었다. 영화는 자신이 외삼촌이라고 불렀던 그 남동생과 계모가 친남매가 아니라는 사실을 그로부터 십 년이 더 지나서야 알게 되었다. 어릴 때 그 귀한 개고기를 날마다 끓여주던 식모 언니를 대전역 대합실에서 만나면서. 식모 언니는 계모와 그 남동생은 내연 관계였다고, 영화의 아버지가 타지로 가서 며칠씩 집을 비울 때면 그 두 사람은 성관계를 가졌다고 했다. 식모 할머니도 그 사실을 알고 있었지만 계모의 구슬림에 넘어가 영화의 아버지가 죽는 날까지 그 사실을 모른 척했다고 했다. 그리고 지금 그 두 사람은 대전 문화동에서 어마어마하게 큰 식당 겸 여관을 하고 있다고 했다. 늙은 영화는 식모 언니와 함께 택시를 타고 가서 그 사실을 확인했다.

쇠꼬챙이로 앞다리를 들어 올리니 개의 겨드랑이 사이에 작은 혹들이 보인다. 가스토치를 내려놓고 손전등으로 자세히 살펴본다. 혹이 열 개가 넘는데, 사람으로 치면 땀띠가 크게 자란 모양새다. 개에게 땀띠가 났을 리는 없고, 무슨 혹인지 모르겠다. 웬 혹이냐고 물어본들, 죽은 개는 살아 있던 시절처럼 말이 없을 것이다. 복스는 눈동자가 뒤집힌 채 죽었다. 몸속의 혈관은 모두 엉망이 되었을 것이다. 성기에선 오줌이 줄줄 새어 나왔고 항문에선 멀건 똥이 새어 나왔다. 늙은 영화는 평소처럼 개한테 마지막 음식을 주었다고 했다. 입마개를 벗긴 뒤 우유와 밥 조금을. 그 어떤 개도, 아무리 지독한 불치병에 걸린 개도 우유는 핥아먹는다면서 늙은 영화는 곧 죽을 개에 대한 마지막 인사로 꼭 우유를 먹인다.

죽은 복스의 표정은 뼈가 시리도록 고통스럽게 비명횡사한 사람의 표정 같다. 세상을 저주하는 눈빛. 마치 푸른 하늘에 이빨을 박고 마구 물어뜯다가 죽은 표정이다. 오죽 세상이 저주스러웠으면 이런 표정일까. 견주와 그 가족으로부터 사랑을 듬뿍 받고 살다가 죽은 개는 죽은 뒤의 얼굴도 편안해 보인다. 말 그대로 자다가 죽은 듯하다. 사람에게 맞아 죽은 개는 그와 정반대다. 순하고 편안하게 눈을 감은 개가 없다. 눈알이 빠져나온 채 죽은 개도 있고, 두 눈을 휘둥그레 뜬 채 혹은 눈동자가 홀랑 뒤집어진 채 죽은 개도 있다. 죽은 후에도 눈에서 피나 눈물이 줄줄 흐르는 개들도 있다. 눈에 작은 벌레들이 꿈틀대는 경우도 있다. 모두 사람들이 수많은 잔인한 방법으로 개를 괴롭힌 결과다. 주먹질과 발길질, 욕설, 칼과 공기총과 철사와 온갖 둔기들로 개를 괴롭힌다. 약이나 썩은 음식을 먹여 괴롭히기도 하고 아예 굶기기도 한다. 강간에 시달리다 죽는 개들도 있다. 개의 성기와 항문에 사람의 팔뚝이나 소주병, 맥주병, 효자손, 골프채, 화장품병, 텔레비전 리모컨 등이 들어가면 장기가 망가져서 하혈을 한다. 몸에 들어간 건전지 때문에 아랫도리가 하마 엉덩이처럼 퉁퉁 붓다가 갑자기 비쩍 말라 죽는 개도 있다. 집에서 기르는 수캐와 섹스를 즐기던 어떤 30대 후반 여자는, 자신의 몸에 성병이 생기자 그 개를 반쯤 죽여서 보신탕집에 팔아 넘겼다(이건 보험 아줌마한테 들은 얘기다). 물론 그렇게 죽은 개들도 사람들은 먹는다.

나는 복스의 겨드랑이에 난 혹들을 가스토치의 불길로 바짝 태운다. 더러 터지는 혹도 있다. 그리고 다시 개의 사체를 뒤집으며 개의 눈을 본다. 그러자 다시 그 악마의 얼굴이 떠오른다. 1505호 밤색 머리의 눈도 가스토치의 불길이 닿으면 저럴까. 새까맣게 그슬려서 더 이상은 나를 알아볼 수 없을까.

작업을 거의 마칠 무렵, 해바라기밭 입구 쪽 도로로 오토바이 한 대가 다가온다. 나는 긴장한다. 혹시 개털 작업을 눈치채고 다가오는 사람이 아닌가 해서. 고등학교 3학년 여름방학 때 내가 이 해바라기밭에서 목격한, 한 여자와 요란하게 섹스를 하던 남자는 아닌가 하는 생각도 든다. 그 씨름 선수 같던 남자는 섹스 현장을 나한테 들켰다는 이유로 오토바이를 몰고 나를 쫓아왔었다. 다행히 붙들리지는 않았지만, 그 바람에 나는 한동안 해바라기밭에 얼씬하지 않았다. 그러나 시간도 흘렀고, 그 씨름 선수가 내 얼굴을 확실히 본 것도 아닌 데다가 당시엔 내가 교복을 입고 있던 학생이었고 지금은 아니므로 설사 나를 본다 해도 나를 기억하지 못할 것이다.

오토바이는 다행히 해바라기밭 앞에서 멈춘다. 해바라기밭 가장자리 풀밭 길로 들어오지는 않는다. 오토바이가 들어가기엔 비좁다고 생각해서일까. 어둡고 멀어서 확실하지는 않지만 사람은 두 명인 듯하다. 떠드는 목소리로 보아 여자는 아니고 남자들이다. 그런데 이쪽을 바라보며 뭐라고 말하는 듯하다. 나는 재빨리 작업 현장을 치우기 시작한다. 얼른 모든 걸 차 트렁크에 싣고 해바라기밭 뒤편 도로로 빠져나갈 생각이다. 뭔가 느낌이 안 좋아서다. 그러나 내가 아무리 손놀림이 익숙하다 해도 손전등까지 끈 어두운 상태에서 작업 현장을 치우기란 녹록치가 않다. 정체불명의 두 남자는 기어이 내가 있는 쪽으로 오고 있다. 담배를 피우며 뭐라고 키득키득 웃기까지 하며 가장자리 풀밭 길로 걸어오고 있다. 키는 크지만 청소년들이다. 그럴수록 나는 느낌이 더 안 좋다. 심장이 떨리기까지 한다. 차라리 누가 신고해서 온 경찰이면 이렇게 불안하지는 않을 것이다. 마음 같아선 그냥 작업 현장을 내버려둔 채 당장 차를 타고 떠나고 싶지만 그럴 수도 없다. 개의 사체도 그렇고 늙은 영화 때문에 도저히 그럴 수는 없다.

"이게 누구세요?"

한 청소년이 라이터 불을 켜고 일부러 내 얼굴을 확인한다. 저주처럼, 불행하게도 느낌은 적중한다. 1505호 악마와 어울려 다니는 패거리 중 두 명이다. 한 아이의 이름은 정확히 기억한다. 정수다.

"여기서 개를 태웠네?"

나는 아무 말도 못한다. 나는 악마와 그 패거리를 보면 뇌가 굳어버린다. 혀가 굳어버린다.

"며칠 전에도 태웠지? 어제도 태우고. 누가 태우나 했네."

두 아이는 나 모르게 내가 작업하는 모습을 목격한 모양이다. 아마 며칠 동안 관찰한 후 나라는 것을 확인하고는 희희낙락한 마음으로 다가온 것일 거다. 나는 왜 몰랐을까. 개털 그스는 데만 정신이 팔려 있었던 거다.

"근데 이거 경찰에 신고해야 하는 거 아냐?"

머리의 반쪽만 커트한 아이가 정수에게 묻는다. 순간 늙은 영화의 얼굴이 떠오른다. 만일 이 아이들이 경찰에 신고하면 영화네식당은 무거운 벌금을 물게 되거나 영업정지까지 당할지도 모른다. 그리고 사람들은 불결한 도축 운운하며 이런저런 나쁜 소문까지 퍼뜨리면서 늙은 영화를 손가락질할지도 모른다. 나는 경찰서에서 조사를 받더라도 늙은 영화 얘기만은 절대로 안 할 거라고 다짐한다. 아니다, 차량번호 때문에 그럴 수가 없다.

"차는 똥차네. 네 거냐?"

"아니."

나는 겨우 한마디 한다. 정수가 손전등을 비추며 옆에서 쇠파이프와 쇠꼬챙이들을 차례로 휘두른다. 그리고 맨 나중의 쇠꼬챙이로 부대에 넣다 만 개의 사체를 여기저기 찔러댄다. 피가 흘러나온다. 정수가 질겁한다.

"안 익었네?"

정수가 나를 보며 얼굴을 찡그린다. 개의 피부가 새까맣게 탔다고 해서 익은 것은 아니다. 나는 겉만 태우는 통구이를 한 것뿐이다. 작년 가을 저녁이나 오늘 저녁이나 여전히 머리의 반쪽만 커트한 아이가 내 가슴을 만지더니 다시 내 작업복 바지 주머니에서 담배를 꺼낸다.

"뼈 삭아. 피우지 마."

이죽거리며 내 담배를 압수한다. 그러고는 내 핸드폰을 꺼내보더니 피식 웃는다. 자기 것보다 훨씬 구형이라서 웃는 것이다. 정수도 내 핸드폰을 보더니 웃는다. 그리고 반쪽 커트가 내 바지 주머니에 도로 내 핸드폰을 넣으려다가 자기 핸드폰에 내 핸드폰 번호를 찍는다. 정수가 내버려둔다. 그러더니 무슨 생각에서인지 자신의 핸드폰에도 내 핸드폰 번호를 찍는다. 그러자 이번엔 반쪽 커트가 자신의 핸드폰으로 개의 사체와 작업 현장, 미니밴의 번호판 등을 찍는다. 정수가 턱짓으로 가리키자 내 모습도 이리저리 여러 번을 찍는다. 찍은 사진들을 정수에게 보여주며 확인시키는데 정수는 자신의 운동화에 개의 피가 묻었다며 욕설과 함께 계속 풀밭에 닦아내는 시늉을 한다. 그러더니 내 눈앞에서 보란 듯이 또 쇠꼬챙이를 휘두른다.

"이것도 인연인데 그냥 갈 수는 없지. 대신 신고는 안 할게."

정수가 내 엉덩이를 요구한다.

내가 십여 명의 아이들 중에서 이 아이의 이름을 기억하는 것은 작년 가을 저녁에 벌어진 일 때문이다. 밤색 머리와 함께 내 엉덩이에 성기를 집어넣은 아이가 바로 정수다. 정수는 처음엔 꺼림칙해서인지 계속 머뭇거리며 망설였다. 그러나 거뜬하게 먼저 내 엉덩이에 욕망을 채운 밤색 머리가 "병신!", 그렇게 한마디 쏘아붙이자 더는 주저하지 않고 바지 지퍼를 내렸다. 여자 엉덩이든 남자 엉덩이든 엉덩이는 생애 최초였을 것이다. 정수가 끝낸 뒤, 만일 여자아이들이 그만하라고 말리지 않았더라면 다른 남자아이들도 내 엉덩이에 욕망을 채웠을지도 모른다.

차 뒷문에 두 손을 얹고 있는 내 엉덩이에 정수는 욕망을 채운다. 바지를 끌어 올리며 정수가 반쪽 커트에게 너도 하라고 했지만 그 아이는 다음에, 라고 말한다. 밤색 머리 허락 없이 하기는 싫었던 걸까. 반쪽 커트도 악마는 무서운 모양이다.

두 아이가 잔인하게 킥킥거리며 오토바이를 타고 떠난 후 나는 다시 작업 현장을 치우기 시작한다. 핸드폰 벨이 울린다. 늙은 영화다. 아직도 안 끝났느냐고 소리를 지른다. 하지만 귀에 안 들어온다.

잠이 안 온다

어떻게 살아야 하나.

방법이 없다.

우리 집 15층에서 아래로 뛰어내려버릴까.

엄마와 엄마의 이혼

엄마가 엄마와 이혼을 한 것은 내가 다섯 살 때였다. 그러니까 내가 다섯 살 때 지금의 엄마와 진짜로 나를 낳아준 엄마가 이혼을 한 것이다. 이혼을 하기 전엔 다른 부부들과 똑같은 평범한 부부였다. 남편과 아내와 갓난아기인 내가 존재하는 평범한 가정이었다. 남편은 자동차 타이어 제조회사에 다녔고 아내는 육아와 살림을 했다. 아내는 갓난아기인 나를 여느 엄마들처럼 애지중지 키웠다. 나는 그런 아내의 손을 잡고 아침마다 혹은 교대 근무를 위해 저녁마다 회사로 출근하는 남편에게 아장아장 걸어가서 까르르 웃으며 아빠라고 불렀다. 남편은 그런 내 볼에 뽀뽀를 해주고 손을 흔들며 답례했다. 그리고 아침이면 혹은 저녁이면 퇴근을 했다. 남편이 가끔 회식 때문에 술에 취해 귀가하면 다음 날 아내는 해장국을 끓였다. 행복한 가정이었다. 적어도 겉으로 보기에는 별다른 말썽이나 문제가 없는 가정이었다. 그렇게 아무 문제 없이 유지되던 가정이 내가 다섯 살 때 풍비박산이 난 것이다. 연한 진흙빛 자동차는 온데간데없이 사라지고.

도대체 내가 다섯 살이 되는 동안 남편인 아빠와 아내인 엄마 사이에 무슨 일이 진행된 것일까. 내가 네 살이던 초여름에 어린이집에서 배탈이 나는 바람에 지독하게 설사를 하고 집에 온 날, 아빠와 엄마는 무슨 일 때문인지 심하게 다투었다. 아빠는 회사에 교대 근무하러 출근하지도 않고 식탁에서 술만 마셨다. 엄마는 방문을 걸어 잠그고 훌쩍거리고. 그러고는 그날 이후 아빠와 엄마는 말이 없었다. 언제까지고 서로 말이 없었다. 그렇다고 어린 나한테까지 무관심하거나 하지는 않았다. 밥을 굶기지도 않았고 내가 밤에 잠자리에 들기 전엔 잘자란 인사도 잊지 않았다. 두 사람은 변함없이 나를 사랑한 것이다. 나는 어쨌든 두 사람의 소중한 자식이었으니까. 그럼에도 불구하고 결국 두 사람은 이혼을 했다.

이혼은 양쪽 집안의 난리 속에 진행되었다. 그러니까 나의 친가와 외가를 충격 속에 몰아넣으며 이혼을 한 것이다.

이혼을 먼저 요구한 쪽은 나의 아빠였다. 엄마에게 더 이상 남편 노릇을 못하겠다는 것이 이유였다. 즉 남자 구실을 못하겠다는 것이었다. 매달 월급은 꼬박꼬박 타다 줄 수 있어도 부부 행위는 도저히 못하겠다는 것이었다. 엄마는 도저히 믿을 수가 없는 현실에 분노보다는 충격을 받았다. 그러나 아빠의 내면세계와 육체 속에 여성이 숨겨져 있다는 것을 인정하고 몇 달 뒤에 결국 이혼을 받아들이기로 했다. 아빠 속에 숨어 있는 여성이 언제부터 아빠와 함께했는지는 지금도 모를 일이다. 왜 하필이면 결혼 전이 아니고 가정을, 자식을 가진 뒤에야 그 여성은 잠복했던 모습을 드러내며 아빠의 주인 행세를 하기 시작했을까. 어쨌든 이혼의 충격은 외가보다는 친가 쪽이 훨씬 컸다. 혼자 사는 외할머니는 자신의 복 없음을 팔자로 받아들이고 비둘기슈퍼 황 영감과 막걸리를 마시며 혼자 삭였다. 그러나 할아버지를 비롯한 가부장 중심의 보수적인 친가 쪽 가족들은 충격을 금치 못했다. 군대까지 다녀온 멀쩡한 아들이 스스로 여자라고 주장을 하니 그저 막막할 뿐이었다. 그것도 결혼까지 해서 자식까지 낳은 장남이 여자라니, 할아버지의 충격은 이만저만이 아니었다. 그러나 아빠 속의 여성은 그런 할아버지와 친가의 충격에 눈물을 흘리며 고개만 숙일 뿐, 끝까지 자신이 여성임을 주장했다. 결국 할아버지와 친가는 네 멋대로 하라고 했고, 대신 가문에서 축출했다. 그리고 나는 지금의 엄마, 즉 아빠와 살게 되었다. 아빠가 엄마가 된 것이다. 왜 나를 낳아준 엄마가 아니라 아빠가 나의 양육을 맡게 된 건지는 모른다. 당시 사회 분위기가 여전히 자식에 대한 친권 소유는 남편에게 유리했던 것이 하나의 이유이기는 할 것이다. 작은아빠 말로는 나를 낳아준 엄마가 나의 양육을 포기한 것은 재혼에 대비한 속셈이었다고 했다. 실제로 그 엄마는 작은아빠 말처럼 내가 초등학교 3학년 때 세무서 8급 공무원 남자와 재혼했다.

지금의 엄마는 물론 나도 친가에서 축출당하고 외가에서도 철저히 외면당해 한동안 서로에게만 의지하며 살았다. 그러다가 내가 초등학교 2학년 때 성격이 대쪽 같던 할아버지가 돌아가시자, 청주의 작은아빠로부터 차츰 연락이 오기 시작했다. 물론 나한테만 연락이 왔다. 그러니까 청주의 작은아빠는 그때까지 내가 어디서 어떻게 살고 있는지 알고 있었던 것이다. 나는 초등학교를 졸업할 때까지 작은아빠의 차를 타고 할머니한테 갔다가 당일로 돌아오길 반복했다. 싫지는 않았지만 왠지 엄마에게 미안한 마음이었다. 물론 엄마에게겐 비밀로 했다. 중학교 때는 내가 시간이 없어서 할머니에게 가지 못했고.

아빠 속의 여성은 이혼 후부터 지금까지 내 엄마로서 여느 엄마들처럼 똑같이 살아가고 있다. 물론 아빠로서의 남성 모습은 어떤 경우에도 내게 보여주지 않으면서. 나는 아빠와 엄마가 이혼할 무렵에 일어났던 일에 대해서 아직도 궁금한 점이 많다. 내가 워낙 어렸을 때 일어난 일이라 기억할 수 없고 알아볼 방법도 뾰족히 없다. 말해줄 사람이 아무도 없으니까.

나는 지금의 엄마와 엄마가 이혼한 사실에 대해 지금은 별다른 생각이 없다. 꼭 이해하는 것은 아니지만 그렇다고 쓸데없는 짓이었다고 생각하지도 않는다. 나는 싫든 좋든 이미 지금 자기 방에서 자고 있는 지금의 엄마와의 생활에 길들여졌기 때문이다. 나는 일곱 살 때까지 아주 이따금 지금의 엄마를 아빠라고 부른 적이 있었다. 그야말로 순진한 어린아이의 실수였다. 물론 여섯 살 때는 그런 실수의 빈도가 잦다가 그나마 일곱 살이 되자 현저히 줄어든 것이었다. 늦잠을 잤던 여섯 살 어느 날, 엄마가 부랴부랴 내 옷과 가방을 챙겨줄 때 나는 유치원 지각이 걱정되어 순간적으로 아빠라고 부른 적이 있었다. 그 말을 들은 엄마의 얼굴이 순식간에 변했다. 그 얼굴이 어린 내 가슴에 꺼지지 않는 불덩이로 박혀서 그다음부터 얼마나 입조심을 했는지 모른다. 일곱 살이 되면서 아빠라고 부르는 횟수가 현저히 줄어든 것도 그날 아침의 엄마 얼굴 때문이었다. 아마 그날 아침, 엄마는 잊을 만하면 또 내가 아빠라고 부르는 것에 무척 짜증이 났던 모양이다.

전과 달리 크게 얼굴을 찌푸렸는데 영락없는 아빠의 얼굴이었다. 화가 난 남자의 얼굴이었던 것이었다. 그 어린 나이에 보았던 엄마의 짜증 섞인 얼굴이 너무 무서워 밤에 잘 때 오줌을 지릴 정도였다. 차라리 엄마가 나에게 '엄마라고 불러'라고 엄하게 말했다면 공포감이 덜 했을지 모른다. 무언의 그 험상궂은 얼굴은 어린 내게 너무 무서웠다. 그 이후부터 나는 엄마의 그 무서운 아빠 얼굴을 보지 않기 위해 무진 애를 썼다. 엄마와 단둘이 하는 삶 속에서 살아남기 위한 일종의 처세술을 터득한 셈이다. 생각해보면 가여운 나의 어린 시절이었다. 엄마가 지금까지 엄마의 성기를 나에게 한 번도 보여주지 않거나 들키지 않았던 것은 그날의 사건이 크게 작용한 듯하다. 엄마에게도 어린 나에게 자신의 그 무서운 아빠 얼굴을 보여준 것에 대한 일말의 깨달음이 있었을 테니.

아무튼 초등학교에 입학할 무렵엔 내 머릿속에 아빠가 엄마로 각인되었다. 그 이후로 지금까지 아빠라고 부른 적이 없다. 그래서 엄마가 행복했는지는 몰라도, 어쨌든 그 짜증 섞이고 무서운 아빠 얼굴을 내게 다시 보여준 적은 없다. 아빠는 영원히 엄마가 된 것일까.

엄마는 자고 있다. 새벽 다섯시가 다 되어서야 귀가를 했다. 술에 취해서 귀가를 했다. 처음엔 이모를 욕하더니 해바라기에서 무슨 일이 있었는지 해바라기 주인 남자도 욕했다. 나는 그때까지도 잠을 안 자고 있었다. 잠이 오지 않아서.

나는 삐걱거리는 침대에서 일어나 내 방을 나선다. 냉장고에서 레모네이드병을 꺼내 레모네이드를 마신다. 어느새 레모네이드도 다 떨어졌다. 그 옆의 오미자차도 다 떨어졌다. 엄마가 자고 일어나면 오미자차를 찾을 텐데. 식사는 안 해도 오미자차는 마시고 해바라기로 일하러 나가니까. 나는 2리터 용량의 주전자에 수돗물을 받는다. 그리고 가스레인지에 주전자를 올려놓고 불을 켠다. 우리 집엔 정수기가 없어서 수돗물을 끓인 후 식힌 물로 오미자차를 우려낸다. 엄마가 식은 물에 건오미자를 넣고 우려내는 것이다. 황사와 미세먼지에도 오미자차는 좋다고 하니 엄마로선 그야말로 생명수다. 나는 담배 한 개비를 피워 물고 현관문을 연다. 복도에 서서 담배를 피운다. 어디선가 매미 소리가 들려온다.

15층 아래는 실로 까마득하다. 내가 이 편복도식 아파트로 이사를 온 것은 중학교 2학년 때였다. 그해 어느 봄날에 이사를 왔다. 아직도 월세를 꼬박꼬박 지불하며 살고 있다. 그나마 보증금 일부도 지금의 해바라기 주인 남자가 도와준 걸로 알고 있다. 그래도 엄마는 이사를 온 기념이라며 나에게 침대를 사주었다. 침대가 어찌나 큰지 침대를 들여놓자 내 방은 침대로 꽉 차버렸다. 나는 그렇게 큰 침대를 사준 엄마에게 고마움을 느꼈다. 그런데 아니었다. 침대가 큰 것이 아니라, 내 방이 비좁은 것이었다. 엄마 방은 내 방보다 약간 컸다. 그래서 장롱과 텔레비전을 들이고 남은 공간은 엄마 침대가 차지했다. 이 아파트엔 거실이 따로 없다. 주방 겸 거실이다. 그리고 그 바로 옆이 현관이다. 그래도 이 낡고 비좁은 15평(엄마 말에 의하면 실평수는 12평도 안 된다고 한다) 아파트에서 엄마와 나는 별다른 문제 없이 살고 있다. 중학교 2학년 때 15층 아래는 아주 까마득했다. 지금도 까마득하다. 다만 그때는 굉장히 무서웠다. 지금은 하나도 안 무섭다. 훨씬 무서운 것이 삶에는 많기 때문이다.

나는 복도에서 오래 있지 못한다. 15층 엘리베이터 입구 쪽에서 왁자지껄한 소리가 들려오기 때문이다. 1505호 악마와 그 패거리다. 저 아이들이 오늘은 또 얼마나 잔인하게 놀지 모르겠다.

밤색 머리는 고등학교를 중퇴했다. 왜 중퇴했는지는 모른다. 대안학교에 다닌다는 소문이 있지만, 내가 볼 때는 그냥 집에서 노는 것 같다. 이 악마의 특징은 자기 부모가 아침 일찍 일터로 나가면 자기 패거리를 집으로 불러 모은다는 것이다. 다른 동기는 없는 외아들인지라 거리낌 없이 불러들이는 것 같은데, 도대체 거의 날마다 그 집에 모여드는 아이들은 무엇을 하는 아이들인지 모르겠다. 정상적으로 학교에 다니는 아이들이라면 이른 아침부터 담배를 입에 물고 왁자지껄하게 그 집에 모여들 리가 없다. 더러 교복을 입은 아이들도 있는 걸 보면 학교를 땡땡이치고 오는 듯하고. 그렇게 몰려다니며 해서는 안 될 짓도 많이 하는 것 같다. 101동과 103동 경비원 아저씨들의 말에 의하면 저 아이들 중에는 도둑질을 하다가 경찰에 체포된 아이들도 있단다. 대도 흉내를 내며 강남의 빈 아파트에 들어가 절도를 했다는 것이다. 감시 카메라도 두려워하지 않는 아이들이란다. 간이 큰 아이들. 아무튼 나는 1505호 악마를 볼 때마다 세상을 이해할 수가 없다. 어떻게 저런 악마가 버젓이 고개를 들고 거리를 활보하며 살아가는지 말이다. 세상은 혹시 저 악마한테 일말의 인간적인 희망이라도 갖고 있는 걸까. 악마가 스스로 악마의 탈을 벗고 참회하며 인간으로 거듭날 의사가 없는데, 도대체 무슨 희망을 갖는 걸까. 팔짱을 끼고 하품이나 하며 구경만 하고 있는 이 거대한 도시의 바람대로 과연 저 악마가 인간이 될까.

나는 집에 들어와 주전자를 바라보며 잠시 멍한 기분이다. 주전자의 물이 조금도 끓지 않았다. 가스가 끊긴 것이다. 나는 그것도 모르고 가스 불이 켜진 줄로만 알고 복도로 나갔다. 정말 내 정신이 왜 이런지 모르겠다. 그나저나 가스가 끊겼다고 엄마에게 말을 해야 하나. 엄마는 여전히 자고 있다.

핸드폰 벨이 울린다. 늙은 영화다. 또 어디 가서 개를 가져오라고 할 줄 알았더니 그게 아니다. 오늘 바쁘지 않으면 영화네식당에 와서 서빙 좀 하란다. 나는 거절한다. 개고기 냄새도 싫고, 내가 지금 그럴 기분이 아니다. 늙은 영화가 화를 내며 나뭇가지가 갈라지는 듯한 특유의 소리를 지른다. 그러나 내가 식당에 가지 않더라도 늙은 영화 혼자서 얼마든지 장사를 할 수 있다. 손님이 바글바글 들끓는 것도 아니고 늙은 영화는 장사에 이골이 났기 때문이다.

늙은 영화는 어릴 때 사람 젖으로 기른 개고기를 먹어서 그런지, 아니면 평생을 보신탕집을 하면서 개고기를 먹어서 그런지 키와 나이에 비해 힘도 좋고 몸도 좋다. 가슴도 크고 엉덩이도 크다. 청바지의 엉덩이 부분이 항상 찢어질 것만 같다. 팔 힘은 나보다 훨씬 세다. 내가 영화네식당에서 아르바이트를 하기 전에, 도축 개고기를 몇 번 대주던 어떤 아저씨를 번쩍 들어서 식당 앞마당에 내던졌다는 에피소드도 있다.

그 아저씨는 전문적으로 번식견만 사육하는 아저씨다. 비좁은 철창마다 임신한 어미 개들을 가둬두고 비가 오나 눈이 오나 오로지 출

산만 하게 하다가, 열 번이고 스무 번이고 출산한 어미 개가 출산 기
능을 상실하면 마지막엔 전기충격기로 죽이는 일을 하는 것이다. 그
리고 그렇게 죽인 개를 식용 개고기로 둔갑시켜 보신탕집에 납품도
하는 것이다. 늙은 영화도 그 아저씨의 개고기를 몇 번 가져다 썼는
데, 문제의 그날은 영화네식당에 식모 언니가 놀러 온 날이었다. 허리
디스크 때문에 고생하던 그 언니가 침을 맞고 어렵게 발걸음을 한 길
이었다. 식모 언니가 모처럼 맛있게 보신탕을 먹고 있는데 그 아저씨
가 도축한 개고기를 갖고 식당에 들렀다. 그런데 그날 그 아저씨는 개
사육장 뒷산에서 잡은 뱀도 가져왔다. 작은 꽃뱀이었는데 장난삼아
식당에 풀어놓았다. 보신탕을 먹고 있던 식모 언니는 그 뱀을 보고 기
절하듯 나자빠졌다. 그 바람에 그동안 없는 돈 들여가며 힘들게 받은
허리 치료가 말짱 도루묵이 되었다. 그래서 몹시 화가 난 늙은 영화가
그 아저씨를 번쩍 들어서 내던진 것이다.

　늙은 영화는 한 달에 한 번은 꼭 관악산 중턱의 절을 찾는다. 합법
적이든 불법적이든 개 도축장에서 죽임을 당하고 토막 난 뒤 냉동육
으로 팔려 온 개, 동물병원에서 안락사를 당해서 팔려 온 개, 개 도둑
들이 납치해서 팔아넘긴 개, 병이나 갖가지 이유로 자기 주인들로부
터 버림받아 팔려 온 개, 그렇게 저마다의 곡절로 영화네식당으로 와
서 모두 늙은 영화의 손을 거쳐 사람들 입속으로 들어간 그 가여운 생
명들을 위로하기 위해서다. 동물 마취제를 쓰는 대신 입마개를 끼우
고 물에 적신 검은 비닐봉지를 씌워 개를 질식사시키면서부터 늙은
영화는 더 챙겨서 절을 찾는다. 그리고 죽은 개들의 혼령을 위로한다.
절을 찾기 시작한 것은 대략 칠 년 전부터다. 그 무렵 장대비가 겁나

게 쏟아지던 어느 여름밤 죽은 개가 찾아왔기 때문이다. 분명히 토막 내어 가마솥에 넣고 끓인 개였는데 누런 털까지 온전한 모습으로 식당을 찾아온 것이었다. 밤이 너무 깊어서 식당엔 손님 하나 없고 늙은 영화 혼자뿐이었는데, 그 개는 식당 문 앞에서 으르렁거리며 꼼짝도 하지 않았다. 주방 식칼로 위협을 하며 쫓아보아도 소용없었고, 달걀 새우젓국에 쌀밥을 말아 주며 달래보아도 소용없었다. 죽은 것이 너무도 원통한 개였다. 그런데 늙은 영화가 큰절을 하자 비로소 돌아서서 비를 맞으며 사라졌다고 한다.

개에게도 혼령이 있다고, 늙은 영화는 철석같이 믿는다.

1505호 밤색 머리에게도 혼령이 있을까. 있다.

내가 중학교 2학년 때 이 가난한 아파트로 이사를 온 이래 겪은 가장 불행한 일은, 그 악마의 혼령을 만난 것이었다.

가야농원

레모네이드병을 꺼내 물로 깨끗이 씻는다. 그리고 마트에 가서 사이다를 사 온다. 레몬즙을 짜서 사이다와 섞는다. 전과 달리 레몬즙과 사이다의 비율을 1대 1로 해서. 레몬의 상큼한 향기와 신맛이 훨씬 더할 것이다. 내가 그만큼 많이 힘들어졌다는 증거.

레모네이드를 채운 병을 냉장고에 넣는다. 그리고 오므라이스를 해먹으려고 김치와 버터 조각을 꺼내려다가 가스가 끊긴 게 생각난다. 엄마가 많이 쪼들리는 모양이다. 아니면 월급을 못 탔거나. 그나마 아파트 관리비는 안 밀렸는지 수돗물과 전기는 끊어지지 않았다. 엄마가 어지간하면 가스가 끊기게 하지는 않는데 정말 어려운 모양이다.

엄마가 해바라기에 취직되어 출근하기 전, 그러니까 이 아파트가 아니라 중계동 반지하방 월세를 살 때 가스가 끊긴 적이 있다. 무슨 일 때문인지는 몰라도 당시 엄마는 일 년쯤 다니던 충무로 인쇄소를 갑자기 그만두고 쉬고 있었는데, 그때 가스뿐 아니라 전기와 수돗물까지 끊어졌었다. 수돗물마저 끊어진 것은, 집주인 부부가 다단계판매 사기 혐의로 도망 중이었기 때문이다. 밖에는 낙엽이 지고 얼마 후엔 첫눈이 내렸는데, 그걸 바라보고 있자니 우리 집은 밖보다 더 추운 시베리아 한복판 같았다. 다른 건 몰라도 수돗물이 안 나오는 것은 정말 불편하고 짜증이 났다. 화장실이 가장 불편했다. 변기통 속에 가득 찬 내 똥과 똥물이 그토록 더럽고 부담스럽게 느껴질 수가 없었다. 마치 내 가슴속을 꽉 채우고 있는 느낌이었다. 입에서 똥과 똥물이 쏟아져 나오기 직전의 느낌이었다. 엄마는 이틀에 한 번꼴로 그런 화장실을 눈썹 하나 까딱하지 않고 깨끗이 치웠다. 물을 얻어 와서 치운 것이다. 누구네 집에서 얻어 오는지는 몰라도 엄마는 뚜껑 달린 커다란 플라스틱 양동이를 들고 나가서 몇 번씩 얻어 오곤 했다. 화장실 다음으로 가장 짜증이 나는 것은 발 냄새였다. 자주 씻지를 못하니 발 고린내가 기가 막혔다. 무좀이 있는 엄마 발은 그렇다 치고 내 발에서도 냄새가 장난이 아니었다. 여름도 아닌데 왜 그렇게 발에서 고약한 청국장 냄새가 나는지 모를 일이었다. 엄마가 얻어 오는 물은 아침에 학교에 가려고 세수할 때만 써도 양이 모자랐다. 불은 전깃불 대신 촛불을 켰다. 난생처음 하는 경험이었다. 촛불을 켜고 수학 숙제를 하고, 영어 숙어와 단어를 외우고, 시험공부도 했다. 밥과 라면과 찌개는 휴대용 가스레인지로 해 먹었다. 그 당시 엄마는 오미자차가 아니라 커피를 입에 달고 살아서, 휴대용 가스레인지엔 항상 커피 물을 끓이는 주전자가 올려져 있었다. 작은 스테인리스 주전자였다. 추울 땐 나도 그 뜨거운 물을 마셨다. 낮에도 춥고 밤에는 더 추웠지만 그래도 용하게 감기는 한 번도 걸리지 않았다. 추운 11월이라 벌레나 곰팡이가 안 생긴 것이 그나마 다행이라면 다행이었다. 만일 무더운 여름이었으면 돈벌레로 불리는 그리마나 지네(동네 꼬마들이 어떤 집 수도계량기 통 속에서 지네를 잡은 적이 있었다), 바퀴벌레, 진드기 등 온갖 벌레와 축축하고 음습한 곰팡이로 집 안 꼴이 말이 아니었을 것이고 그러면 더 비참했을 것이다. 그러던 어느 날, 인쇄소에서 사람이 왔다. 엄마더러 다시 인쇄소에 나오라고 했다. 그런데 엄마는 무슨 이유인지 거절했다. 그래서 우리 집은 계속 생활이 말이 아니었다. 내 가슴속엔 여전히 똥과 똥물이 가득 찼다. 동지가 지나고 함박눈이 날리던 날, 청주의 작은엄마가 다녀간 뒤로 비로소 우리 집엔 다시 수돗물이 나오고 전기가 들어오고 주방 가스 불이 켜졌다. 가장 반가운 소리는 화장실 변기통 물 내려가는 소리였다. 엄마가 연락을 해서 작은엄마가 일부러 찾아온 것인지 아니면 작은엄마가 서울에 다른 볼일이 있어서 올라왔다가 잠깐 들른 것인지는 알 수 없어도, 여하튼 작은엄마 덕분에 우리는 얼어 죽거나 굶어 죽지 않고 그해 겨울을 나게 되었다.

나는 냉장고에서 다시 레모네이드병을 꺼낸다. 레모네이드 한 잔으로 아침 식사를 대신한다. 가스가 끊겼다고, 엄마를 깨우지는 않는다. 엄마는 여전히 자고 있다.

나는 책상 앞에 앉아 전화를 건다. 백수영. 친구다. 중학교와 고등학교 때의 친구다. 대학교는 다르다. 수영이는 올해 1월 초에 전역하고 이번 학기에 복학해서 공부 중이다. 내가 대학교를 자퇴할 때, 엄마와 학과 교수님인 노철학자 다음으로 가장 충격을 받은 인간이다.

"공부는 잘되냐?"

"뭐, 그냥."

"바빠?"

"조금. 기말시험이 얼마 안 남아서."

"괜히 전화했네."

"아냐. 말이 그렇다는 거지. 이 몸이 언제 공부하는 거 봤냐?"

나는 지금이 대학교 기말시험 준비 기간이란 걸 미처 생각하지 못
했다. 그냥 전화를 끊을까 하는데 수영이가 자꾸 용건을 묻는다. 나는
할 수 없이 용건을 말하기로 한다.

"네 큰형 말이야, 식당은 잘되시냐?"

"뭐, 그냥. 왜?"

"혹시 알바 구하지 않나 해서."

"누구? 너?"

"응."

"알았어. 얘기는 해볼게."

나는 수영이에게 기말시험 준비 때문에 바쁠 텐데 이런 부탁을 해
서 미안하다고 말한 뒤 전화를 끊는다. 수영이에게 아르바이트 자리
를 부탁한 것은, 해바라기밭에서 더 이상 개털 작업을 못 할지도 모르
기 때문이다. 정수가 밤색 머리한테 말을 했을 테니까.

수영이의 큰형은 보신탕집을 한다. 영화네식당과는 비교할 수도
없을 정도로 크다. 종업원만 다섯 명이다. 내가 그 보신탕집에 처음 간
것은 고등학교 2학년 때였다. 수영이와 자금성을 아지트 삼아 한창
어울려 다니던 시절이었다. 수영이가 큰형한테 용돈을 탄다며 그곳에
갈 때 대여섯 번 정도 따라갔었다. 그때마다 수영이의 큰형인 백 사장
은 동생의 친구가 왔다며 보신탕을 먹고 가라고 했다. 그러나 나는 뚝

배기에 담겨 나오던 그 보신탕을 마지못해 먹고 모두 게워내곤 했다. 집으로 오는 길거리 골목길로 뛰어 들어가 급하게 게워댄 적도 한두 번이 아니었고, 집에 와서 화장실 변기통 속에 쉴 새 없이 쏟아내기도 했다. 지금도 그렇지만 나는 이상하게도 개고기가 몸에 맞지 않는다.

　수영이 큰형의 보신탕집과는 그런 안 좋은 기억이 있었는데, 나중에 어떡하다가 그 식당에서 아르바이트를 하게 되었다. 대학교 1학년 여름방학 때 여기저기 아르바이트를 구하고 있었다. 당시 군복무 중이던 수영이가 첫 휴가를 나왔다가 내가 아르바이트를 구한다는 얘기를 큰형에게 했다. 나는 하필이면 보신탕집에서 일하는 것이 좀 망설여졌지만 소개해준 수영이와 흔쾌히 수락해준 백 사장의 얼굴을 봐서 결국 그곳에서 일하게 되었다. 그러나 아니나 다를까. 첫날부터 고역이었다. 오전 열한시부터 오후 네시까지 다섯 시간 내내 서빙을 하는 동안 개고기 냄새 때문에 심한 두통과 구토증에 시달렸다. 계속 머리가 쑤시고 배 속이 울렁거리며 토할 것만 같았다. 그리고 점심 손님이 뜸한 오후 세시 삼십분쯤에 종업원들과 함께 늦은 점심으로 보신탕을 먹고는 매번 곤욕을 치렀다. 토하는 것도 한두 번이지, 첫 출근한 날부터 날마다 그렇게 토하자 백 사장이 날더러 아르바이트를 계속할 수 있겠느냐고 물었다. 일당이 3만 원인지라 나는 우물쭈물했는데 백 사장이 내 사정을 눈치채고는 농장을 소개해주었다. 백 사장의 보신탕집에 도축한 개고기를 공급해주는 농장이었다. 백 사장은 나에게 시골의 그 농장에서 맑은 공기를 마시며 사육하는 개들에게 사료나 주고 똥이나 치우면 된다고 했다. 숙식도 그곳에서 하면 된다고 했다. 농장에서 일하는 다른 직원들과 같이 생활하면 된다는 것이었다.

나는 마음에 들었다. 개고기 냄새에 찌들어 게워대며 일하는 것보다는 농장에서 일하는 편이 훨씬 나을 것 같다는 생각이었다. 무엇보다그 무더운 여름에 경치 좋은 시골에서 맑은 공기와 시원한 바람을 쐬며 일한다는 것이 좋았다.

나는 14일 만에 보신탕집에서 개 사육 전문 농장으로 일자리를 옮겼다. 집에서 가방을 싸는 나를 보고 엄마는 어리둥절해하다가 굳이집을 떠나서까지 아르바이트를 해야겠느냐며 걱정했다. 그러나 나는 마저 가방을 쌌다. 농장에서 주는 보수는 월급 형식으로, 80만 원이었다.

백 사장의 보신탕집에서 만난 농장 주인은 햇볕에 얼굴이 많이 그을린 30대 중반의 남자였다. 백 사장이 최 사장이라고 부르는 그는 키가 크고 어깨가 다부지게 벌어진 강인한 인상의 소유자였다. 그가 건네준 명함엔 과수 및 가축 사육 전문 가야농원 대표 최오동이라고 적혀 있었다. 무식해 보이지도 않지만 교양 있어 보이지도 않는 사람이었다. 나는 그의 트럭을 타고 농장으로 향했다. 서울을 벗어나 강원도방향의 한강 지류를 따라 한 시간쯤 달렸다. 가는 동안 그는 나한테딱 한마디만 했다.

"보신탕을 못 먹는다고?"

가야농원이라는 그 농장의 첫인상은 버려진 넓은 밭 같았고 무척지저분해 보였다. 백 사장의 말과는 달리 좋은 경치를 가진 곳도 아니었고 개만 사육하는 곳도 아니었다. 어떤 필리핀 여자가 커다란 나무상자 안에 있는 더러워 보이는 고양이들에게 먹을 것을 갖다 주었다. 먹이가 담긴 양동이엔 붕어, 쏘가리, 메기 같은 물고기 대가리와 내장이 가득했다. 한강에서 잡은 물고기들인 듯했다.

여름이라 그런지 농장은 곳곳마다 파리들이 들끓었다. 개들이 묶여 있는 곳이나 강아지들이 떼 지어 갇혀 있는 우리나 개와 고양이를 도축하고 씻어내는 마당이나 어디든 파리들이 들끓었다. 그리고 어디든 어김없이 악취가 코를 찔렀다. 건물은 사장 내외가 살림채로 쓰는 2층짜리 붉은 벽돌집과 직원들이 잠을 자는 허름하고 작은 조립식 컨테이너 건물, 개와 고양이를 도축하는 마당이 딸린 커다란 창고 건물과 그 뒤편의 사료 보관용 냉장고와 분쇄기 등이 있는 조립식 창고 건물, 밭에 묶여 있는 개들 말고 따로 개들을 넣어두는 축사 두 곳, 연장이나 기계부품 등 잡동사니들을 넣어두는 작은 창고 건물 등이 있었다. 자동차는 최 사장이 신사복을 입었을 때 타는 검정색 중형 승용차와 그의 동거녀가 타는 은색의 소형 승용차, 내가 최 사장과 농장에 올 때 타고 온 트럭 등 세 대였다.

가야농원에서 생활하는 사람들은 농장 주인인 최 사장과 그의 아내격인 동거녀, 직원인 남자 세 명과 필리핀 여자 그리고 나까지 포함해서 모두 일곱 명이었다. 그러나 나는 나한테 명함을 준 최 사장만 성과 이름까지 다 알 뿐 다른 사람들은 성만 알 거나 이름만 알 뿐이다. 그곳에서 일주일밖에 생활하지 않았기 때문이다. 최 사장의 동거녀는 이름은 물론 성조차 모른다. 최 사장은 언제나 그녀를 "야"나 "너"라고만 불렀기 때문이다.

"야, 다시 전화해봐."

"너라는 년은 어떻게 머리통이 그 모양이니? 마리코가 너보단 백번 낫다."

늘 이런 식이었다. 직원들은 그녀를 사모님이라고 불렀고.

남자 직원 세 명 중에 가장 나이가 많고 오른쪽 다리를 약간 저는 60대는 홍 씨였고, 늘 말이 없는 역시 60대는 연 씨였다. 그리고 아래위 앞니가 몇 개나 부러지고 빠진 40대 후반쯤의 아저씨가 필균이라는 사람이었다. 최 사장은 자기보다 나이가 열 살은 족히 많아 보이는 그를 항상 "필균아"라고 불렀다. 그의 동거녀도 최 사장을 따라서 그녀보다 훨씬 키가 작은 그를 아무 때나 "필균아"라고 불렀다.

"필균아, 호스를 더 빼서 울타리 쪽까지 뿌리란 말이야!"

이런 식이었다.

최 사장의 동거녀보다 몇 살은 어려 보이는 필리핀 여자 마리코는 한국말을 아주 잘했다. 내가 그곳에 있는 동안 마리코가 영어로 말하는 걸 들은 것은 단 한 번밖에 없다. 그것도 연장 따위를 넣어두는 작은 창고에서 흘러나오는 외마디 비명에 가까웠다. 그곳에서 최 사장은 동거녀 몰래 마리코와 섹스를 하고 있었다. 홍 씨 할아버지 말로는 강간이 아니라고 했다. 마리코가 어떻게 그 농장에까지 들어와 일하게 되었는지 알 수 없는 일이다. 필리핀 민다나오 섬의 어느 조그만 어촌이 그녀의 고향이라는 것이 내가 그녀에 대해 알고 있는 전부다.

나를 비롯한 직원들은 허름한 조립식 컨테이너 건물에서 잠을 잤는데 냄새가 지독했다. 평소에 청소를 한 번도 안 했는지 퀴퀴한 냄새가 이불과 요에도 진동했다. 농장 일과는 항상 이른 새벽부터 시작되었다. 내 옆에서 자는 홍 씨 할아버지가 직원들을 깨웠다. 나는 홍 씨 할아버지의 뒤를 졸졸 따라다니며 시키는 일만 했다. 가장 먼저 밭으로 올라가서 묶여 있는 개들이 싸놓은 똥 치우는 일부터 했다. 족히 수십 마리는 될 것 같은 개들이 어찌나 싸놓는지 삽으로 아무리 치워도 끝이 없었다. 더러운 것은 또 어떻고.

"너도 똥 누잖아."

홍 씨 할아버지는 그렇게 말했지만 개똥을 담은 수레를 몇 번이나 끌고 오르락내리락했는지 모른다. 더욱이 홍 씨 할아버지가 잠시라도 내 곁을 벗어나면 개들이 나를 잡아먹을 듯 사납게 달려들었다. 너무 무서웠다. 피하다가 다른 개의 똥을 밟기도 하고. 그리고 두 줄로 늘어선 철창들 속에 갇혀 있는 스무 마리 남짓한 개들(위생 상태가 과히 안 좋은 개들이었음) 똥도 치웠다. 그러다가 어디서 역한 냄새가 난다 싶어서 고개를 돌리면 커다란 창고 앞의 마당에서 연 씨 할아버지와 필균이 아저씨가 개 도축 작업을 하고 있었다. 개는 종류를 가리지 않고 닥치는 대로 죽였는데, 필균이 아저씨가 개를 죽이면 연 씨 할아버지가 개 사체를 탈모기에 넣어 개털을 뽑고 남은 털은 다시 롱가스토치로 제거했다. 그러면 다시 필균이 아저씨가 강력한 수압기를 이용해서 개 사체를 깨끗이 씻었다. 그런 후 창고 안에서 주문 종이를 보며 보신탕집에서 주문한 대로 개를 토막 내었다. 토막 난 개고기는 물이 가득 담긴 광주리에 투척해서 핏물을 말끔히 씻어냈다. 그렇게 손질된 개고기는 비닐봉지에 담겨 냉장 보관되었다가 보신탕집으로 갔다. 나는 광주리에 담긴 개고기 토막들을 깨끗이 씻어내는 일과 비닐봉지에 개고기를 담아서 냉장고로 옮기는 일을 했다. 수십 번 일어났다 앉았다를 반복하며 창고 냉장고로 왔다 갔다 하는 일은 너무 힘들었다. 개고기 무게도 장난이 아니었다. 열 근에서 스무 근 정도는 괜찮았는데, 서른 근 정도부터는 왕복 운반이 너무 힘들었다. 잠시 쉬면서 삐

근한 허리라도 돌리려 하면 최 사장이 싫은 표정으로 노려보았다. 주
문량이 많아서 점심도 거르고 일한 날 밤에는 팔과 허리가 심하게 쑤
셔서 끙끙 앓으며 자기도 했다. 홍 씨 할아버지와 필균이 아저씨는 처
음이라서 그렇다고, 적응되면 차차 괜찮아질 거라고 했지만 가야농원
이란 곳이 이렇게 중노동을 하는 곳인 줄은 미처 몰랐다. 창고 안에서
나온 개 내장은 일부는 직원들이 먹고 일부는 다시 개들의 먹이로 사
용되었다. 머리와 고기와 간, 허파 같은 부속물은 일부는 직원들이 먹
고 일부는 보신탕집으로 갔다. 최 사장은 가끔 가장 귀하다는 개 자지
만 가져갔다.

　이른 새벽부터 시작된 개똥 치우기가 끝나면 마리코가 차려주는
아침 식사를 했다. 붉은 벽돌집 아래층의 작은 방에서 직원들끼리만
먹었다. 홍 씨 할아버지와 연 씨 할아버지, 필균이 아저씨는 아침부터
개 내장탕을 먹었다. 특히 홍 씨 할아버지는 다진 청양고추를 두 숟가
락이나 넣고 먹었다. 그의 주름 많은 얼굴엔 아침부터 땀방울이 비 오
듯 했다. 농장의 첫인상부터 안 좋았던 나는, 아침부터 개 내장탕을 대
하고는 농장에서 일할 욕심이 사그라지기 시작했다. 밭에서 개똥을
치울 때 마구 짖어대며 달려드는 개들보다 개 내장탕이 더 싫었다. 나
는 열무김치와 오이장아찌하고만 아침밥을 먹었다. 열무김치는 마리
코가 담근 것이었는데, 그 또한 내가 평소 알던 열무김치 맛과는 달라
서 마음에 안 들었다.

　최 사장은 개 자지를 자신이 먹기도 하고 나머지는 비싸게 팔았다.
개 자지만 따로 사는 사람들이 있었는데 환자들이나 부자들이었다.
그리고 최 사장은 개 자지로 술도 담갔는데 그 술병만 수백 병이 넘었

다. 그는 질 좋은 천일염으로 절여서 말린 개 자지로 많은 요리를 해서 먹었다. 그러나 내가 그곳에 있는 동안 그가 소금에 절인 개 자지를 말리는 걸 본 적은 없다. 물론 최 사장이 먹는 개 자지는 그야말로 멀쩡하고 건강한 개들(농장의 복숭아나무들 근처에 있는 축사에서 따로 기른다)에게서 얻는 것이었다. 병들었거나 대량 사육되었거나 비명횡사했거나 동물병원에서 수거해 온 개들의 자지는 절대 먹지 않았다. 그것들은 다른 사람들에게 팔았다. 최 사장은 딱 한 번 말린 개 자지를 마리코에게 준 적이 있다. 마리코가 내게 몰래 동거녀를 흉보다가 말해준 사실이다.

오후엔 농장이 더 바빴다. 특히 사흘에 한 번꼴로 닭 공장 화물차가 들어올 때는 더 바빴다. 화물차가 들어오면 홍 씨 할아버지와 연 씨 할아버지, 필균이 아저씨는 모든 일을 중단하고 화물차에 달려들었다. 화물차에서 냉동 닭들을 내려야 하기 때문이었다. 그 냉동 닭들은 닭 공장에서 상품 가치가 없다며 폐기한 것들이었다. 유통기한이 지났거나, 어딘가 뼈가 부러졌거나, 도축 과정에서 상처를 입어 날개 따위가 떨어져 나간 것들, 즉 일반 소비자들한테는 팔 수 없는 닭들이었다. 이 폐기된 냉동 닭들이 가야농원에서 개 사료로 사용되었다. 연 씨 할아버지 말에 의하면 재작년까지만 해도 폐기된 오리도 닭과 함께 사료로 사용했다고 했다. 그러나 그 마저도 돈이 아까운지 최 사장이 더 이상 오리는 들여오지 않는다고 했다. 폐기된 닭들은 복숭아나무들 옆 축사의 개들에게만 먹였다. 닭들이 화물차에서 모두 내려지면 조립식 창고 건물로 옮겨 냉장고에 보관하고, 일부는 분쇄기에 넣어 사료로 만들었다. 닭들을 분쇄하는 일은 필균이 아저씨가 전적으로 도맡아서 했다. 냉동된 닭들의 무게가 만만치 않기 때문이었다. 한 마리의 닭은 별로 무게감이 없지만 꽁꽁 얼어서 수십 마리씩 서로 붙어 있는 닭 덩어리는 쇳덩어리처럼 무거웠다. 그 덩어리들을 냉장고의 냉동실에 넣고 꺼내고 해동하고 일일이 분쇄기에 넣어 분쇄하고, 그렇게 만들어진 사료들을 축사의 개들에게 갖다 주는 일은 여간 고된 노동이 아니었다. 그 모든 과정을 필균이 아저씨 혼자서 도맡아 했다. 다른 두 노인네들은 힘이 달린다고 했기 때문이다. 물론 나도 거들었지만 요령이 없어서 필균이 아저씨 혼자 하는 거나 마찬가지였다. 그래도 필균이 아저씨는 일 못한다고 잔소리를 한 적은 한 번도 없었다. 냉동실 문 열어라, 바닥에 흘린 닭들 주워라는 말만 몇 번 했을 뿐이다. 참 착하고 좋은 아저씨라는 생각이 들기도 했지만, 내가 보기엔 좀 웃겼다. 필균이 아저씨가 두 할아버지들보다 나이만 어릴 뿐, 실제로 힘은 할아버지들이 더 셌기 때문이다. 키와 덩치도 할아버지들이 더 컸다. 그러나 필균이 아저씨는 힘들어도 군말 없이 그 일을 했다.

오후의 농장은 분위기도 살벌했다. 최 사장이 이런저런 지시를 하며 돌아다니기 때문이었다. 필균이 아저씨가 최 사장에게 혼이 나고 얻어맞는 시간도 이때였다. 최 사장은 누가 보건 말건 욕을 하고 주먹으로 때렸다. 필균이 아저씨가 얼굴을 맞아서 코피가 줄줄 흘러도 계속 때렸다. 동거녀는 은색 승용차를 몰고 나가서 배추나 무, 양파, 청양고추 같은 것들을 잔뜩 얻어왔다. 가끔 개 머리를 갖다 주는 집에서 농사를 지은 것들이었다.

최 사장은 거의 날마다 오후 다섯시가 되면 트럭을 몰고 나갔다. 연씨 할아버지와 필균이 아저씨가 도축한 개고기를 싣고 보신탕집으로 가는 것이었다. 이 배달 일은 직원들을 시키지 않고 꼭 자신이 했다. 홍 씨 할아버지와 연 씨 할아버지는 늙은 데다가 운전면허증도 없고, 필균이 아저씨는 키가 작고 사람이 어딘가 모르게 어눌했지만, 꼭 그 이유 때문은 아니었다. 배달 일은 돈을 만지는 일이기 때문이었다. 내가 그곳에 있는 동안 그 세 사람이 농장 밖으로 나가는 것을 한 번도 보지 못했다.

최 사장은 배달을 갔다가 몇 군데 단골 동물병원에 들러 개를 가져 오기도 했다. 열에 아홉은 죽은 개로, 수의사가 안락사를 시켰거나 로 드킬을 당한 개들이었다. 간혹 동물병원에서 살아 있는 개들도 줬는 데, 농장에서 기르려면 기르라는 뜻이었다. 최 사장은 또 불법 유기견 포획자들 집이나 유기견 보호 단체, 혹은 일반 가정집 등을 돌아다니 며 개를 실어 왔다. 그리고 그렇게 수거해 온 개들은 죽은 개는 말할 것도 없고 살아 있는 개도 문제가 있다며 잠시도 살려두지 않았다. 농 장의 다른 개들(특히 복숭아나무들 옆의 축사에 있는 개들)한테 기생충이 나 전염병 등을 옮길 위험이 있고 사료값도 아깝다고. 그래서 트럭에 서 끌어 내리자마자 연 씨 할아버지와 필균이 아저씨가 올가미를 씌 워 작업 창고로 끌고 가서 죽였다. 어쩌다가 똥이 범벅인 개가 있으면 물로 씻긴 후 죽였다. 왜 똥이 범벅인 채로 트럭에 실렸는지는 모르지 만, 그런 개가 있으면 트럭까지 물로 씻어야 했다. 개는 필균이 아저씨 가 죽였는데 죽이기 직전에 몸무게를 달고 전기충격기로 죽였다. 전 기충격기에 감전된 개는 온몸이 마비되어 경직된 채로 죽었다. 감전 될 때 똥과 오줌을 지리는데, 그 역시 필균이 아저씨가 물로 씻었다. 그러고 난 후엔 연 씨 할아버지가 탈모기에 개의 사체를 집어넣고 모터를 돌려서 털을 뽑는 것이었다. 그러면 나는 옆에 있다가 탈모기 아래의 노란 플라스틱 바구니에 가득 담긴 개털을 치웠다. 그렇게 여러 과정을 거치며 토막 난 개고기가 비닐봉지에 담길 때까지, 최 사장은 거의 한시도 눈을 떼지 않고 옆에서 꼼꼼히 지켜보며 일일이 잔소리를 했다. 그러다가 필균이 아저씨가 무슨 실수라도 하거나 일이 더디면 즉시 욕을 퍼부으며 주먹으로 때렸다. 가령 전기충격기는 개의 입에 물려야 하는데 개가 반항하는 바람에 다른 부위에 전기충격이 가해져 개가 한 번에 죽지 않은 경우, 최 사장은 화를 내며 필균이 아저씨를 때렸다. 한번 때리기 시작하면 옆에 누가 있건 없건 멈추지 않았다. 최 사장과 그나마 말이 통한다는 홍 씨 할아버지도 말리지 못하고 그냥 지켜만 보았다. 무서워서였다.

홍 씨 할아버지는 어느 날 밤 잠자리에서, 가야농원이 불법 도축장이었던 삼 년 전까지는 개를 죽일 때 전기충격기를 사용하지 않았다는 말을 해주었다. 대형견이나 중형견은 도로래의 쇠줄로 목을 감아서 위로 끌어 올린 다음 쇠파이프로 머리를 내려쳐서 죽였단다. 개들은 대개 쇠파이프질 한 대에 비명도 못 지르고 죽었고 개의 몸이 너무 흔들린 경우만 세 대나 네 대까지 맞고 죽었는데, 그런 경우에는 또 필균이 아저씨가 최 사장에게 얻어맞았단다. 정수리를 내려쳐서 깔끔하게 죽이지 못해 개에게 쓸데없는 고통을 주었다는 이유로. 여하튼 필균이 아저씨가 죽이는 개들 중에는 간혹 마지막 발악으로 두 눈에서 독기를 내뿜으며 반항하는 개들도 있었지만 아무 소용 없었다고, 필균이 아저씨는 개들에게 있어 저승사자였다고 했다. 어떤 개들은 필균이 아저씨와 눈빛만 마주쳐도 온몸을 파르르 떨며 그 자리에서 오줌을 줄줄 흘리거나 똥을 쌌단다.

　나는 하루하루가 힘들었다. 온몸이 얻어맞은 것처럼 쑤시는 것은
둘째 치고 식사 시간이 가장 고역이었다. 최 사장은 내가 개 내장탕을
못 먹는다는 걸 알면서도 마리코가 계속 그걸 끓이도록 내버려두었
다. 농장 근처 동네 이장과 박 주사라는 면사무소 직원이 가끔 개고기
를 사러 오면 서비스로 내장을 많이 주었는데, 그런 날에도 희한하게
내장탕이 식탁에 올랐다.

　그것도 고역이었지만, 최 사장과 동거녀가 두 할아버지들과 필균
이 아저씨를 막 대하는 모습도 너무 싫었다. 특히 필균이 아저씨는 복
숭아나무들 옆 축사의 개들만도 못한 대접을 받았다. 누가 보건 말건
시도 때도 없이 최 사장이 욕을 하고 때리고 혼을 냈다. 한번은, 임신
한 도사견이 여덟 마리의 새끼를 낳았는데 그중 한 마리가 죽어 있었
다. 홍 씨 할아버지 말로는 누가 밤새 지켜보지 않아도 어미 개는 스
스로 알아서 새끼를 낳는다는데, 최 사장은 필균이 아저씨가 출산 과
정을 밤새 지켜보지 않아서 한 마리가 죽었다며 또 마구 때렸다. 그러
고는 욕설과 함께 죽은 강아지를 필균이 아저씨의 얼굴에 던졌다. 죽
은 강아지로 얼굴을 맞은 필균이 아저씨의 비참한 몰골이라니. 그래
도 필균이 아저씨는 말 한마디 못 하고 서 있기만 했다. 나는 필균이
아저씨가 너무 불쌍했다. 필균이 아저씨의 앞니들이 몇 개나 부러지
고 빠진 것도 최 사장 때문이라고 했다. 이유는 필균이 아저씨가 동거
녀한테 반말을 했다는 것이었다. 일부러 반말을 한 것도 아니고 무의
식적으로 했는데 최 사장은 필균이 아저씨의 머리를 잡고 끌고 가서
창고 건물 시멘트벽에 얼굴을 마구 쩧었다고 한다.

내가 농장에서 나오기 전날, 연 씨 할아버지가 복숭아나무들 옆 축사에서 뛰쳐나온 도베르만 두 마리에게 다리를 몇 군데나 물렸다. 최 사장은 부주의해서 물렸다며 오히려 연 씨 할아버지를 탓했다. 그래서 연 씨 할아버지는 병원에도 못 가고 개 이빨 자국이 찍힌 상처의 피만 닦아낸 후, 거기 마리코한테 얻은 된장만 발랐다. 그런데 시간이 갈수록 다리가 퉁퉁 붓는 것이었다. 특히 장딴지는 너무 부어서 무릎을 접고 앉을 수가 없었다. 최 사장은 하는 수 없이 연 씨 할아버지더러 방에 들어가서 쉬라고 했다. 그래서 필균이 아저씨가 대신 개털 작업을 하게 되었다.

필균이 아저씨는 점심을 먹고 작업 창고에서 죽인 개 한 마리를 마당으로 끌고 나왔다. 탈모기에서 일단 털이 뽑힌 그 잡종 진돗개 사체의 잔털을 필균이 아저씨가 롱가스토치의 파란 불꽃으로 그슬기 시작했다. 그런데 어딘가 모르게 영 서툴렀다. 내가 보아도 연 씨 할아버지의 작업 모습과는 확연히 차이가 났다. 마당에 누인 개 사체를 반대 방향으로 뒤집을 때도 쩔쩔맸다. 연 씨 할아버지처럼 능숙하지 못하므로 잠시 롱가스토치의 불을 끄고 두 손으로 뒤집어도 되는데 그러지를 않았다. 여전히 엄청나게 불길이 뿜어져 나오는 긴 가스토치를 한 손에 들고서 운동화를 신은 발로 개의 몸을 뒤집으려 했다. 도저히 안 되자 허리를 굽혀서 한 손으로 뒤집으려다가 하마터면 자신의 손과 발을 모두 태울 뻔했다. 하필이면 그 과정을 최 사장이 목격했다. 최 사장은 동거녀한테 뭐라고 소리를 지르고 기분이 안 좋은 상태로 살림채에서 나오던 참이었다.

"쇼를 해라."

그러면서 욕을 하더니 대뜸 가스토치를 빼앗아 불을 끄고는 필균이 아저씨의 뺨을 때렸다. 화가 안 풀렸는지 한동안 욕설과 함께 잔소리를 해대더니 똑바로 보라며 다시 가스토치의 불을 점화했다. 그리고 그슬리다만 잔털을 능숙하게 그슬기 시작했다. 머리는 특히 꼼꼼하게 그슬었다. 귀, 눈, 입, 벌어진 입 사이에 있는 이빨들과 내민 혀까지. 그렇게 개의 얼굴을 까맣게 태운 최 사장은 갑자기 고개를 돌려 필균이 아저씨를 보며 말했다.

"너도 이 꼴 나고 싶지 않으면 똑바로 해라."

최 사장은 손에 들고 있는 가스토치의 길고 파란 불꽃을 필균이 아저씨의 얼굴에 갖다 대는 시늉을 했다. 필균이 아저씨는 정말로 갖다 댈까 봐 너무 겁이 났는지 얼른 뒤로 물러섰고, 나 역시 최 사장이 필균이 아저씨의 얼굴을 태우는 줄 알고 소스라쳤다. 그 가스토치는 일반 휴대용 가스토치보다 화력이 몇 배나 센 롱가스토치였다.

사람이 어떻게 그럴 수 있을까. 나는 갑자기 최 사장이 너무 무서워졌고 농장이 싫어졌다. 그날 밤, 나는 좀체 잠이 오지 않았다. 그래서 살그머니 잠자리에서 일어나 창문 쪽에서 누워 자는 필균이 아저씨에게 다가갔다. 필균이 아저씨는 하루가 고단했던지 앞니들이 부러지고 빠진 입을 헤벌리고 깊이 잠들어 있었다. 깨울까 하다가 그만두었다. 그 대신 필균이 아저씨의 바지 주머니에 내 핸드폰 번호와 주소 그리고 혹시 서울에 오면 연락하라는 말을 적은 종이쪽지를 넣었다. 필균이 아저씨는 핸드폰도 없고 서울에 올 일도 없지만 그냥 떠나기가 왠지 싫어서였다. 나는 밤을 꼬박 새우고 다음 날 새벽 아무도 몰래 탱자나무 울타리를 넘어 농장을 빠져나왔다. 축사와 밭에 있는 개들이 계속 짖어댔지만 개의치 않고 그 낯선 시골길을 도망치듯 달렸다. 최 사장은 울타리의 감시카메라로 나의 도망을 알았을 것이다. 그러나 나를 내버려두었다.

나중에 백 사장이 왜 온다 간다 말도 없이 농장을 그만두었느냐고 따끔하게 한마디 했다.

나는 해바라기밭에서 무슨 생각을 할까

수영이한테서는 아직 연락이 없다. 크게 기대한 것은 아니지만 막상 연락이 없으니 마음이 좀 그렇다. 바빠서 아직 백 사장에게 말을 못 했나. 하긴 수영이네 집도 수영이 작은형 때문에 걱정이 끊이지 않는데 내가 공연한 부탁을 한 것 같기도 하다. 수영이의 작은형은 아직도 취직 준비생이다. 군대도 갔다 오고 대학교도 벌써 졸업했지만 서른 살이 되도록 아직 취직을 안 하고(못하는 건지) 있다. 한동안 대기업 입사 시험을 치다가 계속 떨어지자 지금은 방향을 바꿔서 9급공무원 시험 준비를 하고 있다. 그런데 수영이 말로는 공부를 잘 안 한단다. 가족 몰래 게임도 하고 연애도 하고 캄보디아와 태국 여행도 다녀왔단다. 이제까지 스스로 번 돈은 작년에 몇 달 동안 경기도 이천 친척집에서 수박 따는 아르바이트와 돼지농장에서 돼지 똥 치우는 아르바이트를 해서 번 게 전부란다. 그래서 여전히 집에서 돈을 타다 쓰기에 수영이 부모는 작은형 걱정이 많고, 큰형 백 사장은 작은형에게 가끔 잔소리를 한단다. 수영이네의 그런 사정을 알기 때문에 나는 웬만하면 수영이한테 아르바이트 자리를 부탁하지 않으려고 했었다. 그러나 악마 때문에 염치 불고하고 부탁을 한 것이다.

레모네이드 한 잔을 마시고 나는 외출을 한다. 엘리베이터 문 앞에서 엘리베이터가 올라오길 기다리고 있는데 민경이 오빠가 다가온다. 얼굴 표정을 보니 간밤의 술로 술병이 나서 약국에 약을 사러 가는 듯하다. 저렇게 평소엔 얌전한데 왜 술만 마시면 미친 사람처럼 술주정을 하는지 모르겠다. 민경이가 울면서 제발 술주정하지 말라고 애원할 때도 있다. 그래도 생활비는 민경이 오빠가 번다. 무슨 제약회사의 공장에 다니는데 오늘은 쉬는 날인가 보다. 엘리베이터가 도착한다.

나는 아파트 단지 앞에서 시내버스에 오른다. 만원은 아니지만 빈자리가 없다. 이 시내버스는 언제 타든 항상 이렇다. 독특하다면 독특하다. 나는 내리는 문 쪽 좌석에 앉아 있는 40세 전후의 여자 앞에서 손잡이를 잡는다. 버스가 출발하면서 흔들리는 바람에 내 상체가 기울어져 여자의 머리를 덮쳤는데도 여자는 계속 핸드폰만 들여다보고 있다. 엑소의 뮤직비디오다. 저 나이에 어린 남자들을 좋아하다니, 집에 아들이 없나 보다. 그래도 여자는 내릴 곳은 귀신처럼 안다. 여자가 내리자 내 또래의 남자 대학생이 슬쩍 내 눈치를 보더니 그 빈자리에 앉는다. 앉자마자 손에 들고 있던 핸드폰에 얼굴을 박는다. 게임을 한다.

시내버스가 전철역 맞은편에 선다. 나는 내린다. 그리고 횡단보도를 건너 전철역으로 향한다. 빠른 걸음으로 전철역 역사를 관통하여 뒤편의 2번 출구로 빠져나온다. 다시 횡단보도를 건넌다. 맞은편의 보살집 골목으로 들어간다. 그곳은 원래 공동묘지였던 곳이다. 그 공동묘지는 지금은 전철역 뒤편 2번 출구 앞 대로가 된 공간까지 포함하는 꽤 넓은 곳이었는데, 전철역 건설 계획이 발표되면서 사라져버렸다. 보살집 골목도 원래는 아파트 단지가 들어설 계획이었는데, 어쩌하다가 보살집들이 차지하게 되었다. 그 동네 사람들 말에 의하면 그 터가 도깨비 집터라 그렇게 되었단다.

보살집 골목 좌우엔 서른 개도 넘는 점집들이 제각기 깃발들을 나부끼며 서 있다. 개중엔 태극기를 단 점집들도 있다. 그 점집들의 왼쪽 뒤편엔 화려한 5층짜리 모텔이 서 있다. '잉카의 황금마을'. 엄마가 밤에 거기서 해바라기 주인 남자와 함께 나오는 걸 본 적이 있다. 대학교 1학년의 여름이 막 시작될 무렵이었다. 보살집 골목이 끝나는 곳에 미용실이 있다. 나는 미용실 앞을 지난다. 엄마가 머리를 하러 다니는 미용실이다. 그 미용실 한 집 건너에 엄마가 일하는 카페 해바라기가 있다. 빠른 걸음으로 해바라기 앞을 지나는데, 해바라기에서 해바라기 주인 남자가 나온다. 한 걸음만 늦었어도 얼굴을 마주칠 뻔했다. 그 남자는 예전이나 지금이나 항상 말쑥한 양복 차림이다. 오늘은 엷은 회색 양복에 검은 셔츠를 입고 회색 넥타이를 했다. 왼쪽 가슴 주머니엔 빨간색의 행커치프를 꽂았다. 나와 그 남자는 일 년에 한두 번 볼까 말까 한다. 내가 해바라기밭으로 갈 때나, 혹은 해바라기밭에서 돌아올 때다. 지금까지 마주친 적은 서너 번 정도다. 그러나 나는 인사를 하지 않는다. 모른 척한다. 그도 굳이 나를 아는 척하지 않는다. 내가 그를 처음 만난 것은 중학교 2학년 때 이사가 끝나고 얼마 후였다. 아직 핸드폰이 없던 내게 엄마가 큰마음 먹고 핸드폰을 사주겠다며 모처럼 함께 외출했던 어느 토요일 점심때였다. 핸드폰 대리점에서 24개월 할부로 핸드폰을 사고 거리로 나오는데 그가 멀찍이서 엄마를 알아보고 부른 것이었다. 그는 그곳 근처 식당에서 무슨 모임이 있어서 간다고 했다. 그때 엄마가 나를 그에게 소개했다. 그는 엄마보다 연하다. 열 살 정도 아래다.

나는 지금 해바라기밭으로 가고 있다. 어제저녁에 정수에게 당하는 바람에 미처 하지 못한 뒷정리도 하고 바람도 쐴 겸 해서다. 집에서 계속 수영이의 전화만 기다리는 것도 싫었다. 나는 서울에서 마땅히 갈 곳이 없다. 해바라기밭 외에는. 물론 정수의 말을 들은 악마가 패거리를 데리고 해바라기밭에 나타난다면 낭패다. 지옥이 될 것이다. 그러나 악마는 해가 훤할 땐, 특히 오전엔 움직이지 않는다.

해바라기밭은 어린이집 뒤편에 있다. 웬만한 학교 운동장 넓이인데 카페 해바라기에서 서쪽 방향으로 2차선도로를 따라 도보로 이십 분쯤 걸린다. 2차선도로는 해바라기밭 끝자락에서 다시 남북으로 갈라지는데, 그 도로를 사이에 두고 대규모 상가 건물 공사장이 해바라기밭과 마주하고 있다. 공사장 너머 멀리로는 여의도 빌딩들이 희미하게 보인다.

공사장 주변엔 각종 건축자재들이 쌓여 있다. 그래서 바람이 조금이라도 불면 온갖 먼지가 도로를 건너 해바라기밭으로 날아온다. 그 먼지 때문에 어린이집도 골머리를 앓고 인근의 연립주택가 주민들도 냉가슴을 앓고 있다. 작년 가을에 공사장이 들어서기 전만 해도, 해바라기밭은 인근 주민들에게 제법 인기 있는 장소였지만 지금은 바로 그 먼지 때문에 그렇지가 않다.

해바라기밭에 처음으로 오기 시작한 것은 고등학교 3학년 여름방학 때였다. 고3은 누구에게나 그렇지만 내게도 아주 힘든 시절이었다. 당시 내 머리를 짓누르던 바윗덩어리는 두 가지였다.

첫째는, 나도 언젠가는 엄마처럼 되지 않을까 하는 걱정이었다. 그래서 나도 모르게 친구들을 멀리하고 집에도 들어가기가 싫었다. 엄마를 보면 자꾸만 짜증이 솟고 우울해지기만 했다. 그렇다고 누구에게 그런 나의 고민을 털어놓을 수도 없었다. 너무 창피했기 때문이다. 누가 나를 이해해줄까.

둘째는, 대입수능시험에 대한 압박감이었다. 학교에선 날마다 스카이(SKY) 타령이었다. 특히 인자함이라곤 눈을 씻고 봐도 없는 교장 선생님은 무슨 강박증이라도 있는지 걸핏하면 다른 고등학교를 들먹이며 유난히 서울대 타령을 했다. 그래서 선생님들이나 아이들은 엄청난 중압감과 스트레스에 시달렸다. 한번은 어떤 반 친구 셋이서 밤에 광화문광장 촛불 시위에 참가했다가, 영어 선생님한테 걸려 한심하다며 머리통을 쥐어박혔다. 고등학생이 무슨 시위냐, 머리 싸매고 공부나 해라, 이게 선생님들의 말이었다. 고등학생은, 특히 고3은 사람도 아니었다.

거기다 나는 어릴 때부터 그림을 좋아해서 미술대학에 가고 싶었지만 그게 여의치 않아서 더 죽을 맛이었다. 환경이 영 말이 아니어서 끝내 그림을 포기하고 내 꿈과는 전혀 다른 진로를 선택해야 하는 것이 너무 괴로웠다. 아아, 인생이란 무엇인가. 그러나 미술학원을 한 번도 다니지 않고 미술대학에 진학한다는 것이 불가능한 현실 구조에선 별도리가 없었다. 물론 엄마와 상의를 한 적도 없었다. 진즉에 상의를 했더라면 엄마가 무슨 수를 써서라도 미술학원에 보내주었을지도 모른다. 그러나 당시엔(지금도 대개는 그렇지만) 엄마와 어떤 문제에 대해 상의한다는 것은 상상도 할 수 없는 일이었다. 엄마 얼굴도 보기 싫은 마당이었기 때문이다.

학교도 몇몇 사건으로 어수선하기 짝이 없었다. 말이 여름방학이지 고3에겐 해당되지 않았다. 걸핏하면 모의고사를 치렀다. 교육부에서 시행하는 것 말고도 각종 유명 학원의 모의고사를 밥 먹듯 치렀다. 아이들은 모두 녹초가 되었지만 불평을 할 수가 없었다. 학교의 명예를 드높이기 위해 수능 만점을 받고 스카이 대학교에 꼭 진학해야 하기 때문이었다. 그러던 중 사건이 생겼다. 모의고사 성적이 예상보다 좋지 않게 나왔다며 한 녀석이 학교 옥상에 올라가서 커터 칼로 자신의 배를 깊숙이 그은 것이다. 내 옆줄의 뒤에서 세 번째 자리에 앉던 친구였는데, 2교시 수업이 끝나고 쉬는 시간에 교실 밖으로 나가더니 3교시 수업이 시작되어도 들어오지를 않았다. 3교시 수업이 거의 끝나갈 무렵 학교 건물 옥상(3층짜리 건물의 1층은 1학년 교실, 2층은 2학년 교실, 3층은 3학년 교실이었고 그 위가 옥상이었다)에서 커다란 고함 소리와 비명 소리가 들려왔다. 수업을 하던 영어 선생님과 아이들이 모두 놀라서 급히 옥상으로 뛰어 올라갔더니, 그 친구가 커터 칼로 자신의 배를 난자한 채 쓰러져 있었다. 옥상 바닥은 피로 물들었고 술도 마셨는지 피가 묻은 소주병도 나뒹굴고 있었다.

그 일주일쯤 후엔 갑자기 서울지방경찰청 형사들과 수도방위사령부 헌병단 수사관들이 학교에 들이닥쳤다. 그러더니 교장 선생님을 앞세우고 우리 반 교실로 찾아왔다. 우리 반의 강홍민이란 친구가 서울대학교를 폭파하려고 했기 때문이다. 강홍민은 서울대학교를 목표로 엄청나게 노력하는 녀석이었지만, 모의고사 성적은 우리 반에서도 최하위권에 머물렀다. 그야말로 극심한 스트레스에 시달리던 녀석은 아무도 몰래 서울대학교를 폭파할 계획을 세우고 실제로 서울대학교 인문대학 건물에 들어가 3층 화장실에 폭발물을 설치했다. 그런 후 대학교에 전화를 걸어 폭발물을 설치했다고 말했다. 녀석이 설치한 폭발물이 정말로 터졌다면, 서울대학교는 적어도 그해만큼은 학생 선발을 하지 않았을지도 모른다. 하지만 엉성하게 만든 폭발물이었던 만큼 강홍민의 바람과는 달리 서울대학교는 아무 일도 없이 멀쩡했고, 강홍민은 불구속수사를 받느라 공부를 제대로 하지 못해 결국 11월의 수능시험을 엉망으로 치렀다. 만일 강홍민이 2학년이었다면 무조건 퇴학시켰을 텐데 입시를 얼마 안 남긴 3학년이라서 퇴학시키지 않고 수능시험을 치르게 한 거라고 나중에 담임선생님이 말했다. 그 후 강홍민은 대학교 진학을 포기하고 해병대에 지원해서 일찌감치 군대를 다녀온 뒤 이탈리아 나폴리로 피자 기술을 배우러 떠났다.

강홍민의 서울대학교 폭파 계획 사건이 있고 며칠이 지난 월요일 밤엔 다른 반 친구 하나가 난데없이 자살을 했다. 기숙사 사물함 검사에서 담배가 적발된 후 기숙사 옥상에서 투신을 한 것이었다. 가만히 사감 선생님의 꾸중을 듣다가 이렇다 저렇다 아무 말도 안 하고 기숙사 방을 뛰쳐나가서 그대로 옥상에 올라가 4층 아래로 몸을 던진 것이다. 열흘 전 학교 건물 옥상에서 술을 마시고 커터 칼로 자신의 배를 난자한 친구와는 달리, 이 친구는 떨어진 그 자리에서 죽었다. 사감 선생님이 재빨리 병원에 이송했지만 이미 죽은 뒤였다. 죽은 친구의 담임선생님은 국어를 가르치는 스물여섯 살의 처녀 선생님이었는데, 너무 충격을 받아서 세 번씩이나 혼절을 했다. 교사로서 청운의 꿈을 안고 온 첫 학교 첫 담임을 맡은 반에서 제자가 자살을 했으니 그럴 만했다. 야간 자율학습을 지도하던 교실에서 처음 그 소식을 들었을 때 혼절했고, 병원에서 그 친구의 죽은 모습을 확인하고는 혼절했고, 그 친구의 장례식 때도 화장장에서 혼절했다. 기숙사 사감 선생님은 아이들의 예상과는 달리 아무 일도 없었던 것처럼 학교에 다녔다. 아빠가 고위 외교관이었던 그 친구는 아빠의 뒤를 이어 서울대학교에 가려고 열심히 공부하던 성적 좋은 모범생이었다. 그러다가 몰래 피워오던 담배가 적발되어 꾸중을 들은 순간 그의 모든 자존심이 손상되었을 거라는 것이 친구들의 의견이었다. 그 꾸중 장면을 목격한 같은 기숙사 방 친구들 말에 따르면, 당시 그 친구는 무척 '쪽팔려' 했다고 한다. 얼굴이 새하얘지고 몸을 부르르 떨면서.

어쨌든 그런 사건들로 인해 학교는 그야말로 어수선하기 짝이 없었고, 나한테는 나만의 고민도 있었기에 학교에 엉덩이를 붙이고 있기가 힘들었다. 그렇다고 입시 공부에 매달리는 수영에게 같이 자금성에 가서 고량주나 마시자고 할 수도 없었다. 나 혼자 갈 만한 곳은 해바라기밭밖에 떠오르지 않았다. 그래서 그곳에 드나들기 시작한 것이다. 사실 그곳에는 누구랑 함께 가기도 싫었다. 해바라기밭은 언제나 나를 반갑게 맞아주었고, 나는 마치 레몬 향기를 맡을 때와 마찬가지로 그 해바라기밭에서 잠시나마 안식을 얻을 수 있었다. 그렇다고 해바라기밭이 마냥 안식의 장소였던 것만은 아니다. 아찔한 순간도 있었다. 어떤 남자 때문이었다.

　그날도 나는 점심시간이 되기 전에 핑계를 대고 조퇴를 한 후 해바라기밭으로 갔다. 그리고 연립주택가가 보이는 쪽에 책가방을 내려놓고 앉았다. 그쪽이 시야가 탁 트이고 앉을 만한 풀밭이 있었기 때문이다. 왼쪽 발 양말 속에 끼워둔 담배와 라이터를 꺼내 갈증을 풀듯 담배부터 피웠다. 그러고는 푸른 하늘을 잠시 바라보다가 약간 상처가 난 해바라기 줄기를 무심히 만지작거리고 있을 때였다. 연립주택가 골목에서 한 여자가 핸드폰으로 통화를 하며 나오는 것이 보였다. 다른 곳으로 가나 보다 했는데 뜻밖에 향하는 곳은 해바라기밭 쪽이었다. 핸드폰에 대고 깔깔깔 웃기도 하면서 빠른 걸음으로 걸어오는 것이었다. 그러더니 통상 내가 해바라기밭으로 들어오는 길로 들어섰다. 그 여자는 계속 통화를 하면서 오는 데다가 해바라기들 때문에 나를 못 봤지만, 나는 그 여자의 모습을 계속 볼 수 있었다. 그 여자는 다행히도 해바라기밭 입구에서 걸음을 멈추었다. 나는 약간 안심이 되었다. 그 여자가 해바라기밭 안으로 들어와서 이리저리 돌아다닌다면 나와 마주칠 것이기 때문이었다. 나는 생판 낯선 사람과 나만의 자유 공간에서 마주치는 것이 싫었다. 아무리 여자여도 싫었다. 나는 더욱이 교복 차림에 책가방까지 있었다. 만약 그 여자와 마주친다면 그 여자가 나를 어떻게 생각할 것인가. 고등학생이 책가방까지 들고 대낮에 왜 혼자서 해바라기밭에 있는지 상당히 이상하게 생각할 것이 아니겠는가. 거기다가 내 교복에서 담배 냄새까지 맡는다면 나를 대뜸 문제 학생이나 불량 학생쯤으로 생각할 것이었다. 그 여자 때문에 내가 어쩔 수 없이 해바라기밭에서 나가야 하는 상황은 생각만 해도 싫었다. 그렇게 되면 다시 학교로 되돌아갈 수도 없고, 기숙사생이 아니어서 기숙사 방에 몰래 틀어박힐 수도 없었다. 그렇다고 대낮부터 책가방을 메고 길거리를 돌아다니기도 싫었고 피시방에 가기도 싫었다. 한동안 출입 안 하던 자금성에 혼자 들어가 고량주를 마시기도 싫었다. 물론 집에는 더 가기 싫었다. 엄마가 아직 해바라기로 출근할 시간이 아닐뿐더러, 왜 학교에서 조퇴했느냐고 물어보면 딱히 할 말이 없었기 때문이다.

그 여자는 30대 초반으로 보였는데, 미혼녀 같기도 하고 가정주부 같기도 했다. 하얀 민소매 옷에 짧은 청치마를 입고 평범한 샌들을 신었다. 그런데 이상했다. 무슨 이유인지 계속 그 자리에 서 있기만 했다. 연립주택에 살면서 시원하게 바람을 쐬러 나왔다면 해바라기밭 안으로 들어와서 이리저리 돌아다니든지 해야 할 텐데 그러지를 않았다. 그냥 해바라기밭 입구에 서 있었다. 내가 담배 한 개비를 더 피웠을 때 오토바이 소리가 들려왔다. 고개를 돌려 바라보니 오토바이 한 대가 해바라기밭 쪽으로 달려오고 있었다. 그 여자가 오토바이를 향해 손을 흔들었다. 오토바이가 그녀 앞에 멈추었다. 오토바이에서 내린 반바지와 슬리퍼 차림의 남자가 헬멧을 벗었다. 여자보다 약간 나이가 더 들어 보이는 얼굴에, 체격은 씨름 선수처럼 거대했다. 배가 임신부처럼 나온 그 남자에게 오토바이는 생업과 관계있는 물건인 듯했다. 더운지 연신 얼굴의 비지땀을 닦으며 여자의 엉덩이를 안고는 해바라기밭 안으로 성큼성큼 들어왔다.

두 사람은 해바라기밭 안으로 들어오자마자 뭐가 그렇게도 급한지 얼른 좌측의 해바라기들 속으로 향했다. 그러고는 곧바로 옷을 벗고 해바라기들을 쓰러뜨리며 사랑을 나누기 시작했다. 여자가 간지럽다는 듯 깔깔깔 웃다가 잠시 조용하더니 이윽고 괴성을 질러대기 시작했다. 해바라기밭에 자기들밖에 없다고 생각했는지 거리낌 없이 괴성을 질러댔다. 해바라기 잎사귀 소리 외엔 달리 소리가 날 게 없는 해바라기밭에서 거대한 비계 덩어리 같은 남자의 거친 숨소리와 여자의 괴성이 허공을 가르며 한동안 계속되었다. 문제는 나였다. 나는 두 사람의 사랑에 전혀 관심이 없었다. 그렇다고 두 사람이 사랑을 끝내고 해바라기밭을 떠날 때까지 마냥 숨죽인 채 꼼짝없이 앉아 있을 수만도 없었다. 본의 아니게 남들의 거친 섹스를 지켜보는 것이 그렇게 고역인 줄 처음 알았다. 집이나 모텔을 놔두고 하필이면 해바라기밭에 와서 사랑을 나누는지 이해가 가질 않았다.

나는 담배와 라이터를 다시 왼쪽 발 양말 속에 끼운 다음 자리에서 일어났다. 그러고는 책가방을 메고 잡초가 무성한 해바라기밭 가장자리를 따라 조용히 걸었다. 두 사람이 눈치채지 못하는 사이 해바라기밭을 벗어날 생각이었다. 그런데 그곳을 거의 벗어났을 즈음, 나는 그만 실수를 저질렀다. 무심코 뒤를 돌아본 것이다. 어느새 일어나서 옷을 주워 입고 오토바이로 다가가던 남자와 눈이 마주친 것이다. 순간 남자는 험악한 얼굴이 되더니 대뜸 손을 쳐들며 나한테 소리를 질렀다.

"어이, 학생! 너 뭐야? 이리 와봐!"

뒤따라서 해바라기밭에서 나오던 여자는 머리를 묶다 말고 한술 더 떴다.

"어머머! 쟤가 다 본 거 아냐?"

나는 더럭 겁이 났다. 연신 얼굴의 비지땀을 닦는 거대한 비계 덩어리 남자가 너무 무서웠다. 나는 남자에게 갈 생각이 전혀 없었다. 자칫 맞아 죽을지도 모른다는 공포감 때문이었다. 나는 뛰기 시작했다. 도망치기 시작했다.

남자가 내 등 뒤에 대고 욕설을 퍼부었다. 곧 오토바이 시동 소리가 들렸다. 나를 쫓아올 작정이었다. 그러나 나는 뒤를 돌아다볼 엄두도 못 냈다. 그렇게 도망치며 2차선도로를 건너다가 옆에서 엄청나게 빠른 속도로 달려오던 택배 트럭과 부딪힐 뻔했다. 아찔했다. 하마터면 죽을 뻔한 것이다. 그리고 그날 내 생애 처음으로 택시비를 내지 않고 도망쳤다. 뒤를 돌아보니 오토바이가 계속 쫓아와서 다급한 마음에 지나가는 택시를 잡아탔는데, 하필이면 그날 아침 등굣길에 담배를 사느라고 주머니에 돈이 없었다. 그래서 신한은행 앞 4차선도로에서 신호 대기 중일 때 나는 택시에서 내려 도망쳤다. 택시 기사 아저씨는 너무 황당해서인지 소리도 못 질렀다. 좌우지간 그날은 이래저래 운수가 사나운 날이었다.

그 후로 나는 한동안 해바라기밭에 가지 않았다. 그 남자와 연립주택 여자 때문에.

오늘도 공사장은 요란하고 흙먼지 바람이 불어오지만 나는 해바라기밭으로 들어간다. 다른 꽃들과 달리 향기가 없어서 밋밋하지만 상관없다. 그 대신 활짝 핀 노란 꽃잎들이 싱그러운 사람들의 눈부신 웃음 같아서 좋다. 해바라기밭 주변엔 해바라기들보다 훨씬 키가 작은 하얀 바람꽃들이 피어 있다.

그런 해바라기밭에서 나는 하늘을 올려다본다. 지상에는 흙먼지 바람이 불어도 하늘은 짙푸르다. 구름이 곱다. 하얀 이불솜 구름. 그런데 갑자기 멀지 않은 곳에서 바스락 소리가 들려온다.

이 해바라기밭에 사는 갈색 페럿 한 마리가 오늘도 적당한 간격을 두고 다가와 낯익은 나를 쳐다보는 것이다. 페럿이 어떻게 이곳에서 살게 되었는지 몰라도 본 지 몇 달쯤 되었다. 목에 목걸이가 달려 있는 걸로 보아 어느 집에서 애완용으로 길렀던 모양인데, 용케 굶어 죽지 않고 해바라기들과 살아가고 있다. 이곳에 들쥐라도 있는 것인지, 아니면 연립주택가 주민들이 먹고 버린 치킨 부스러기라도 먹는 것인지 아무튼 용하다.

해바라기밭에서 카페 해바라기는 보이지 않는다. 해바라기 주인 남자와 엄마는 어떤 사이일까. 만일에 엄마와 해바라기 주인 남자가 결혼을 한다면 어떻게 될까. 그럴 경우 엄마를 쫓아다니는 그 중년 사내는 닭 쫓던 개 지붕 쳐다보는 꼴이 되는 건가. 그리고 나는 해바라기 주인 남자를 아빠라고 불러야 하는 것인가. 그렇게 불러야 한다면 불러야겠지. 다만 세 식구가 1502호의 비좁은 공간에서 불편하지 않게 살 수 있을지가 의문이다. 해바라기 주인 남자가 따로 넓은 아파트를 마련해서 이사를 가자고 하지 않는 한은 말이다.

이사를 가도 나쁠 것은 없다는 생각과 함께 어느덧 풀밭을 내려다본다. 간밤엔 바람도 안 불었는지 까맣게 그을린 개털 잔재들이 보기 흉하게 남아 있다. 웅덩이엔 흙도 덮여 있지 않고 내가 끼던 목장갑도 흙이 묻은 채 떨어져 있다. 내가 어제저녁에 정신이 나가서 그냥 미니밴을 몰고 떠났기 때문이다. 정수와 머리 반쪽만 커트한 아이가 피웠던 담배꽁초들도 어지럽게 흩어져 있다. 내 엉덩이를 닦아낸 화장지들도 여기저기 보이고. 누가 보면 심하게 코를 푼 줄 알겠다. 나는 그것들을 주워서 풀밭 한쪽 구석에 치워놓는다. 그리고 개털 잔재와 구덩이를 흙으로 덮어서 대충 정리한다.

풀밭에 앉아 담배를 피우려는데 수영이에게서 전화가 온다. 미안하게 되었단다. 백 사장이 경기가 조금 안 좋아서 아르바이트생을 쓰지 않기로 했단다. 서운하다기보다는 역시 수영이에게 공연한 부탁을 했다는 생각이 든다.

어쨌든 오늘 저녁때도 어김없이 이곳에 와서 개털 작업을 해야 할 생각을 하니 막막하다.

악마는 오늘 저녁때 이곳에 나타날까.

악마는 장난을 즐긴다

집에 돌아오니, 엄마가 큰 소리로 통화를 하고 있다. 또 이모다. 해바라기로 막 출근을 하려던 참이었는지 예쁘게 화장을 한 외출복 차림이다. 그런데 무슨 화가 그렇게 났는지 화장을 한 얼굴이 자꾸 흉하게 일그러진다. 엄마는 나를 보더니 목소리를 조금 낮춘다. 엄마의 핸드폰 저편에서 이모의 목소리가 들려온다. 무슨 내용인지는 알아들을 수 없으나 해바라기 주인 남자가 어쩌고저쩌고한다. 엄마가 다시 화를 내려다가 내 얼굴을 보더니 이따가 다시 전화하겠다며 서둘러 끊는다. 그러고는 심호흡을 깊게 하더니 나한테 "갔다 올게" 하고 짧게 한마디만 하고는 현관문을 나선다. 엄마와 이모 사이에 도대체 어떤 일이 있는지 알 수가 없다. 예전처럼 이모의 매춘 때문이 아니라는 것만은 확실하다. 그리고 두 사람 사이에 해바라기 주인 남자가 등장한다. 도무지 뭐가 뭔지 모르겠다. 나는 엄마가 나갈 때 닫지 않은 엄마 방의 문을 닫고 냉장고에서 레모네이드병을 꺼내 레모네이드를 마신다.

배가 고프면서도 졸음이 몰려온다. 백 사장네 식당 아르바이트에
대한 기대가 컸던 모양이다. 나는 내 방으로 들어와 침대에 쓰러진다.
침대가 주저앉을 듯 요란하게 삐걱거린다. 몸에 힘이 없다. 나는 침대
에 얼굴을 박고 간신히 숨만 쉰다. 걱정이다. 나는 깜박 잠이 든다.

엄청나게 높고 큰 물탱크가 보인다. 의아해서 가까이 다가가보니
내가 사는 아파트의 101동 건물이다. 18층 높이의 101동 건물이 거
대한 물탱크로 변한 것이다. 아파트 사람들이 물탱크에 걸쳐져 있는
까마득히 높은 철제 사다리를 기어오른다. 그러고는 물탱크 안에서
무언가를 하나씩 꺼내 들고 내려온다. 개의 머리다. 두 눈이 하얗게 뒤
집힌 채 날카로운 이빨로 죽을힘을 다해 허공을 물어뜯고 있는 개의
머리다. 아파트 사람들이 개의 머리를 하나씩 손에 들고 내려온다. 그
러고는 개의 머리를 자신들의 머리에 뒤집어쓴다. 그러자 개의 머리
에 몸은 사람인 흉측한 몰골이 된다. 그들의 두 눈과 이빨에 물어뜯긴
허공에선 붉은 피가 흘러 떨어진다. 그런데 개의 머리를 한 그 얼굴들
이 어딘가 낯익다. 1505호 밤색 머리와 그 패거리다. 밤색 머리가 나
를 발견하고는 악마의 웃음을 짓는다. 손에는 칼을 들고 있다. 칼을
흔들며 나에게 보여준다. 그러더니 정수가 안고 있는 하얀 개를 배가
보이도록 뒤집는다. 임신한 개다. 밤색 머리가 손에 든 칼을 하얀 개
의 배에 겨눈다. 그리고 내 얼굴을 바라보며 다시 한 번 악마의 웃음
을 짓더니 보란 듯이 하얀 개의 배를 가른다. 개는 비명을 지르며 발
버둥을 친다. 그러나 밤색 머리는 아랑곳하지 않고 하얀 개의 배 속에
서 강아지들을 꺼내기 시작한다. 한 마리, 두 마리, 세 마리……. 강아

지들이 끝도 없이 나온다. 별로 크지도 않은 하얀 개의 배 속에서 셀수 없이 많은 강아지들을 꺼낸다. 모두 죽은 강아지들이다. 눈도 못 뜨고 죽은 핏덩이들이다. 밤색 머리는 정수와 머리 반쪽만 커트한 아이에게 그 핏덩이들을 다른 아이들에게 모두 나눠 주라고 명령한다. 죽은 강아지를 몇 마리씩 손에 움켜쥔 아이들이 일제히 나를 노려보며 낄낄낄 웃는다. 이윽고 밤색 머리가 죽은 강아지 한 마리를 번쩍 쳐들더니 나를 향해 던진다. 핏덩이가 내 얼굴에 맞는다. 가야농원 최 사장으로부터 죽은 도사견 강아지로 얼굴을 맞았던 필균이 아저씨의 심정이 이랬을까. 형언할 수 없는 모멸감을 느끼며 참담한 몰골로 서 있는 나를 보고 정수를 비롯한 다른 아이들이 마구 웃는다. 우스워 죽겠다는 듯이. 그러고는 일제히 나를 향해 핏덩이들을 던진다. 엄마가 나타나서 그 핏덩이들을 막으려고 두 팔을 벌리지만 소용없다. 오히려 내 몸에 달라붙은 그 죽은 강아지들을 떼어내려다가 옷만 벗겨진다. 알몸의 엄마는 남자의 성기를 달고 있다. 나는 깜짝 놀란다. 그동안 엄마 성기가 무척 궁금했는데, 아빠 성기를 달고 있다니. 엄마는 왜 여태껏 성기 수술을 하지 않았을까. 나는 짜증이 나서 당장 그런 생각부터 한다. 밤색 머리와 아이들에게 엄마의 모습이 너무 창피하기 때문이다. 얼굴과 젖가슴은 영락없는 아줌마인데 성기는 남자다. 밤색 머리와 아이들은 그런 엄마의 모습을 보고 미친 듯이 웃는다. 나는 너무 창피해서 견딜 수가 없다. 그러는 사이 엄마는 죽은 강아지들에게 파묻힌다. 비명을 지른다. 나는 엄마를 구해야 하는데 창피해서 자꾸만 망설여진다. 내가 우물쭈물 바보처럼 망설이는 모습을 보고 밤색 머리가 악마의 웃음을 지으며 죽은 강아지들의 무덤 속에서 엄마의 머리채를 움켜쥔다. 그러고는 엄마의 목에 칼을 들이댄다. 엄마는 공포에 질려 저항을 못한다. 엄마는 알몸인 자신의 몸을 가리지도 못한 채 밤색 머리의 위협에 꼼짝도 못한다. 그런 엄마의 모습이 재미있다는 듯 밤색 머리는 키득키득 웃는다. 그러더니 나를 바라보며 역시 키득키득 웃는다. 그러나 나는 두려움 때문에 엄마를 구하러 달려가기는 커녕 밤색 머리와 눈길을 마주치는 것조차 회피한다. 이윽고 밤색 머리가 엄마 몸에 칼을 들이댄 채 엄마를 끌고 어디론가 향한다. 초등학교 운동장 구석이다. 추운 겨울 새벽의 그곳에서 밤색 머리는 엄마를 강간하기 시작한다. 추악한 입김을 거칠게 내뿜으며 엄마의 엉덩이를 강간한다. 엄마는 슬픈 비명을 질러대지만 아무 소용이 없다. 강간이 끝난 후 밤색 머리는 다시 나를 바라보며 키득키득 웃는다. 그러고는 정수를 비롯한 패거리와 함께 마구 나를 쫓아온다. 나는 너무도 겁에 질려 엄마를 구할 생각도 못하고 도망치려 한다. 그런데 발이 떨어지지 않는다. 밤색 머리는 점점 다가오는데 발은 꼼짝도 하지 않는다. 도저히 움직일 수가 없다. 마침내 밤색 머리가 특유의 두 눈을 부라리며 내 눈앞에 주먹을 내민다. 나는 외마디 비명을 지른다. 어디선가 초인종 소리가 들려온다. 눈을 뜬다.

　누군가가 초인종을 누르고 있다. 나는 순간 긴장한다. 계속 누른다. 누르는 스타일이 옆집 민경이다. 1505호 악마가 아니다. 민경이가 오늘은 또 무엇을 가져왔는지 모르겠다. 나는 식은땀을 흘리며 죽은 듯이 침대에 엎어져 있다가 현관문을 열기로 한다. 꿈도 너무 무섭고 온몸에 힘이 없을 정도로 배도 너무 고파서다. 민경이가 며칠 전처럼 우산 모양의 초콜릿 케이크를 가져왔다면 좋겠다. 그거라도 먹게. 그런데 아무리 꿈이라지만 엄마 성기가 그게 뭐냐. 정말 수술을 안 한 걸까. 하긴 무슨 상관이람.

나는 현관문을 연다. 아니나 다를까, 민경이다. 그런데 손에 들린 것은 초콜릿 케이크가 아니다. 오징어다. 접시에 구운 오징어 두 마리가 얹혀 있다.

"반건조 오징어예요. 홈쇼핑에서 샀는데, 맛있길래요."

그녀가 웃으며 접시를 내민다. 달콤한 케이크를 상상하며 입맛을 다셨는데 실망이다. 그렇다고 문을 열어준 이상 못 먹겠다고 할 수도 없다. 나는 접시를 받는다.

"잘 먹겠습니다."

그러고는 더 이상 할 말이 없어 가볍게 목례를 하고 현관문을 닫으려는데 민경이가 얼른 한 손으로 문을 잡으며 묻는다.

"혹시 만화 좋아해요?"

나는 뜻밖의 질문에 당황한다. 갑자기 웬 만화.

"네. 좋아합니다."

"만화책 볼래요?"

"네?"

"내가 만화를 좋아해서 집에 만화책이 좀 있거든요. 신간은 아니지만 볼래요?"

나는 오징어까지 받은 이상 거절하지 못한다.

"네."

그녀가 잠시만 기다리라고 하더니 얼른 자기 집으로 간다. 그러더니 잠시 후에 만화책을 한 보따리나 안고 나온다. 도대체 저게 몇 권인가. 나는 어안이 벙벙하다. 내가 접시를 주방에 갖다 놓고 만화책을 받겠다고 하자, 자기가 만화책을 옮기겠다며 나더러 잠시 비켜달란다. 그러더니 집 안으로 성큼성큼 들어온다.

"어디다?"

나는 얼떨결에 내 방문을 열어준다. 처음으로 내 방에 들어온 민경이는 책상 위에 만화책들을 내려놓더니 호기심 어린 눈빛으로 휴대용 가스토치 옆에 있는 고양이 그림들을 들춰 본다.

"어머, 고양이 그림이 장난이 아니다. 직접 그린 거예요?"

"네."

"어머, 실력 좋다. 나도 그림 그리는 거 좋아하는데. 난 만화를 그리거든요. 웹툰 보죠?"

"네."

나는 웹툰은 가끔씩만 본다.

"「마리아 스토리」라고 봤어요? 내가 한 달 전부터 연재하는 건데."

"아직."

나는 몹시 불편하다. 도대체 이게 무슨 상황이란 말인가. 현관문을 열어준 것이 몹시 후회된다. 민경이는 자신의 「마리아 스토리」시놉시스를 잠깐 말하더니 그것이 연재되는 포털사이트를 일러준다. 순위가 4, 5위쯤 되는 포털사이트다. 민경이는 일곱 개의 통나무 필통에 가득 꽂혀 있는 볼펜들도 만져본다.

"볼펜도 엄청 많다. 근데 고양이 그림을 볼펜으로 그려요?"

"네."

"어머, 볼펜으로만?"

"네."

"헐! 대박!"

민경이는 감탄스럽다는 표정으로 내 방을 나서다가 갑자기 어이없다는 표정을 지으며 묻는다.

"근데, 그 아이 왜 그래?"

"누구요?"

"1505호."

"왜요?"

"하도 어이가 없어서. 인우 씨, 내 머리 어때요?"

"머리요?"

"이상해?"

민경이의 머리는 앞머리를 이마에 착 붙여서 짧게 커트한 모양이다. 뭐가 이상하다는 건지 모르겠다. 민경이는 담배를 안 갖고 왔다며 나에게 담배를 빌린다. 그러고는 침대에 걸터앉아 담배를 피우며 아까 미용실 앞에서 있었던 일이라며 얘기를 꺼낸다.

민경이는 아파트 상가 마트 옆에 있는 미용실에 간단다. 비용이 싸기도 하고 일부러 시내까지 나가서 머리를 만지기도 귀찮아서. 그런데 민경이는 아까 그곳에서(어려 보이려고) 머리를 아주 짧게 커트하고 나오다가 밤색 머리와 마주쳤다. 밤색 머리는 또래의 어떤 여자아이와 함께 마트에 들어가려던 참이었다. 민경이는 평소에도 밤색 머리가 달갑지 않았다. 자기 아빠에게 버릇없이 대들어서 몇 번 싸운 탓도 있지만, 어린 나이에 맞지 않게 속을 알 수 없는 그 능글능글한 표정이 싫어서. 그래서 얼른 외면하고 미용실 앞을 떠나려는데 그 아이가 민경이의 머리를 보더니 다짜고짜 웃었다. 그 아이와 팔짱을 끼고 있는 여자아이도 덩달아 깔깔깔 웃고. 너무 무안해서 얼굴까지 달아오른 민경이는 밤색 머리에게 왜 웃느냐고 물었다. 그러자 밤색 머리는 몰라서 묻느냐고 하고는 그냥 마트로 들어가버렸다. 모처럼 마음먹고 머리를 개운하게 커트한 민경이는 그 아이 때문이 기분을 잡쳐버렸다. 생각할수록 분해서 쫓아가서 따질까 하다가 그만두었다. 커트한 자신의 머리가 정말 이상한 꼴이 아닐까 싶어서. 정말 그렇다면 마트에 있는 그 많은 사람들 앞에서 그야말로 망신을 당할 수 있기 때문이었다. 그래서 민경이는 하는 수 없이 그냥 집으로 돌아와 여러 번 거울을 들여다보았다. 어찌 보면 전혀 이상한 것 같지 않다가 또 어찌 보면 이상한 것 같았단다.

"안 이상해요."

나는 솔직하게 대답한다. 정말 내가 보기엔 전혀 이상하지 않다. 오히려 깔끔하고 청순해 보이기까지 한다. 나보다도 더 어리게 보이고.

민경이는 내 말에 화색이 돈다. 담배를 얼른 *끄고*는,

"정말?"

이라고 몇 번이나 되물으며 내 방 벽에 걸린 거울을 들여다본다. 그렇게 좋을까.

민경이는 안심이 된다는 듯 웃으며 집으로 돌아간다.

나는 속으로 생각한다. 밤색 머리와 그 여자아이는 민경이에게 비열한 장난을 친 거라고, 그냥 창피함과 무안함을 주기 위해 이유 없이 웃은 거라고. 어느 사람이 길을 가다가 두 사람 이상에게 아무 이유 없이 비웃음을 받으면, 순간적으로 당황해서 얼굴이 붉어지기 마련

이다. 더욱이 여자라면 더 당황하고 몸 둘 바를 모를 것이다. 내가 옷을 잘못 입었나, 어젯밤에 야식을 먹고 잤는데 얼굴이 부었나, 화장을 너무 진하게 했나, 내 몸에서 생리혈 냄새가 나나, 유부남인 김 과장과 몰래 교제하는 게 표가 나나, 미용실에서 파마를 너무 촌스럽게 했나, 커트를 날라리처럼 했나, 이런 꼬리에 꼬리를 무는 생각에 그 여자는 하루 종일 기분이 우울하고 지치고 불쾌할 것이다. 꼭 타야 할 지하철도 타고 싶지 않지 않을 것이다. 승객들이 다 쳐다볼 것만 같아서. 그렇게 아무 이유 없이 사람을 병들게 만드는 것이 바로 악마의 장난이다.

1505호 밤색 머리는 민경이를 대상으로 바로 그 악마의 장난을 즐긴 것이다. 재미 삼아서.

재활용품 분리수거하는 날

핸드폰 벨이 울린다. 엄마다.

"아들, 밥은 먹었어?"

"아니."

"가스 불 켜봐."

"응."

나는 주방으로 가서 가스레인지의 불을 켠다. 파란 불꽃이 핀다.

"들어와."

"알았어. 얼른 밥부터 먹어."

"응."

"그리고 베란다에 있는 빈 박스 같은 재활용품들 있잖아, 전부 갖고 나가서 분리수거 좀 해."

"응."

"밥부터 먹고."

"응."

엄마는 해바라기로 출근하면서 가스 요금을 해결한 모양이다. 나는 오므라이스를 해 먹기 위해 냉장고 문을 연다.

나는 배추김치를 도마 위에 올려놓고 잘게 썬다. 쪽파도 잘게 썬다. 그리고 가스레인지의 불을 켠 뒤 프라이팬에 버터 조각을 넣고 올리브유를 두른다. 프라이팬에 썰어놓은 김치를 넣고 볶다가, 전기밥솥에서 푼 밥 한 주걱도 김치와 섞어가며 볶는다. 가스레인지 불을 끄고 볶은 밥을 접시에 담는다. 그리고 달걀을 깨서 그릇에 넣고 젓가락으로 풀어준다. 안내 방송이 흘러나온다. 아파트 관리사무소에서 목소리 탁한 남자가 말한다. 아, 아, 아파트 주민 여러분께 안내 말씀드립니다. 오늘은 쓰레기 재활용품 분리수거하는 날입니다. 나는 지단이 반쯤 익자 가스레인지 불을 끈다. 그리고 접시의 볶은 밥 위에 지단을 덮는다. 그 위에 쪽파를 뿌리고 토마토케첩을 짜서 얹는다. 이상 관리사무소에서 말씀드렸습니다.

나는 엄마 방에서 오므라이스를 한 숟가락씩 퍼먹기 시작한다. 뜨겁다. 뜨거워도 맛은 있다. 이렇게 뜨거운 오므라이스를 먹고 시원한 레모네이드를 한 잔 마시면 완벽한 식사가 된다. 텔레비전에서 화려하고 박진감 넘치는 엑소의 〈중독〉 뮤직비디오가 막 시작되려는 찰나에 초인종 소리가 들린다. 민경이가 왜 또 왔을까.

나는 그냥 모른 척하고 오므라이스를 먹는다. 초인종 소리는 또 울린다. 느낌이 안 좋다. 민경이가 나한테 무슨 급한 볼일이 있거나 아니면 민경이가 아닌 것 같다. 나는 텔레비전 볼륨만 줄여놓고 계속 오므라이스를 먹는다. 잠시 후 초인종 소리가 들리지 않는다. 돌아간 모양이다.

〈중독〉이 끝나자 나는 텔레비전을 끈다. 오므라이스도 다 먹었다. 주방에 오므라이스 접시를 갖고 가서 대충 설거지를 한다. 그리고 베란다로 건너가서 엄마가 말한 재활용품들을 본다. 빈 박스들과 빈 사이다 페트병들이 가득하다. 박스는 엄마가 홈쇼핑에서 산 옷이나 속옷이 들어 있던 것이고, 사이다 페트병은 내가 레모네이드를 만들면서 비운 것이다. 나는 들고 나가기 편하게 박스들은 모두 접어 하나로 묶고, 페트병들은 커다란 비닐봉투에 담기로 한다. 박스를 접는데 또 초인종이 울린다. 민경이가 아니다. 느낌이 그렇다. 나는 잠시 박스 접기를 멈추고 숨죽인 채 가만히 있다. 말소리가 들린다.

"없나 본데?"

"있어."

"두드릴까?"

"그래, 두드려."

"조용히 좀 해!"

그 소리에 말소리들이 갑자기 작아진다.

"자나?"

"혹시 또 개털 태우러 간 거 아니야?"

"거기로 가보자."

"조용히 좀 해! 분명히 집에 있다니까!"

"그럼 혹시 화장하고 있는 게 아닐까?"

누군가의 말에 아이들이 일제히 웃음보를 터뜨린다.

"참, 나 얘 폰번 가지고 있는데."

반쪽 커트의 목소리다. 나는 순간 가슴이 철렁한다. 깜박했다.

"그래? 그럼 얼른 해봐."

나는 숨죽이며 재빨리 내 핸드폰의 전원을 끈다. 손바닥만 한 이 아파트에선 핸드폰 벨소리가 복도까지 들린다.

"전원이 꺼져 있다는데?"

"진짜로 집에 없나?"

"이상하다. 집에 있는 거 같은데. 야, 한 번 더 눌러봐."

악마가 정수에게 명령한다. 정수가 초인종을 마구 누른다. 나는 더욱 꼼짝하지 않는다. 지쳤는지, 이윽고 악마와 아이들이 돌아가는 소리가 들린다. 그래도 나는 숨죽이고 움직이지 않는다. 가는 척하고 현관문 옆에서 몰래 서 있는 게 악마의 습성이니까. 그나저나 이젠 핸드폰도 조심해야 한다.

삼십 분쯤 뒤, 나는 조용히 베란다에서 나와 엄마 방을 지나 살금살금 현관 쪽으로 간다. 현관문 외시경 구멍으로 밖을 내다본다. 아무도 보이지 않는다. 그러나 안심할 수가 없다.

나는 분리수거를 포기한다.

아픔

구립도서관을 나선 것은 고등학생들이 너무 북적대서였다. 개중에
는 착실하게 공부를 하는 아이들도 있었지만 대부분은 공부를 하러
온 것인지 장난을 치러 온 것인지 알 수 없을 지경이었다. 하필이면
고등학생들과 나의 2학기 중간고사 시험 기간이 겹친 것이었다. 벌써
10월도 절반을 넘어 해가 진 저녁 무렵이면 제법 쌀쌀했다.

나는 도서관을 나와 인근의 편의점에서 컵라면을 사 먹었다. 그리
고 다시 도서관 쪽으로 방향을 바꿔 도서관 뒤편 야산으로 올라갔다.
야산 중턱 곳곳엔 통나무 의자들이 있기에 그곳에 앉아 동네 저녁 풍
경을 내려다보며 담배나 한 대 피울 생각이었다. 뜨거운 컵라면을 먹
어서인지 날이 쌀쌀하다는 느낌은 들지 않았다. 야산의 고목 계단을
오르는데 누가 불렀다. 목소리를 듣는 순간 나는 심장이 멎는 듯했다.
그래도 설마 했지만 직감은 맞았다. 1505호 밤색 머리였다. 밤색 머
리가 패거리와 함께 고목 계단 오른쪽 샛길에서 담배를 피우며 노닥

거리고 있었다. 나는 이런 데서 밤색 머리를 만날 줄은 꿈에도 몰랐다. 그래서 더 소름이 끼쳤다. 몸이 얼어붙어서 도망갈 생각은 아예 엄두도 못 냈다. 영락없이 뱀한테 걸린 쥐 꼴이었다. 나는 어쩌지 못하고 샛길로 들어섰다. 나중에 알았지만, 밤색 머리와 아이들은 구립도서관에 공부하러 온 중고등학생들에게 삥을 뜯으러 온 것이었다. 그런데 뜻밖에도 나를 발견한 것이다.

밤색 머리는 내 머리를 만졌다.

"여기서도 만나네?"

그러더니 내 얼굴을 더듬듯이 만졌다. 코도 손가락으로 톡톡 치며 만지고 입술도 만졌다.

"공부하러 왔냐? 난 대학생은 공부 안 하는 줄 알았네."

그러는 사이에 십여 명의 남녀 아이들 중에서 머리를 반쪽만 커트한 남자아이가 내 책가방을 뒤졌다. 대학 교재들을 한 권씩 꺼내 보다가 흥미가 없다는 듯, 형광펜과 샤프펜슬만 여자아이들에게 건네주고 책가방을 땅바닥에 내던졌다. 그리고 내게 다가와 바지 주머니를 뒤지려다가 밤색 머리에게 제지를 당했다. 밤색 머리는 알 수 없는 이상한 눈빛으로 나를 계속 바라보며 담배만 피웠다. 나는 그 표정이 너무 불길하고 두려웠다. 어두웠는데도 밤색 머리의 눈빛은 내 숨을 막히게 했다. 밤색 머리는 아무 말 없이 담배만 연거푸 피웠다. 그리고 담배를 운동화 발로 짓이겨 끄더니 나를 통나무 의자 뒤로 끌고 갔다. 나를 소나무 앞에 세우고는 갑자기 내 얼굴을 끌어당기더니 키스를 했다. 나는 갑작스러운 키스에 그저 멍할 뿐이었다. 더러운 키스가 끝나자 이번엔 등을 돌리게 했다. 그리고 내 등 뒤에서 나를 끌어안았다. 내 목덜미를 핥고 귀를 깨물었다. 너무 소름 끼치고 징그러웠지만 어쩔 도리가 없었다. 밤색 머리는 손을 내려 내 바지의 벨트를 풀고 바지를 내렸다. 순간 나는 더 이상 참지 못하고 밤색 머리를 뿌리치고 돌아섰다. 인간으로서 마지막 자존심을 지키려는 방어 본능이었을 것이다. 그리고 허리를 굽혀 바지를 끌어 올리는데 밤색 머리가 주먹으로 내 머리를 내리쳤다. 계속 서너 번을 내리쳤다. 남자아이 두 명이 나한테 달려들어 나를 일으켜 세웠다. 그러자 밤색 머리가 이번엔 주먹으로 내 하복부를 거세게 쳤다. 나는 숨이 끊어지는 줄 알았다. 이윽고 두 아이가 나를 돌려세우더니 소나무에 내 두 손을 묶었다. 내 바지 벨트로 너무 엉성하게 묶었지만 나는 풀 수가 없었다.

밤색 머리가 내 엉덩이에 성기를 넣고 욕망을 채웠다. 그리고 내 두 손을 소나무에 묶었던 아이를 불렀다. 그 아이가 대답만 하고는 꺼림 칙했는지 자꾸만 망설였다.

"병신!"

밤색 머리가 경멸하듯 그렇게 쏘아붙이자 그 아이는 더는 주저하지 않고 자신의 바지를 내렸다. 그리고 밤색 머리처럼 내 엉덩이에 성기를 넣었다. 아이의 이름은 정수였다. 정수가 숨차게 소리를 질러대며 욕망을 채우는 동안 밤색 머리와 아이들이 마구 웃었다. 엉덩이를 내밀고 있는 내 모습도 우스웠겠지만 소리를 질러가며 서툴게 욕망을 채우는 정수의 모습도 우스웠을 것이다.

정수가 끝나자 밤색 머리가 또 다른 남자아이를 지목했다. 그러나 여자아이들이 밤색 머리에게 그만하라고 말렸다. 고목 계단을 오르내리는 사람들이 자꾸 이쪽을 쳐다본다면서. 밤색 머리가 알았다고 했다. 그래서 나는 이제 보내주려나 했다. 그런데 아니었다.

"오토바이 사려고 돈을 모으고 있거든. 알바하고 있는 국수나무집 주인아줌마가 자기네 배달 오토바이를 타고 다닌다고 하도 잔소리를 해서."

"맞아. 그래서 우리끼리 오토바이를 한 대 사려고."

정수가 밤색 머리의 말에 맞장구를 쳤다.

"좀 도와주라."

밤색 머리는 일부러 담배를 콧구멍에 끼워 피우며 말했다. 그러나 나는 가진 돈이 없었다. 아침에 엄마가 준 만 원으로 점심을 사 먹고, 담배와 형광펜을 사고, 방금 컵라면도 사 먹었기에 남은 돈은 2,000원도 안 되었다. 물론 집에도 돈이 없었다. 겨울방학을 기다리며 아르바이트도 하지 않고 있었기에 날마다 엄마한테 만 원씩 타서 쓰는 형편이었다.

"그러지 말고, 좀 도와주시지?"

나는 지옥의 문 앞에 서 있는 것만 같았다. 돈이 나올 구멍이라곤 전혀 없었다. 그렇다고 엄마한테 손을 벌릴 수도 없는 노릇이었다. 절대로 그럴 수는 없었다.

"동영상을 찍었거든?"

밤색 머리가 갑자기 히죽 웃으며 핸드폰을 흔들었다. 정수와 다른 아이들도 웃었다. 나는 숨이 턱 막혔다. 밤색 머리가 내 엉덩이를 요구할 때보다도 더 눈앞이 막막했다. 내가 엉덩이를 강간당하는 동안 아이들 중 누군가가 그 모습을 동영상으로 찍은 것이다.

"많이도 안 바래. 딱 200만 원."

"동영상이 인터넷에 뜨면 어떡할래?"

정수가 옆에서 또 얄밉게 거들었다.

나는 200만 원이란 액수에 깜짝 놀랐으나 대꾸를 못 하다가, 결국 그러마 하고 승낙했다. 도저히 버틸 재간이 없었다. 밤색 머리는 사흘 안에 자신의 은행 계좌로 틀림없이 200만 원을 입금하라고 거듭 말했다. 입금이 확인되면 동영상을 깨끗이 삭제하고 만일 입금하지 않으면 동영상이 인터넷을 도배할 거라고 겁을 주었다. 밤색 머리가 계좌 번호를 일러주며, 돈을 입금하면 동영상은 꼭 삭제할 테니 걱정하지 말라고 강조했다. 남자답게 약속을 지키겠다고. 여자아이들도 밤색 머리는 매너가 좋아서 약속을 잘 지킨다고 맞장구쳤다. 내가 엉거주춤한 자세로 땅바닥에서 책가방을 주워 들고 몇 발자국을 옮겼을까. 뒤에서 밤색 머리가 정수에게 뭐라 말하는 소리가 들렸다. 잠시 후 정수가 내 뒤를 따라와 어깨를 짚었다.

"야, 잠깐. 할 얘기가 있다."

그러더니 정수가 옆의 풀숲에 침을 한 번 뱉고는 밤색 머리가 나한테 요구한 200만 원에 대해 설명했다. 100만 원은 오토바이 살 때 보탤 돈이고, 나머지 100만 원은 밤색 머리와 패거리의 뒤를 봐주는 '큰형님'에게 상납할 거라고 했다. 그 큰형님은 강동의 유명한 폭력배 조직인 영덕이파 두목이라서, 만일 내가 200만 원을 입금하지 않고 경찰에 신고하면 동영상이 문제가 아니라 쥐도 새도 모르게 큰형님에게 끌려가서 횟감이 될 거라고 했다. 정수는 그렇게 말한 뒤 다시 한번 풀숲에 침을 뱉고는 나를 보내주었다.

나는 고목 계단을 몇 번이나 헛발질하며 내려와서, 다시 도서관으로 들어가지 않고 집으로 왔다. 그러고는 많이도 울었다.

다음 날은 학교도 가지 않고 집에서 하루 종일 멍한 상태로 있었다. 아무것도 하질 못했다. 엄마가 어디 아프냐고 몇 번이나 물었지만 나는 눈길을 피한 채 아무 말도 못 했다. 엄마는 무척 신경을 쓰며 걱정하는 눈치였다.

그다음 날도 나는 학교에 가지 않았다. 도무지 200만 원을 구할 방법이 없었다. 몇십만 원 구하기도 벅찬데 200만 원은 도저히 불가능했다. 그냥 죽은 듯이 침대에 엎어져 있는데 점심 무렵, 핸드폰으로 사진 석 장이 전송되어 왔다. 밤색 머리 지시로 정수가 보낸 것이었다. 첫 번째는 코에 피어싱을 한 여자아이가 팬티를 내리고 땅바닥에 쪼그리고 앉아 똥을 싸는 사진이었다. 두 번째는 그 찐빵 크기의 똥 주변에 밤색 머리와 그의 패거리가 둘러서서 손으로 브이 자를 그리고 있는 사진이었다. 세 번째는 일식집에서 생선회를 뜰 때 사용하는 날이 긴 회칼 사진이었다. 사진 석 장 다음엔 문자메시지도 있었다.

—하루 남았다. 입금 안 하면 알쥐? ㅋㅋㅋ

나는 하는 수 없이 사흘째 아침에 이모의 핸드폰 번호를 찾아 전화를 걸었다. 그리고 이모에게 200만 원을 빌려달라는 죽기보다 싫은 소리를 했다. 엄마가 알면 큰일 날 일이었다. 엄마 표현에 따르면, 이모가 버는 돈은 추잡하고 더럽기 때문이다. 이모는 이유도 묻지 않고 내 은행 계좌 번호를 물었다. 내가 은행 계좌가 없다고 하자, 이모는 가장 가까운 은행 지점으로 달려가 계좌를 만들라고 했다. 내 계좌가 생기자마자, 이모는 즉시 200만 원을 입금했다.

그날 오후에 나는 밤색 머리의 은행 계좌에 200만 원을 입금하고 대학교에 자퇴서를 제출했다. 생애 처음으로 엄마 도장을 몰래 훔쳐서 자퇴서에 찍었다.

후회

아무리 생각해도 예감이 좋지 않다. 이따가 저녁때 해바라기밭에서 개털 작업을 하기가 두렵다. 정수의 안내에 따라 악마와 그 패거리가 찾아올 것만 같아서다.

오늘만이라도 쉴까. 아니면 아예 영화네식당 아르바이트를 그만두겠다고 말할까. 그러면 늙은 영화가 얼마나 황당해하며 길길이 날뛸까.

영화네식당 아르바이트를 그만두면 당장 어떻게 해야 하나. 다른 아르바이트를 구하는 것은 쉽지 않을 것이다. 그렇다고 군 입대일까지 마냥 집에서 빈둥빈둥 지내는 집돌이가 되고 싶지는 않다. 그날까지 얼마 안 남기는 했지만. 노동을 신성하다고 생각해서가 아니라, 집돌이로 엄마 얼굴을 대하기가 싫어서다. 물론 내가 집에서 마냥 빈둥빈둥 놀아도 엄마가 잔소리나 구박을 하지는 않을 것이다. 용돈도 꼬박꼬박 줄 것이다. 그러나 그런 것과 상관없이 나는 밖에 나가 일을 하며 돈을 벌고 싶다.

　대학교를 자퇴한 뒤, 한동안 정신이 나간 사람처럼 살았다. 일상이 그냥 멍한 상태였다. 강간을 당한 충격에다가 학교까지 자퇴해서 삶의 모든 방향 감각이 마비 상태였다. 중학교 3학년 때 수학 숙제인 인수분해를 풀다가 피우기 시작한 담배마저 안 피웠으니까. 얼마나 정신이 나갔으면 그랬을까. 엄마는 내 자퇴 사실을 알고 있는 게 분명했다. 대학교 행정실에서 연락이 갔을 리는 없고, 지도교수님 전화로 알게 된 듯했다. 그래도 엄마는 자퇴에 대해 한마디도 묻지 않았다(지금까지도 물어본 적이 없다). 엄마가 그럴수록 집에만 처박혀 있는 나 자신이 싫었다. 밖에 나가려니 담배가 필요했다. 밖에 나가서 그냥 멍하니 앉아 있는 것보단 담배를 피우며 앉아 있는 게 나를 위해서도, 타인들을 위해서도 좋을 것 같았기 때문이다. 그렇다고 엄마한테 담배 살 돈을 달라고 할 수는 없었다. 도저히 그럴 수는 없었다. 그래서 공부하던 대학교 교재들과 사전 두 권, 그리고 틈틈이 읽던 소설책 몇 권을 들고 중고책방으로 갔다. 중고책방 주인 할머니는 정신 나간 몰골로 책을 팔러 온 나를 마치 마약에 절어 공부하는 책까지 팔아먹는 놈 바라보듯 했다. 그러나 그 불편하고 기분 나쁜 시선에 대한 부담감보다는 엄마에 대한 미안함이 더 컸다. 가난한 엄마가 준 그 비싼 등록금으로 들어간 대학교를 자퇴했기 때문이었다. 하여튼 그렇게 마련한 7만 5,000원으로 사서 피운 담배 덕분에 슬슬 정신이 돌아왔고 아르바이트도 구할 수 있었다.

　영화네식당의 개털 작업 아르바이트는 불쌍한 개들에게 몹쓸 짓을 한다는 죄책감만 빼면 다른 어떤 아르바이트보다 편하다. 내가 처음이 아르바이트를 시작했을 때는 북아현동의 어느 개 도둑이 애니멀 호딩을 당하는 개 여섯 마리를 한꺼번에 훔쳐 늙은 영화에게 파는 바람에 고생한 적도 있다. 하지만 그 후로는 대부분 하루에 많아야 두세 마리만 작업하면 된다. 탈모기가 없어서 마리당 개털 작업 시간은 좀 오래 걸리지만. 마리당 시간은 평균 삼십 분 정도다. 유난히 털이 많은 개나 대형견과 환견은 조금 더 걸리고 중형견이나 소형견은 아무리 꼼꼼하게 작업해도 이십 분을 넘지 않는다. 그렇다고 이 일이 다른 아르바이트보다 덜 고되다는 뜻은 아니다. 이 일이 편한 것은 대면하는 고객들로부터 받는 스트레스가 적어서다. 고용주로부터 듣는 잔소리도 덜하다. 물론 늙은 영화는 가끔 식당 서빙 일을 도와달라고 하기도 하고 취했을 때는 자기 몸을 주물러달라는 뚱딴지같은 소리도 하지만, 특별히 잔소리가 심하다거나 스트레스를 주는 사람은 아니다. 나는 늙은 영화에게서 받는 70만 원이라는 적은 월급에도 딱히 불만이 없다.

그 이전에 했던 다른 아르바이트들은 모두 고객들을 직접 상대하는 일이어서 하루에도 얼마나 많은 스트레스를 받았는지 모른다. 특히 개념을 상실했거나 양심이 불량한 손님들 때문에. 아르바이트를 하는 사람은 아예 인간 이하로 대하는 손님들이 의외로 많다. 아무리 손님이 왕이라지만 아르바이트하는 사람이 노예는 아니잖은가.

모두들 힘들겠지만 나도 아르바이트를 할 때마다 너무 힘들었다. 손님들 때문만은 아니었다. 고용주나 함께 일하는 직원들 때문에도 힘들었다. 피시방, 편의점, 청소 대행업체, 주유소, 신발 매장, 포장마차, 그리고 만화가 화실에서 일할 때도.

가야농원에서 일주일 만에 뛰쳐나온 후 처음 일했던 피시방에선 한 양아치가 아주 골치였다. 이 인간은 내가 근무를 시작한 첫째 날부터 자기가 원하는 과자가 없다고 욕을 해댔던 서른 살쯤의 남자였는데, 사흘째가 되던 날 양아치 본색을 드러냈다. 5,000원짜리 지폐를 내고도 5만 원짜리 지폐를 냈다고 우기며 거스름돈을 요구한 것이다. 나는 분명히 5,000원짜리 지폐를 받았는데 자기는 분명 5만 원짜리 지폐를 냈다며 거스름돈을 달라고 했다. 마침 사장도 없고(사장이 없는 걸 알고 나에게 그랬을 테지만) 실내에 감시카메라도 없는 데다가 그 양아치가 돈을 내는 걸 목격한 사람도 없어서 나는 꼼짝없이 그에게 4만 6,000원을 거슬러줘야 했다. 지금 생각하면 경찰에 신고를 하거나 빨리 사장한테 연락을 하거나 죽기 살기로 양아치에게 달려들어 한바탕 싸움이라도 벌렸어야 했다. 아니다. 지금 말은 이렇게 해도 그때와 똑같은 상황이 일어난다면 나는 그 양아치의 보복이 두려워서 또 거스름돈을 내줄 것이다. 아무튼 나중에 사장한테 말했더니, 사장은 거스름돈을 준 나만 탓하며 그 돈을 내 시급에서 깠다. 이틀 치 시급만 날린 것이다. 결국 3주 만에 피시방을 그만두었다. 그 양아치가 다른 양아치들까지 데려와서 나를 괴롭혔기 때문이다. 가령 계산을 할 때는 항상 지폐를 검지와 중지 사이에 살짝 끼워서 휙 날리는 바람에 나는 양아치들 앞에서 거지처럼 허리를 숙여서 돈을 주워야 했다. 그 양아치는 또 들어오거나 나갈 때마다 내 얼굴을 톡톡 치거나 만졌다. 특히 귀를 만질 때는 소름이 끼쳤다.

편의점에서 두 달 반 동안 아르바이트를 할 때는 나를 만만하게 본 여고생들이 담배를 사러 올 때마다 힘들었다. 술을 마신 뒤 테이블의 쓰레기들을 치우지도 않고 그냥 가는 아저씨들보다 그 여고생들이 더 힘들었다. 내가 도무지 남자로 안 보였는지, 아니면 자기들 또래의 한없이 여린 남자아이쯤으로 여겼는지, 꼭 내가 근무할 때만 들어와서 담배를 요구했다. 교복 차림과 사복 차림이 섞여 있는 네다섯 명의 여고생들 중에서 꼭 사복 하나가 아주 거세게 편의점 문을 열고 들어와 담배를 몇 갑씩 요구했다. 내가 주민등록증 좀 보여달라고 하면 대놓고 기분 나쁘다고 말하면서 주민등록증을 탁 내밀었지만, 주민등록증 속 얼굴과 그 아이 얼굴은 달랐다. 그래서 내가 담배를 안 내놓으면 지금은 살이 쪄서 달라 보이는 거라면서 나를 빤히 노려보았다. 나는 어쩔 수 없이 담배를 내줄 수밖에 없었다. 그런 일이 두 번 더 있은 후부터 나는 주민등록증을 보여달라는 소리도 안 했고, 그 사복 여고생도 자연스럽게 성인 행세를 하며 담배를 몇 갑씩 사 갔다. 여고생은 편의점을 나가면 맞은편 골목에서 담배를 기다리는 친구들에게 갔다. 그 친구들은 각자 담배를 챙기고는 꼭 한 번씩 고개를 돌려 편의점 속의 나를 바라보며 웃었다.

　그해 겨울방학에 제법 인기 많은 만화가 화실에서 배경 그림을 그리는 아르바이트를 했다. 그 만화가는 내 지도교수님과 유학 생활을 함께한 절친한 친구였는데, 철학자들의 생애와 사상을 알기 쉬운 만화로 그리는 작업을 하는 중이었다. 그런데 그 만화가는 걸핏하면 나한테 술과 담배와 삼겹살을 사 오라는 심부름을 시켰다. 그래서 배경 그림을 그리는 시간보다 심부름을 하러 다니는 시간이 더 많았다. 만화가의 아내도 집에 손님들만 오면 2층으로 나를 불러서 이런저런 심부름을 시켰다. 작업실 직원이나 아르바이트생 중에 내가 가장 어

려서 그랬는지는 몰라도. 한겨울에 눈보라를 맞으며 혹은 눈길에 미
끄러지며 마트까지 심부름을 다녀오는 일은 너무 싫었다. 만화가의
아내는 자식들보다 더 애지중지하는 강아지의 사료와 간식 심부름
은 물론 중학생인 큰딸의 생리대 심부름까지 나한테 시켰다. 만화가
는 일주일에 사흘은 지방에 머물렀다. 방학인데도 대학교 만화 동아
리 제자들을 지도한다는 이유로(그의 아내는 안 믿었지만). 그렇게 만화
가가 집에 없는 날엔 그의 아내는 나를 자기 방으로 불렀다. 그때마다
나는 공연히 다른 직원들에게 시선을 받는 것도 싫었고 방 안의 그 묘
한 분위기도 싫었다. 만화가의 아내는 처음엔 고상하게 미술에 대한
얘기를 했다. 자신의 방에 걸려 있는 19세기 독일 화가 카스파르 프
리드리히의 〈안개 낀 바다 위의 방랑자〉 복제품 앞에서. 특히 중세 바
로크 미술부터 이탈리아 르네상스 미술까지를 자주 얘기했다. 그녀는
가끔 질문도 던졌지만 나는 서양미술에 대해 아는 게 별로 없어서 주
로 그녀의 장황한 설명을 듣기만 했다. 사실 그녀 덕분에 서양미술에
대한 지식을 많이 얻을 수 있었다. 그러나 처음 얼마 동안만 그랬고,
나를 대하는 그녀의 눈빛이 점차 이상해졌다. 요즘 자기가 다이어트
를 한다며 내 손을 억지로 끌어다가 자기 몸에 갖다 댔다. 나는 과감
하게 뿌리치지 못하고 그녀의 똥배와 굵은 허리와 푸석푸석한 허벅
지와 하마 엉덩이를 만졌다. 그리고 2월 초의 어느 날, 무슨 일 때문인
지는 몰라도 그녀가 만화가와 한바탕 부부 싸움을 했다. 맞았는지 어
쨌는지 아래층까지 다 들리도록 한참을 울더니 집 밖으로 뛰쳐나갔
다. 그 십 분쯤 뒤에 내 핸드폰으로 문자가 왔다. 다른 직원들 몰래 종
로3가의 어떤 카페로 나오라는 것이었다. 나는 나가지 않았다. 그리

고 그곳 아르바이트를 그만두었다.

대학교 2학년 여름방학 때 아르바이트를 한 청소 대행업체는 주문 받은 곳이면 어디든 출장을 가서 완벽하고 청결하게 청소를 했다. 사무실은 신림 2동 성당 뒤편에 있는 조그만 건물 1층이었는데, 직원은 여섯 명이었다. 사장 부부와 나보다 열 살은 많아 보이는 아들, 그리고 나를 포함한 아르바이트생 세 명까지. 그곳에선 한 달가량 일했다. 사장 부부도 사람이 좋고 내 또래 아르바이트생들도 다 괜찮았는데 사장 아들이 나를 못살게 굴어서 그만두었다. 은근히 내게만 일을 몇 배나 시켰기 때문이다. 가령 집주인 남자가 암으로 고생하다가 죽은 어떤 집을 맡았을 때는 하루 종일 거의 나 혼자서 그 집을 청소해야 했다. 사장 아들은 방문 앞에 서서 담배를 피우며 잔소리만 해댔다. 나혼자서 창문을 떼내고 벽지를 뜯어내고 장판을 걷으며 청소기를 돌렸고, 수없이 방바닥을 닦았다. 블라인드와 에어컨 청소를 할 때는 먼지가 눈에 들어와서 한동안 눈을 뜨지 못하기도 했다. 그 집 가족들이 미처 못 치운 옷가지들이며 냄새나는 이불 등 이런저런 물건들은 묶어서 엘리베이터로 몇 번이나 내가야 했다. 아들이 한 일이라곤 다른 남자 아르바이트생과 함께 베란다와 현관 청소를 하고 시원한 선풍기 바람 앞에서 에너지 음료수를 마시며 웃고 떠든 것뿐이었다. 내가 아들이 시킨 일을 모두 마치고 각종 청소 도구들을 거실로 내놓은 뒤 담배를 피우려는데, 마침 담배가 한 개비도 남아 있지 않았다. 다른 남자 아르바이트생에게 담배를 빌리려다가 주방 조리대에 놓여 있는 담뱃갑을 발견했다. 나는 별생각 없이 담뱃갑에서 담배 한 개비를 꺼내 피웠다. 그런데 하필 그 담뱃갑이 아들의 것이었다. 아들이 다가오더니 다짜고짜 내 뺨을 갈겼다.

"너, 도둑놈이냐? 왜 남의 담배를 허락도 없이 몰래 꺼내서 피우는 거냐? 이거 아주 못쓰겠구만, 엉?"

그러더니 다시 내 양쪽 뺨을 번갈아가며 쳤다. 나는 반항은커녕 한 마디 대꾸도 못 했다. 일단은 내가 허락도 없이 남의 담배를 꺼내 피웠으니까. 나는 결국 청소 아르바이트를 그만두었다. 아들이 나를 못살게 군 것은 자기가 마음에 들어 하는 한 여자 아르바이트생이 나에게 호감을 갖고 있었기 때문이었다.

이어서 했던 주유소 총잡이 아르바이트 일은, 사장 몰래 삥을 치던 윤 과장의 절도 현장을 목격한 뒤부터 힘들어져서 그만두었다. 윤 과장이 나에게 협박 비슷한 말을 하며 계속 못살게 굴어서였다. 백화점 신발 매장에선 이른바 '환불 아줌마'들 때문에 골머리를 앓다가 그만두었다. 40대 초반의 그 아줌마들은 온갖 화려한 날라리 패션에 클레오파트라보다 더 높은 콧대를 앞세우고 매장의 신발이란 신발은 모조리 꺼내보고 만져보고 신어보다가 그냥 사라지기도 하고, 어쩌다 한 켤레 사기라도 하면 며칠 내에 반드시 찾아와서 아무 이유 없이 환불을 요구했다. 신발을 내 눈앞에 툭 던지면서.

"이거, 환불해줘요!"

코와 턱을 한껏 쳐들고 마치 나를 잡아먹기라도 할 것처럼 쏘아보며 막무가내로 환불을 요구하는 것이었다.

"손님, 그건 좀 곤란한데요. 제품에 아무 하자도 없고 이미 며칠을 신으셨고 상표도 다 떼내셔서 환불은 곤란합니다."

"무슨 말이 그렇게 많아요? 손님이 환불해달라면 환불해줄 것이지!"

"그럼 영수증은 갖고 오셨습니까?"

"참 말이 많네. 영수증이 왜 필요해요. 내가 여기서 사 간 게 맞는데. 나한테 이 신발 안 팔았어요? 내 얼굴 몰라?"

"아뇨. 그게 아니라……"

"빨리 환불해줘요!"

그 환불 아줌마는 목소리도 얼마나 날카롭고 큰지, 내가 몇 마디라도 더 대꾸하면 백화점의 다른 영업장까지 피해를 줄 게 뻔해서 어쩔 수 없이 환불을 해주곤 했다. 매장 점장이나 아르바이트 직원들은 참 좋았는데, 그 환불 아줌마가 꼭 내가 근무하는 시간에만 찾아와서 환불을 요구하는 통에 그만두었다. 꼭 나한테 문제가 있는 것만 같아서였다. 그리고 대학교 앞의 포장마차 홍합집은, 새벽까지 일하다가 퇴근하는 것이 너무 힘들고 택시비도 부담스러워서 그만두었다.

나는 갖가지 이유로 아르바이트마다 그만두었다. 그 아르바이트들에 비해서 영화네식당의 개털 작업 아르바이트는 나름대로 편하고 좋다. 손님들이나 고용주, 함께 일하는 직원들한테서 받는 스트레스가 없으니까. 그러나 이제는 다 틀렸다.

아무래도 오늘 저녁의 예감이 좋지 않다.

애당초 인문계 고등학교를 가는 게 아니었다. 공업고등학교에 가서 기술을 배웠어야 했다. 그랬다면 조그만 공장에라도 취직해서 착실하게 직장 생활을 하며 돈을 벌었을 것이다. 그랬다면 지금의 이런 고통들은 당하지 않았을 것이다. 이리저리 아르바이트를 구하느라고 힘들지도 않았을 것이고, 날마다 해바라기밭에서 불쌍한 개들에게 몹쓸 짓을 하지 않아도 되었을 것이고, 어쩌면 지금의 이 초라한 아파트보다 조금은 더 좋은 집에서 살고 있을지도 모른다. 그랬다면 틀림없이 악마도 만나지 않았을 것이다.

나를 걸레라고 부른다

나는 가끔 엄마가 생각난다. 나를 낳아주고 내가 다섯 살 때 지금의 엄마와 이혼을 한 엄마 말이다. 얼굴을 보고 싶은 생각은 별로 없다. 너무 어릴 때 헤어진 데다가 내가 초등학교를 졸업할 때 축하한다며 동네 피시방으로 찾아왔을 때도 서먹하게 잠깐 본 것뿐이라서 그런지. 그냥 궁금할 뿐이다. 재혼한 세무공무원과는 잘 사는지. 지금의 엄마가 말 그대로 내 엄마다. 여느 엄마들처럼 자식을 사랑하는 엄마다. 가난하게 살아도 자식을 위해 나름대로 최선을 다한다. 내가 어릴 때는 동네 사람들에게 아빠 없는 자식이란 소리를 듣게 하지 않으려고 이따금은 아빠 역할도 했다. 그럴 때마다 나는 든든했다. 하긴 원래 아빠였으니까.

그렇지만 엄마는 가끔 집단으로 나를 때리던 동네 아이들에게 욕을 하지도 않았고, 그 아이들을 두들겨 패지도 않았다. 몹시 화는 냈지만 그냥 말로만 타일렀다. 내 속이 시원하게 뺨을 때리거나 머리통이라도 갈기지 않는 것이 나로선 조금 불만이었지만 그래도 효과는 있었다. 그 후로 동네 아이들은 어지간해서는 나를 때리지 않았고, 두 번다시 나더러 개 사료를 먹으라고 강요하지 않았고, 내 입속에 억지로 풍뎅이를 집어넣지도 않았고, 학교 앞에서 사 온 파란 병아리를 발로 밟으라고 하지도 않았고, 길을 지나가는 스님한테 배고프다고 불쌍한 척을 하며 돈을 얻어 오라고 시키지도 않았다. 그리고 두 눈을 감고 계속 빙글빙글 돌라는 명령도 두 번 다시 하지 않았다. 내가 그 명령에 따르다가 어지러워서 남의 집 벽에 부딪히거나 흙투성이 땅바닥에 쓰러질 때면, 아이들은 재밌다고 마구 웃어댔다. 나는 그 웃음소리가 세상에서 가장 싫었다. 지금 생각해보면 그 당시 동네 아이들이 엄마가 사실은 아빠였다는 걸 몰랐다는 것이 얼마나 천만다행인지 모른다. 만일 아이들이 그걸 알았다면, 나는 동네에서 단 하루도 온전히 살 수 없었을 것이다. 비록 아홉 살짜리 초등학생이었지만, 아마 목을 매서라도 죽었을 것이다.

지금의 엄마에게 나는 특별히 불만은 없다. 아니, 불만이 있을 리없다. 엄마가 어렵사리 뒷바라지해준 보람도 없이 나는 대학교를 자퇴했다. 숨겨진 이유야 무엇이든. 엄마는 그 일 때문에 나 몰래 마음 아파하면서도 애써 자퇴 이유를 묻지 않았다. 엄마가 내 자퇴 이유를 알아서 그런 것 같지는 않다. 악마와 그 패거리가 자신들이 나를 강간했다는 사실을 엄마에게 말하지 않는 한, 엄마는 끝까지 모를 것이다. 엄마가 자퇴 이유를 묻지 않는 것은 어디까지나 내 의사를 존중한다는 뜻일 것이다. 그런 엄마에게 불만을 가질 이유가 없다. 엄마 역시 엄마의 세계에서 얼마나 힘들겠는가. 그런 엄마를 위해 내가 그나마

할 수 있는 일이라곤 담배를 끊는 것이다. 그러나 나는 도저히 담배를 끊을 수가 없다. 담배 없이는 이 세상을 살아갈 수 없기 때문이다. 그런데 요즘 엄마가 이상하다. 표정이 별로다. 화장을 해도 전처럼 곱지가 않다. 어딘가 좀 어색하다. 새벽에 퇴근해서는 나 몰래 소주를 두 병씩이나 마시고 잠자리에 들기도 한다. 무슨 일이 있나. 그렇다고 물어볼 수도 없고.

나는 침대에서 일어난다. 삐걱거리는 소리가 낮에도 귀에 거슬린다. 나는 책상 위의 만화책들을 바라본다. 도대체 몇 권인지 모르겠다. 나는 만화책들을 세어본다. 강풀의 『순정만화』 두 권과 『바보』 두 권, 시이나 카루호의 『너에게 닿기를』 열 권, 아오키 코토미의 『내 첫사랑을 너에게 바친다』 열두 권. 모두 스물여섯 권이다. 민경이 말처럼 신간은 없고 몇 년 전에 발간된 것들이다. 아마 민경이가 만화 공부를 할 때 보던 책들일 것이다. 나는 제목이 눈길을 끄는 『바보』1권을 대충 넘겨본다. 바보 승룡이가 풍납토성에서 어쩌고저쩌고, 지호가 치는 피아노 소리가 어쩌고저쩌고, 빤짝빤짝 작은 별이 어쩌고저쩌고. 나는 만화책들을 책상 귀퉁이로 밀어버린다.

핸드폰 벨이 울린다. 모르는 번호다. 나는 전화를 받지 않는다. 얼마 후에 다시 핸드폰 벨이 울린다. 아까의 그 모르는 번호다. 이번에도 전화를 받지 않는다. 또 핸드폰 벨이 울린다. 이번엔 수영이다. 혀가 잔뜩 꼬부라졌다. 얼마나 퍼마신 걸까.

"인우야, 알바는 구했니? 정말 미안하다."

"미안하긴."

"나도 기말시험만 끝나면 알바할 거야. 그때 같이 구해보자."

수영이는 내가 영화네식당에서 아르바이트를 하는 줄은 모른다.

"알았어."

"술 한잔 마셨다. 시험 때문에 술 먹으면 안 되는데, 작은형 때문에 할 수 없이 마셨다. 너도 알지? 우리 작은형, 위대하신 백수. 아침부터 큰형하고 싸우더라. 아빠는 싸움 말리다가 졸도하고 엄마는 울고불고, 집구석이 난리도 아니었다. 앞집 윗집 사람들이 다 나와서 구경하고 119구급차가 오고. 내가 여태까지 그렇게 쪽팔린 적은 없었다."

"아빠는 괜찮으셔?"

"응. 노인네 그렇지 뭐."

"......"

"나는 작은형 이해해. 공무원 시험 그거 아무나 되냐? 서울시 지방직 9급공무원 시험 경쟁률이 얼만 줄 아냐? 60대 1이다. 그게 하루아침에 붙겠냐?"

"힘들지."

"나는 그래도 우리 작은형을 믿어. 나보단 머리도 좋고 공부도 잘했잖아. 안 그래?"

"응."

"참, 석현이 전역했어. 너한테 안부 전해달라고 하더라. 근데 전역하자마자 내 얼굴도 안 보고 공장으로 직행했다. 돈 번다고. 군대에서 깨달은 게 있대나? 도대체 뭘 깨달았다는 거야? 난 깨달은 게 없는데. 참 희한한 놈이야."

나는 이 여름이 끝나는 대로 군대에 입대할 예정이다. 친구들보다 많이 늦었다. 자퇴한 뒤 몸과 마음이 너무 고통스럽고 힘들어서 곧바로 군대에 가려고 했었다. 그러나 체질량지수가 16이 채 안 되어 4급 보충역 판정을 받았다. 그래서 얼마 동안 몸무게를 늘려 다시 신검을 받아 현역 판정을 받았다.

"아무튼 알바 자리는 너무 걱정하지 마. 구해보면 있을 거야."

"응."

수영이가 혀 꼬부라진 소리로 안녕, 하면서 통화를 끊는다.

수영이가 말한 석현이는 중학교 동창이다. 그다지 친한 사이는 아니었고 고등학교도 달라서 잊고 있다가, 수영이 때문에 친해졌다. 함께 자금성을 들락거리면서. 그 당시 우리는 비가 몹시 쏟아지는 날이나 유난히 학교에 가기 귀찮은 날 아침엔 서로 연락해서 학교에 가지 않았다. 그러고는 학교 대신 자금성 뒷방에 등교해서 같이 담배를 피우며 고량주와 해물짬뽕과 미꾸라지탕수를 먹곤 했다. 만취하면 영원한 우정을 맹세하고는 정신을 잃고 서로 뒤엉켜 잠을 잤다. 자금성 주인아줌마는 그런 우리에게 가끔 잔소리는 했지만 아예 출입을 금지시키지는 않았다. 왜 학교에 안 가고 아침부터 중국집에 오느냐고 한마디 했지만 아예 못 오게 하지는 않은 것이다. 내가 그녀의 큰딸에게 영어를 가르쳐주었기 때문이다. 자금성 큰딸은 나이가 서른 살쯤이었는데 지적장애가 있어서 공부라곤 해본 적이 없었다. 그래도 어찌어찌해서 한글은 읽었는데 영어는 알파벳도 몰랐다. 그래서 내가 큰딸에게 영어 공부랍시고 알파벳을 가르쳐준 것이다. 알파벳을 가르쳐줬더니 큰딸은 싱글벙글 웃으며 알파벳을 발음하려고 무진장 애를 썼다. 어쨌든 배우려는 자세는 대단해서 정말로 잘 가르쳐주고 싶었지만, 나는 어떻게 가르쳐주어야 할지 방법을 잘 몰랐다. 그러니까 가르치는 시늉만 한 셈이었다. 그래도 주인아줌마는 무척 좋아했다. 큰딸이 알파벳을 대충은 발음할 줄 알게 되었고 쓰는 시늉도 하게 됐으니까. 주인아줌마가 나를 신뢰하게 된 결정적인 계기는 수영이가 제공했다. 수영이가 나를 가리켜 아주 공부를 잘해서 서울대학교에 갈 놈이라고 말했기 때문이다. 순진한 주인아줌마는 그 말을 곧이곧대로 믿고 입까지 벌리며 놀랐다.

우리는 고등학교 2학년 때 학교 축제가 끝난 뒤 사과 도넛을 먹으러 어떤 아줌마 집에 가기도 했다. 수영이와 석현이만 사과 도넛을 먹고 나는 안 먹었지만.

엄마는 언제부터 몸속에서 여성이 자랐을까. 할머니가 살아 계실 때 하셨던 말에 따르면 중학생 때부터라고 한다. 하는 짓이 꼭 계집애 같더라고. 그래도 그때는 꿈에도 몰랐지. 할머니는 돌아가시기 이태 전의 생신날, 평소와는 달리 자신이 담근 동동주에 거나하게 취해서 주위 어른들에게 넋두리처럼 엄마의 청소년 시절 얘기를 했었다. 엄마는 다른 머슴애들과 달리 유난스럽게도 뱀을 무서워했단다. 다른 머슴애들이 동네의 집이나 길바닥, 혹은 산에서 뱀을 만나면 그 즉시 달려들어 뱀을 때려잡고, 그 뱀으로 온갖 장난을 하며 재미있게 노는 데 반해서 엄마는 장난은커녕 뱀만 보면 기겁을 하기가 일쑤였다는 것이다. 그리고 할아버지가 저수지에서 낚시로 잡아 온 붕어들을 손질하라고 해도 내빼기가 일쑤였단다. 할아버지 옆에서 부엌칼로 붕어 배를 가르고 대가리를 주저 없이 잘라내는 작은아빠와는 너무도 대조적이었다고. 저수지나 시냇가로 멱을 감으러 가도 다른 머슴애들은 거리낌 없이 팬티까지 훌훌 벗고 신나게 물속으로 뛰어드는데 엄마는 도무지 옷 벗기를 싫어해서 겨우 머리만 감고 올 정도였단다. 할머니가 광에서 발견한 빨간 핏덩이의 눈도 못 뜬 새끼 쥐들을 부삽으로 떠서 변소에 갖다 버리라고 했을 때도 엄마는 기겁을 하며 방으로 들어갔단다. 집 안에 다른 사람은 아무도 없어서 할 수 없이 할머니가 그 새끼 쥐들을 변소에 갖다 버렸단다. 그리고 엄마가 닭들한테 배춧잎을 던져주다가 수탉한테 한번 손가락을 된통 쪼이자, 다음부터는 수탉이 무서워서 곁에 가까이 다가가지도 못했단다. 고등학교 2학년 여름방학에 충북 음성의 사촌 집에 놀러 갔을 때는, 나흘 동안 사촌누나에게 화장하는 법과 옷 입는 법을 배웠다고 한다. 친척들은 웃어넘겼지만, 할머니는 속으로 가슴이 철렁했단다. 엄마는 또 학교에 갈 때마다 교복을 부담스러워했단다. 남자 교복이었기 때문이다. 그런 엄마를 할아버지는 얼마나 못마땅해했는지 모른다고, 울화통이 터진다고 했단다. 한번은 엄마가 할머니의 화장품을 얼굴에 하얗게 바르고 입술도 바르고 눈 화장도 하고는 어디서 구했는지 여자 가발을 쓰고 다락방에 올라가다가 할아버지한테 들켜서 얼마나 맞았는지 모른다고 했다. 머슴애 새끼가 도대체 그 꼴이 뭐냐며 할아버지는 몇 날을 화를 못 푸셨다고 한다. 물론 다락방에 숨겨져 있던 엄마의 모든 잡동사니들은 다 꺼내져서 부엌 아궁이나 동네 쓰레기장으로 들어갔다. 잡동사니들 중엔 여학생들이 보는 월간 잡지뿐만 아니라, 화장품회사에서 무료로 배포하는 화장 잡지들도 있었다. 그리고 웬 커다란 종이 상자엔 브래지어, 스타킹, 미니스커트, 여자 바지가 가득 들어 있었는데 할아버지가 몽둥이를 구한다며 마당으로 달려간 사이, 할머니가 그 종이 상자만은 재빨리 치웠다고 한다. 그래서 그나마 엄마는 할아버지한테 목숨만은 건졌다고 했다. 그다음부터 다락방은 엄마에게 접근 불가가 되었고. 그런데 그런 엄마 얘기를 하면서 할머니는 그날따라 엄마더러 전과는 달리 불효자식이니 뭐니 하는 말은 안 했다. 나중에 생각해보니 돌아가실 조짐이었던 것 같다.

그런 엄마의 자식인 나는 내 몸속에 여성이 숨어 있는지 아직도 확신할 수가 없다. 나는 여자가 되고 싶은 생각은 없다. 솔직히 말해서, 아빠가 엄마가 된 현실에 대해 어릴 때부터 썩 좋은 감정을 갖고 있지 않았기 때문이다. 그렇다고 지금의 엄마가 싫다거나 세상의 모든 트랜스젠더가 싫다거나 하는 것은 아니다. 싫을 이유도 없다. 다만 내가 사춘기를 거치며 자라오는 동안 남몰래 겪은 갈등과 혼란 때문에 힘들었다는 것이다. 우리 엄마가 사실은 남자였다는 것을 날마다 학교에서 숨겨야만 하는 조마조마한 마음의 부담감이 얼마나 힘든지는 아무도 모를 것이다. 물론 엄마는 그런 나의 힘들었던 사춘기 시절에 대해 모른다. 모르겠다. 알지도. 하지만 엄마와 지금까지 터놓고 대화를 나누어본 적이 없어서 정확한 진실은 알 수 없다.

그렇게 힘들었던 중학교 3학년 때의 여담 하나.

나는 3학년 10반이었는데 같은 반에 형준이라는 아이가 있었다. 학교에서 그 아이에 대한 소문이 아주 나빴다. 형준이가 남자아이들을 좋아한다는 것이다. 남자아이가 남자아이를 좋아하다니. 나는 처음엔 우정이라고 생각했다. 그런데 그게 아니었다. 사랑의 감정이었다. 그런 이유로 형준이는 반 아이들에게 따돌림을 받는 분위기였다. 내 몸속에 혹시 여성이 존재할까 봐 밤마다 고민하던 나는 형준이의 감정과 고민을 조금은 동병상련의 입장에서 이해했다. 그래서 나는 다른 아이들과 달리 형준이를 따돌리거나 조롱하지 않았다. 노트도 서로 바꾸어서 베끼고, 시험 문제 정답도 주고받곤 했다. 형준이가 배가 아플 때는 쉬는 시간에 약국으로 달려가서 까스활명수를 사다 주기도 했다. 그리고 가끔 핸드폰으로 무서운 좀비 사진이나 귀여운 햄스터와 송아지 사진을 보내주고, 사당역 4번 출구를 교통카드도 찍지 않고 스파이더맨처럼 빠르게 빠져나가는 방법을 문자로 보내주기도 했다(형준이가 사당역 4번 출구에 대해 몇 번 투덜거려서). 그런데 형준이가 어느 날부턴가 본격적으로 나에게 다가왔다. 왠지 평소 모습이 아니었다. 나는 긴장했다. 그래서 매정하게 경계했다. 혹시 나까지 형준이와 똑같은 부류로 취급당할까 봐 싫었기 때문이다. 형준이는 믿었던 나까지 매정하게 돌변하자 당황하면서 더 괴로워하는 눈치였다. 여름방학을 며칠 앞두고 쉬는 시간에 학교 화장실에 들어가다가 형준이가 아이들에게 괴롭힘을 당하는 걸 목격했다. 평소에도 그 아이들에게 괴롭힘을 당한다는 소문은 들었지만 직접 목격하기는 처음이었다. 한 아이가 형준이더러 "야, 게이"라고 부르며 머리를 툭툭 치듯 때렸고, 다른 아이는 얼마나 크고 색다른지 확인 좀 해보겠다며 형준이더러 바지를 벗으라고 했다. 형준이가 머리를 숙인 채 아무 말도 없이 계속 바지 벗기를 거부하자 또 다른 아이가 화장실 창문 쪽 아래에 놓여 있는 양동이를 들고 왔다. 양동이엔 더러운 청소 물이 가득 담겨 있었다. 아이들의 '짱'이 말했다.

"머리 박어."

형준이더러 바지를 벗기 싫으면 그 양동이에 머리를 넣으란 것이

174

었다. 잠시 후 형준이는 허리를 굽히더니 양동이에 머리를 넣었다. 머리를 감기라도 하듯 그 더러운 물에 쑥 넣었다. 더러운 물이 화장실 바닥에 넘쳐흘렀고 아이들은 담배를 피우며 재미있다는 듯이 웃었다. 나는 형준이가 너무 불쌍했다. 그러나 화장실 안으로 뛰어 들어가지 못했다. 아이들을 말리거나 형준이의 머리를 빼주거나 하지 못했다. 용기가 없었을뿐더러 너무 겁이 났다. 오히려 그 일진회 아이들이 새삼스레 더 무서워졌을 뿐이다. 그래서 바지에 오줌을 쌀 지경이 되어 나는 그냥 살금살금 뒷걸음질 쳐서 교실로 돌아오고 말았다. 교무실에 있는 담임선생님한테 찾아가지도 않았다. 내가 한 일이라곤 고작 학교가 끝난 후 피시방에 들어가서 게이라는 말을 인터넷에서 검색한 것뿐이다. 그 일이 있고 난 후 웬일인지 형준이는 더 이상 내게 다가오지 않았다. 아이들 모두를 외면했다. 그렇게 여름방학을 맞았고 여름방학이 끝난 후 형준이는 학교에 나오지 않았다. 검정고시를 준비한다는 말도 있었지만, 나는 검정고시가 무엇인지조차 알지 못했다. 그런데 형준이가 무슨 생각으로 나에게 다가왔던 것일까. 나를 남자아이로서 사랑하려고 그랬을까, 아니면 단순히 형준이가 내 고민을 눈치채고 나와 함께 서로 의지하며 고민을 나누자고 다가왔던 것일까. 그러나 나와 형준이는 고민의 대상이 달랐다. 나는 내 몸속에 혹시 있을지 모를 여성 때문에 괴로운 것이었고 형준이는 같은 남자아이들을 사랑하기 때문에 괴로운 것이었다. 아이들에게 형준이와 똑같은 부류로 취급당할까 봐 형준이를 피했지만, 지금 생각해보면 미안하다. 몸속의 알 수 없는 것에 대한 두려움을 갖고 있었던 나나, 같은 남자아이를 사랑하는 것에 대한 고민을 갖고 있었던 형준이나, 똑같이 힘들고 아픈 청춘이었는데 말이다.

　나는 아직도 확신할 수가 없다. 멀쩡하게 군대까지 다녀와서 결혼하고 자식도 낳은 아빠가 어느 날 갑자기 엄마가 된 전철을 나도 밟을까 봐 두렵다.

　죽은 개는 포인터다. 우아한 사냥개로 유명한 잉글리시포인터다. 그러나 지금 내 앞에 놓여 있는 포인터는 한쪽 눈이 실명 상태이고 이빨도 몇 개 남지 않은 불쌍하고 초라한 개일 뿐이다. 노견은 아니다. 늙은 영화의 말로는 사냥을 나섰다가 눈을 다치고 이빨도 상한 것 같다고 했다. 즉시 동물병원에 데려가서 치료를 해줬어야 하는데 견주가 방치해서 그렇게 된 모양이라고 했다. 실명한 왼쪽 눈은 피고름이 흐르다 못해 썩은 상태다. 엉긴 고름이 껌 딱지처럼 눈을 덮었다. 눈과 이빨만 제외하면 포인터는 그런대로 날렵하고 우아한 사냥개의 자태가 남아 있다. 아이콘인 멋진 주둥이, 치타에 버금가는 늘씬한 등과 허리의 곡선미, 군살 없는 긴 다리. 그러나 드문드문 나 있는 적갈색 반점에 윤기를 잃은 포인터는 대형견치고는 너무 몸무게가 가볍다. 비쩍 말랐다. 10킬로그램도 채 되지 않는다. 아마 방치되어 시름시름 앓는 동안 제대로 먹지 못했기 때문일 것이다. 늙은 영화의 말에 따르면 개가 너무 기운이 없어서 그런지 조금 떨다가 순순히 남은 한쪽 눈을 감으며 생을 접었다고, 따로 질식사를 시킬 필요도 없었다고 한다. 늙은 영화가 영화네식당에서 마지막 작별 먹이로 준 우유도 먹지 않았다는 것이다. 아마 실명한 왼쪽 눈의 신경이 뇌신경까지 망가뜨린 듯하다. 그런데 포인터는 도대체 서울 어디에서 무슨 동물을 사냥하다가 다쳐서 견주에게 버림받고 저 지경이 되었을까. 견주는 틀림없이 치료비가 부담스러워서 차일피일 방치하다가 늙은 영화에게 전화를 했을 것이다. 특이하게도 견주가 직접 포인터를 차에 싣고 식당에 왔단다. 무슨 견주가 자기가 기르던 개를 직접 보신탕집에 데려온담.

아무튼 저 기구한 운명의 포인터에게도 한때나마 행복했던 순간이 있었기를 바란다. 나는 가스토치의 파란 불꽃을 점화하며 작업을 시작한다.

나는 사람들이 개고기를 먹는 행위에 대해 이렇다 저렇다 말할 생각은 추호도 없다. 먹든지 말든지 자유다. 다만 사람들이 개에게 행하는 몇 가지 행동만은 정말로 싫다.

강아지 때는 귀여워서 기르다가 성견이 되면 기르기가 부담스럽다며 슬며시 낯선 동네나 외딴섬에 버리고 오는 행위, 기르다가 개가 병이 들면 치료비와 치료 기간이 부담스럽다며 매정하게 개의 생명을 포기하는 행위, 공장 앞마당의 대형 선풍기에 개를 바짝 묶어놓고 선풍기를 강으로 틀어서 개가 입에 하얗게 거품을 물며 미칠 지경이 되게 만드는 행위, 이사를 가면서 부담스럽다며 개를 그냥 버리고 가는 행위(개는 그곳에서 끝까지 자기 주인을 기다린다), 어떤 이유로든 개들끼리 강제로 피투성이가 되도록 싸움을 시키는 행위, 개똥을 치울 때마다 욕설을 퍼부어서 개를 정신적으로 말려 죽이는 행위, 아무 이유 없이 묶여 있는 개를 몽둥이로 때리는 행위, 개 입에 더러운 지폐를 물리며 잘했다고 칭찬하는 행위, 중학생씩이나 돼서 개의 항문을 나무젓가락으로 자꾸 쑤시는 행위, 외출하고 돌아올 때마다 냄새나는 양말을 개 입으로 벗기도록 하는 행위, 사람의 성기에 꿀을 발라놓고 개에게 핥도록 하는 행위, 유기견 보호 단체를 운영한다고 거짓 광고를 낸 뒤 여기저기서 개를 받아다 도축해서 보신탕집에 공급하는 행위, 잠자다가 시끄럽다며 강아지를 아파트 창문 밖으로 집어던지는 행위, 개의 성기나 항문을 성인용품으로 강간해서 결국 개를 미쳐서 죽게 만드는 행위, 필로폰에 취해서 개의 머리에 필로폰 주사를 놓는 행위, 개를 화장실에 가둬놓고 해외여행을 떠나 굶어 죽게 만드는 행위, 개 다리를 꽁꽁 묶어놓고 코나 성기에 담뱃불을 갖다 대며 재미있어하는 행위, 술 취한 구둣발로 골목길의 주인 없는 개를 걷어차서 그 개가 갈비뼈가 다 부러진 상태로 승용차 밑에서 며칠을 끙끙 앓다가 죽게 만드는 행위, 폐지 줍는 할머니와 단둘이 사는 개를 낚싯바늘에 끼운 소시지로 납치해서 보신탕집에 팔아넘기는 행위.

사람들마다 저마다의 피치 못할 사연이 있어서 개에게 그런 행위들을 하겠지만, 차라리 그러지 말고 그냥 영화네식당 같은 보신탕집에서 개고기나 한 그릇 사 먹기를 바란다.

포인터의 털이 타면서 나는 잿빛 연기와 냄새가 해바라기밭 허공으로 얌전하게 흩어진다. 조금은 덥다. 저녁 무렵의 해바라기밭이 이렇게 덥게 느껴질 때도 있다. 나는 포인터의 늘어진 귀와 이빨이 몇 개 남지 않은 주둥이에 꼼꼼하게 파란 불꽃을 갖다 댄다. 실명한 왼쪽 눈과 나머지 눈도 다시 한 번 그슨다. 포인터의 까맣게 그슬린 얼굴을 보니 1505호 밤색 머리의 얼굴이 떠오른다. 죽은 개의 얼굴을 그슬 때마다 그 악마의 얼굴이 떠오른다. 악마의 얼굴을 까맣게 그슬고 싶다.

그런데 과연 밤색 머리는 패거리를 데리고 해바라기밭에 나타날까. 틀림없이 나타날 것이다. 악마니까.

나는 조금 서두른다. 평소보다 조금 일찍 와서 작업을 하고 있지만 악마 때문에 서둘러야 한다. 나는 아직은 뜨거운 포인터의 사체를 부대에 넣는다. 차 트렁크에 부대를 실었을 때, 어디선가 오토바이 소리가 들려온다. 한 대도 아니고 여러 대다. 나는 본능적으로 알아차린다. 악마와 그 패거리다. 정수의 안내를 받으며 오는 것이다.

그들은 오토바이를 타고 오면서 이미 내 모습을 발견했는지, 해바라기밭 입구에 오토바이를 세우자마자 곧장 내게로 온다. 식당 배달용으로 보이는 그 오토바이들은 모두 세 대고, 아이들은 밤색 머리를 포함해서 일곱 명이다. 정수도 있고 머리 반쪽만 커트한 남자아이도 있고 여자아이도 두 명 있다.

웬일로 반쪽 커트가 가장 앞장서서 다가온다.

"야, 왜 아까 낮에 내 전화 씹었어?"

반쪽 커트가 대뜸 시비조로 큰소리를 친다. 내가 집에 있을 때 걸려온 그 모르는 핸드폰 번호가 이 아이의 번호였나 보다.

"다음부턴 꼭 받아라. 알았어?"

나보다 몇 살 어린 아이가 나에게 타이르듯 말한다.

"인상 펴라."

나도 모르게 일그러진 얼굴을 보고 아이가 그렇게 말한다. 나는 억지로 인상을 편다.

밤색 머리는 나를 보자 대뜸 웃기부터 한다. 먹잇감에 대한 반가움의 의미도 있지만 조롱과 멸시의 의미도 있는 잔인한 웃음이다. 나는 악마의 웃음을 대하자 심장이 멎을 것만 같다. 갑자기 식은땀이 나고 현기증이 난다.

"이런 이런, 여기서 맨날 개를 태우냐?"

"그렇다니까."

정수가 실실 웃으며 옆에서 거든다.

"이거 법에 걸리는 거 아냐? 신고할까?"

밤색 머리가 내 눈을 똑바로 바라보며 놀리듯 말한다. 입에서 술과 고기 냄새가 난다. 맥주와 치킨.

"니네 엄마가 보신탕집 하냐? 아니잖아."

밤색 머리가 내 아랫도리를 더듬다가 작업복 바지 주머니에서 담뱃갑을 꺼낸다. 딱 두 개비만 빠져 있는.

다른 아이들은 미니밴의 트렁크에서 부대를 끌어내린다. 포인터를 꺼내려다가 손에 검은 그을음이 묻자 욕설을 내뱉으며 꺼내기를 포기한다. 대신 조금 삐져나온 포인터의 머리를 운동화 발로 툭툭 건드린다. 여자아이들은 까맣게 그슬린 포인터의 머리를 보고 비명을 지르며 기겁한다. 그리고 보니 며칠 전 밤색 머리와 아이들이 우리 집 문 앞에 갖다 놓은 노란 비닐봉지 속 쓰레기가 생각난다. 그중에서 가장 보기 싫고 흉측스러웠던 여자 머리카락 뭉치가 바로 저 여자아이들 중 누군가의 것이라는 생각이 든다. 자기들끼리 싸우다가 뽑힌 걸까, 아니면 나에게 흉악스러운 공포감을 주기 위해 일부러 무지막지하게 뽑은 걸까.

밤색 머리가 내 얼굴에 담배 연기를 뿜는다. 졸렬하다. 이럴 바에야 차라리 어서 용건이나 마치고 돌아가주었으면 한다. 나는 악마의 용건이 무엇인지 안다.

남자아이들은 구덩이의 벽돌들을 집어서 멀리 풀밭 도랑에 던져버리기도 하고, 쇠파이프로 해바라기 줄기들을 부러뜨리기도 하고, 부대 속 포인터 머리에 침을 뱉기도 한다. 여자아이들은 담배를 피우면서 계속 부대에서 시선을 떼지 않는다. 죽은 개가 불쌍하다며 핸드폰으로 사진을 찍기도 한다.

그때 반쪽 커트의 핸드폰 벨이 요란하게 울린다.

"알았어요, 사장님. 금방 갈게요. 똥이 마려워서 화장실에 잠깐 들어왔어요. 네? 여기요? 당구장 화장실요. 어디냐면요, 홍제동 주민자치센터 맞은편에 있는 황제당구장요. 네. 지금 갈게요. 네? 오토바이를 왜 잃어버려요? 걱정하지 마세요. 네. 알았습니다."

반쪽 커트는 배달을 나왔다가 이곳에 온 모양이다. 다른 남자아이들 몇몇도 마찬가지인 듯 밤색 머리에게 빨리 가봐야 한다고 말한다. 밤색 머리는 버럭 신경질을 내며 알았다고만 한다. 악마는 자기 용건을 마치기 전까지는 돌아가지 않을 것이다. 그런데 이 아이들은 작년 10월에 내게서 빼앗아 간 돈으로 오토바이를 사지 않은 모양이다. 200만 원 중 100만 원으론 오토바이를 산다고 했는데.

반쪽 커트를 비롯한 아이들이 자꾸 재촉하자, 밤색 머리는 주먹으로 내 어깨를 치더니 나를 차 앞쪽으로 떠민다. 내가 차 앞쪽으로 가자 악마가 용건을 말한다.

"내려."

나는 뒤돌아서서 작업복 바지를 내리고 미니밴 보닛 위에 두 손을 얹는다. 악마도 바지를 내리더니 내 엉덩이에 성기를 집어넣는다. 잠시 후, 악마가 숨을 크게 몰아쉬며 바지를 끌어올리자 구경하던 정수가 바지를 내리고 내 엉덩이에 달려든다.

정수가 욕망을 채우는 동안 차 뒤쪽에서 누군가의 목소리가 들려온다.

"완전 걸레네. 남자 걸레."

그러자 일제히 키득키득 웃는 소리가 들려온다.

영화네식당에서 소주를 마신다. 늙은 영화는 몹시 놀라는 눈치다. 신기해하기까지 한다. 내가 개털 작업 아르바이트를 시작한 이래 영화네식당에서 술을 마시는 것은 처음이기 때문이다. 그동안 늙은 영화가 나더러 함께 술을 마시자고 숱하게 권했지만 나는 번번이 거절했다. 그런데 오늘은 내가 먼저 술을 달라고 했다. 늙은 영화는 마지막 손님인 보험 아줌마를 강제로 돌려보낸 뒤 설거지도 미루고, 내가 작업해서 가져온 포인터 손질도 미루고, 나와 술을 마시고 있다. 늙은 영화는 보험 아줌마가 남편한테 액자로 머리를 맞아 유리 조각들이 머리에 박혀서 병원에 갔다가 식당에 온 거라며, 그녀의 백수건달 남편을 지독하게 욕한다. 그러고는 내게 도대체 무슨 일이 있었느냐고 묻는다. 내가 아무 말이 없자 술안주가 없다며 부랴부랴 컴퓨터 서비스 센터 뒤편에 있는 편의점까지 뛰어가서 족발과 포장용 어묵탕을 사온다. 금세 달걀말이도 만든다. 어떤 단골손님이 갖다 주었다는 쑥인절미도 내놓고.

나는 아무 말 없이 소주만 마신다. 늙은 영화는 내가 술을 마시는 이유를 더 이상 묻지 않고 족발을 떼어내서 내 앞에 놓는다.

"아직은 내 이빨이 튼튼해."

늙은 영화가 새우젓에 찍은 족발을 씹으며 웃는다. 그녀는 나와 술을 마시는 것이 즐거운 모양이다.

내가 취하자 늙은 영화가 비틀대는 나를 부축해 방으로 데리고 들어간다. 그러고는 방바닥에 쓰러진 내 몸을 더듬기 시작한다. 더운지 선풍기를 끌어다가 센 바람으로 틀어놓고 옷을 훌훌 벗어 던진다. 그리고 다시 내 몸을 더듬는다. 늙은 영화의 몸에 지독하게 밴 개고기 냄새가 역겹지만 나는 그냥 내버려둔다.

더러운 날이다.

사과 도넛의 시절

고등학교 2학년 가을이었다. 학교 축제가 있기 며칠 전이었다. 나는 2교시부터 기분이 아주 엉망이었다. 사회문화 시간에 얼굴이 누런 명문 사립대 출신의 선생님한테 된통 망신을 당했기 때문이다. 선생님은 자본주의와 사회주의에서 분배는 각각 무슨 의미인지 말해보라고 했지만, 나는 대답을 못했다. 진땀을 흘리며 마냥 서 있기만 하는 나를 보고 선생님은 혀를 차며 그렇게 공부해서 지잡대는 고사하고 전문대라도 가겠냐며 아이들 앞에서 온갖 망신을 주었다. 그래서 하루 종일 기분이 엉망이었는데, 수영이는 남의 속도 모르고 묘한 웃음을 지으며 다가와서 뜬금없이 사과 도넛을 먹으러 가자고 했다. 갑자기 웬 사과 도넛이냐고 물었더니 어떤 아줌마네 집에 가면 맛있는 사과 도넛을 준다는 것이었다.

"그 아줌마가 우리한테 사과 도넛을 왜 줘?"

"줘. 가보면 알아. 갈 거지? 석현이도 올 거야."

"그 아줌마가 도넛 장사를 해?"

"아니. 직업은 나도 몰라. 셋이서 가자. 축제 끝나고."

"그 아줌마가 직접 만들어서 주는 거야?"

"응. 갈 거지?"

나는 기분이 엉망이어서 사과 도넛에 관심이 안 갔지만 수영이의 성화에 못 이겨 그러겠다고 했다.

학교 축제가 끝난 날, 다른 고등학교에 다니는 석현이까지 포함한 우리 세 명은 준비한 사복을 자금성 뒷방에서 갈아입고 수영이를 따라 그 아줌마네 집으로 향했다. 전철 7호선을 타고 삼십여 분쯤 가서 까치울역에서 내려, 십여 분을 더 걸어갔다. 그러는 내내 수영이는 그 아줌마와 계속 문자메시지를 주고받았다. 가끔 묘하게 웃기도 했는데 나와 석현이는 수영이가 왜 웃는지 알 수가 없었다. 물론 그 아줌마와 수영이가 주고받는 문자 내용도 알 수가 없었다. 아줌마네 집은 운전학원 뒤였다. 길을 한참을 올라가니 야트막한 산이 나오고 그 산 뒤로 고시원을 가리키는 푯말들이 보였다. 아줌마네 집은 5층짜리 빌라였다. 반달빌라. 평범한 그 빌라의 403호가 아줌마네 집이었다.

시간은 밤 아홉시가 조금 넘었다. 수영이는 재빨리 담배 한 개비를 피우더니 나와 석현이에게 빌라 입구에서 기다리고 있으라고 했다. 그리고 자기 혼자 계단을 올라갔다. 나와 석현이는 수영이 말대로 입구에서 기다렸다. 석현이가 바지 주머니에서 담뱃갑을 꺼내 나한테도 한 개비 내밀었지만, 나는 거절했다. 사람들이 지나다녔기 때문이다. 석현이는 빌라 입구로 사람들이 들락거려도 개의치 않고 담배를 피웠다. 석현이더러 담배를 피운다고 뭐라고 하는 사람은 아무도 없었다. 무서운 10대에 대한 예의였을까.

　수영이는 좀체 내려오지 않았다. 나와 석현이는 배가 고팠다. 여기 오기 전에 감리교회 앞 슈퍼에서 컵라면을 먹긴 했지만, 다시 배가 고팠다. 석현이는 계속 바닥에 침을 뱉으며 담배만 피웠다. 석현이가 물었다.

　"너도 오늘이 처음이니?"

　"뭐가?"

　"뭐가라니? 너, 오늘 여기 왜 온지 몰라?"

　"사과 도넛을 준다며?"

　"이런 등신!"

　그렇게 졸지에 '등신'이 되고서야 나는 비로소 사과 도넛에 관한 진실을 알게 되었다. 석현이가 말했다. 사과 도넛은 우리가 찾아온 아줌마한테 우리의 동정을 주면 받는 일종의 대가이자 증표라고. 그 아줌마한테 동정을 주고 사과 도넛을 얻어먹은 아이들이 적어도 백 명은 넘고, 그중에는 중학교 1학년 아이도 있고 서울대학교에 다니는 대학생도 있다고. 그러다가 잠시 후 석현이가 말했다. 사실 아줌마가 아주 예쁘고 아줌마가 주는 사과 도넛이 아주 맛있다는 것만 수영이에게 들어 알고 있다고, 그 외에는 그 아줌마에 대해서는 아무것도 모른다고, 그 아줌마는 홈페이지나 블로그, 카페도 갖고 있지 않다고. 그렇지만 진짜 사나이가 되려면 반드시 그 아줌마한테 동정을 바치고 사과 도넛을 받아먹어야 한다고. 그런데 그 아줌마는 다른 음식도 아니고 하필이면 왜 사과 도넛을 줄까. 석현이는 그 이유는 자기도 모른다고 했다. 그러면서 엉뚱한 말을 했다.

"그 아줌마가 혹시 사과 도넛에 무슨 보약 같은 걸 넣는 것은 아닐까? 진짜 사나이가 되는 명약 말이야."

나는 무척 당혹스러웠다. 석현이 앞에서 내색은 안 했지만 기분도 영 말이 아니었다. 그리고 석현이의 말이 어디까지가 진실이고 어디까지가 거짓인지 종잡을 수가 없었다. 그 아줌마가 섹스에 광분한 마녀가 아닌지 의심도 들었지만, 한편으로는 여기까지 온 우리가 어이가 없다는 생각도 들었다. 생판 알지도 못하는 아줌마한테 동정을 바치려고 이곳까지 오다니. 서울대생 얘기는 아무래도 꾸며낸 것 같았다. 서울대생이 서울의 수많은 예쁜 여대생들을 놔두고 왜 이런 조그만 변두리 동네 아줌마한테 찾아와서 동정을 바칠까. 나는 수영이한테 모종의 배신감까지 느꼈지만, 다시 생각해보니 수영이도 나와 같은 애송이라는 생각이 들었다.

수영이가 내려왔다. 수영이는 득의만면한 표정으로 입을 쩝쩝대며 담배부터 꺼냈다. 쩝쩝대는 것은 사과 도넛을 먹어서인 것 같았다.

"인우야. 너 올라가. 403호야. 아줌마가 시키는 대로만 하면 돼. 드디어 너도 사나이가 되는구나, 자식."

그러나 나는 올라갈 마음이 없어 거절했다. 수영이가 뜨악한 표정을 짓더니 다시 한 번 내게 재촉했다. 그러나 나는 싫다고 했다. 둘 사이에 잠시 실랑이가 벌어지는 사이 수영이의 핸드폰 벨이 울렸다. 빨리 올라오라는 아줌마의 독촉 전화 같았다. 결국 석현이가 403호로 올라갔다.

"너, 남자 되기 싫어?"

"아니."

"근데 왜 안 올라가?"

"그냥."

"그냥? 그럼 뭐하러 여기까지 따라왔어? 너 되게 웃기는 놈이다."

그러더니 수영이는 더 이상 강요하지 않고 사과 도넛 맛이 좋았다는 말만 했다. 진짜 사나이가 된 표정으로.

석현이는 수영이보다 훨씬 빨리 내려왔다. 수영이처럼 득의만면한 표정은 아니었지만 역시 뭔가 뿌듯한 표정이었다. 역시 사과 도넛을 먹어서인지 입을 약간 쩝쩝댔다. 석현이도 나더러 403호로 올라가라고 권했다. 그러나 나는 거절했다. 수영이가 아줌마한테 통보했다. 함께 온 나는 안 올라간다는 것을. 그리고 이제 그만 집으로 돌아가겠다고 인사말을 했다.

그날 결국 수영이와 석현이만 남자가 되었다. 나는 남자가 되지 못했다. 수영이와 석현이는 집으로 돌아오는 전철 안에서 자기들끼리 계속 무슨 말인가를 주고받으며 키득키득 웃었다. 집에 돌아온 나는 머리가 깨질 듯이 아파서 두통약부터 먹었다. 그리고 바보처럼 울었다. 그냥 이유 없이 울었다. 남자가 된다는 것은 자본주의와 사회주의의 분배 문제보다 훨씬 더 힘들었다. 어쨌든 나는 그날 남자가 못 된 죄로 우리의 아지트인 자금성 뒷방에도 한동안 가지 않았다. 내가 자금성에 모습을 안 보이자 주인아줌마는 내 안부를 궁금해했고, 딸기코 주방장 아저씨는 이제야 서울대학교에 가려고 철이 든 모양이라며 비아냥거렸단다.

그 후 가끔 사과 도넛 생각이 났다. 궁금했다. 사과 도넛은 사과를 도넛 모양으로 자른 걸까, 사과와 밀가루가 섞인 반죽으로 구운 걸까,

밀가루 반죽을 사과 모양으로 만들어 구운 걸까. 그러나 한 번도 수영이에게 물어보지 않았다. 수영이 또한 반달빌라 403호 아줌마에 대한 얘기는 더는 하지 않았다. 그해 겨울방학 때 학원에 가는 길에 지나가는 말로 한마디 한 것 말고는. 그 아줌마가 교도관 출신이고 딸은 호주에서 유학 중이라나 뭐라나.

어렴풋이 눈을 떠보니 늙은 영화가 내 옆에서 자고 있다. 내 방이 아니다. 내 얼굴을 정신없이 더듬던 늙은 영화의 립스틱 칠한 빨간 입술 사이에선 침이 흘러내리고, 젖가슴은 늘어진 채 다 드러나 있다. 늙은 영화의 굵고 하얀 허벅지도 처음 본다.

나는 간신히 일어나 늙은 영화가 아무렇게나 방바닥에 내던진 내 옷들을 주워 입는다. 구역질이 난다. 몸을 움직일 때마다 사뭇 구역질이 난다. 쓰레기통을 찾다가 그만 참지 못하고 선풍기 옆에 게운다. 역겨운 토사물의 물기가 방바닥을 흘러 역시 아무렇게나 방바닥에 던져진 늙은 영화의 청바지를 적신다. 나는 발로 청바지를 옆으로 밀어놓고 배 속이 조금 가라앉기를 기다리고는, 늙은 영화의 방을 나온다. 나오다가 비틀대는 발걸음에 맥주병들을 쓰러뜨린다. 맥주까지 마신 모양이다. 늙은 영화는 여전히 곯아떨어져 있다.

새벽의 전화

어둡고 습한 동굴이다. 햇볕도 바람도 들지 않는다. 매우 습하고 칙칙하고 한 치 앞도 내다볼 수 없다. 그저 지독한 어둠뿐이다. 죽음보다 더 어두운 동굴이다. 불안하고 우울한 동굴이다. 그 동굴 속엔 우주로부터 버려진 온갖 쓰레기들이 가득하다. 그래서 햇볕도 들지 않고 바람도 들지 않고 은빛 날개를 가진 새는커녕, 박쥐 한 마리도 날아들지 않는다. 나는 그 쓰레기들을 하나씩 파헤친다. 지독한 피해의식, 자퇴생의 늦잠, 아침마다 불안한 눈빛, 휘청대는 발걸음, 무죄의 허허벌판에서 눈보라를 맞으며 엉엉 우는 사람, 쓰다 만 일기장, 밤색 머리와 그 패거리가 로마군 병사처럼 몰려와 체포해 간 나의 노래하는 새들, 어릴 때 할아버지가 기르던 털 많은 똥개, 바로 그 똥개를 잡아서 양은솥에 끓이던 친척 아저씨, 그가 피워대던 담배 연기, 똥개가 죽어서인지 더 지독하게 울어대던 미루나무의 매미들, 자라며 내가 피워대던 담배 연기, 푸른 약국의 밥맛없는 여자 약사, 보리가 내 곁에 벌렁 드러누워 세상모르고 잠을 자던 달콤한 오후, 그 오후를 깨뜨리며 울리던 악마의 초인종 소리, 능멸하듯 내 엉덩이를 밀고 들어오던 악마의 더러운 성기, 집에 오면서 게워대던 골목길, 그 골목길을 몰래 엿보던 숙명여고 여고생들에게 나도 모르게 보였던 망신스러운 눈물, 운명의 저주라고 밤낮으로 믿는 피해의식, 민경이가 내 아랫도리에 손을 넣어 내 성기를 미친 듯이 주무르던 개떡 같은 꿈, 녹이 슬어 작동이 안 되는 엄마와 나의 일상 대화, 고단한 아르바이트를 마친 뒤에 찾아오던 지독한 늦잠, 비곗덩어리 남자와 연립주택 여자가 해바라기 주인 남자와 엄마로 변하면서 노란 해바라기밭에서 땀을 흘리며 나누는 사랑, 하루에 한 번은 꼭 개고기 냄새에 실려 날아오는 늙은 영화의 기묘하고 야릇한 눈웃음, 파란 불꽃에 까맣게 털이 그슬린 개들이 벌떡 일어나서 달려가는 서울, 뒤돌아서 힐끔힐끔 나를 바라보는 개들의 무서운 얼굴, 어느 여름날 문구점에 있던 어미 잃은 새끼 고양이, 새끼 고양이보다 못한 밤색 머리와 그 패거리의 웃음소리, 엄마, 자위행위를 할 때 나는 여자와 남자 중 어느 쪽과 섹스하는 상상을 하면 더 쾌감을 느낄까, 서울을 걸어가며 순진한 희망의 계절에 마시는 레모네이드…….

동굴 속엔 이렇게나 많은 온갖 쓰레기들이 가득하다. 불안하고 우울하고 습한 동굴, 이것이 바로 내 배 속이다. 나는 그 쓰레기들에 가위눌렸다가 간신히 눈을 뜬다.

식은땀을 잔뜩 흘린 내 몸은 내 방 침대 위에 누워 있다. 영화네식당에서 그야말로 간신히 집에 왔다. 술이 덜 깬 탓에 깜박하고 택시비를 안 주고 내렸다가 택시기사가 욕을 하며 쫓아온 기억도 어렴풋이 난다. 탁상시계를 바라보니 네시 이십분이 조금 넘었다. 새벽이다. 그런데 울음소리가 들린다.

울음소리는 엄마 방에서 난다. 나는 살그머니 일어나 내 방문을 조금 열고 울음소리를 듣는다. 엄마는 술을 마시며 울고 있다. 왜 우는 걸까. 혹시 오늘 밤에 청주에서 있을 할아버지 할머니 제사에 또 참석하지 못해서 우는 걸까. 아닌 것 같다. 작년 기일엔 저렇게 밤을 새우면서까지 울지는 않았다. 그리고 그때는 할머니를 찾으며 울었는데 지금은 그저 술만 마시며 운다. 혹시 이모가 여전히 엄마 말을 무시하고 남자들에게 몸을 파는 게 싫어서 우는 걸까. 그러나 이모가 엄마 말을 무시하고 매춘을 한 것은 어제오늘 일이 아니기에, 새삼스레 엄마가 그 일로 울 이유는 없다.

혹시 밤색 머리 때문은 아닐까. 엄마가 새벽 퇴근길에 택시 승강장에서 또 밤색 머리를 만나서 치욕을 당한 것은 아닐까. 그렇다면 경찰에 신고도 못 하는 처지의 엄마가 참담한 심정으로 울 수도 있다. 그러나 지금의 울음은 그런 울음은 아닌 것 같다. 그렇다면 해바라기에서 무슨 일이 있었기 때문일까? 그것도 아닌 것 같다. 엄마가 십 년 가까이 해바라기에 다니는 동안 거기서 무슨 일이 있었다고 저렇게 운 적은 없었다. 혹시 엄마를 짝사랑해서 쫓아다니는 그 중년 사내 때문일까? 아니, 좋아하지도 않는 남자 때문에 저토록 울 리는 없다. 아무래도 해바라기 주인 남자 때문인 것 같다. 자식으로서의 본능적인 직감이다. 두 사람 사이에 무슨 일이 있었나? 엄마가 실연을 당했나? 다섯 살부터 엄마와 단둘이 살면서 엄마가 저토록 아프게 우는 것은 처음 본다. 할아버지가 돌아가셨을 때도, 할머니가 돌아가셨을 때도, 청주의 친척들과 작은아빠한테 온갖 설움을 당했을 때도 저렇게 울지는 않았다. 지금까지 내 기억 속에서 엄마가 가장 아프게 울었던 어떤 결혼식 날의 울음도 저 정도는 아니었다.

그 결혼식 날의 울음은 나조차도 기억하기 싫은 아픈 상처다. 내가 중학교 1학년 때로, 지금의 아파트로 이사 오기 전 중계동 반지하방에 살 때였다. 5월 초의 어느 일요일이었는데 엄마랑 나는 엄마가 아는 누군가의 결혼식에 갔었다. 엄마가 왜 같이 가자고 했을까. 지금 생각해보면 맛있는 결혼식 음식을 나에게 먹이려고 그랬던 것 같다. 당시는 엄마가 잘 다니던 충무로 인쇄소를 갑자기 그만두어서 우리 집 형편이 말이 아닐 때였다. 그래도 엄마는 예쁘게 화장을 하고 어렵게 축의금을 마련해서 결혼식장에 갔다. 3층의 여기저기를 돌아다니며 신랑 측 하객들과 인사도 나누었다. 엄마가 잘 아는 사람들 같았다. 그리고 엄마와 내가 점심을 먹으러 아래층으로 내려가고 있는데, 어떤 남자들이 엄마와 내 머리 위 3층 복도에서 이런 말을 했다.

"쟤, 트랜스젠더지?"

"몰라보겠다."

"얼굴 수술도 한 거 같은데?"

"만졌네."

"아닐걸? 호르몬 치료를 하면 자연스럽게 변하는 거 아냐?"

"몰라. 어쨌든 여자처럼 예쁘네."

"자지도 수술했나?"

"모르지. 하지만 쟤들 중엔 안 한 애들도 많아."

"왜?"

"돈이 없으니깐. 그래도 상관없어."

"왜?"

"왜긴. 한번 해봐라. 환장한다."

어린 내가 들어도 얼굴이 화끈거리는 말이었다. 그들은 차마 입에
담지 못할 말들을 더 하면서 자기들끼리 웃기까지 했다. 나는 결혼식
장에 온 모든 사람들이 그들의 대화를 엿듣고는 우리를 쳐다보는 것
만 같았다. 내 기분이 그 정도였으니 엄마 마음은 오죽했을까. 그러나
엄마와 나는 전혀 못 들은 척 계단을 계속 내려갔다. 나는 엄마가 그
냥 집으로 가자고 할 줄 알았는데 아니었다. 나한테 결혼식장의 맛있
는 음식을 기어이 먹이고 싶었나 보다. 나는 뷔페 접시에 새우튀김과
돈가스, 소시지샌드위치 등을 푸짐하게 담았다. 엄마가 전복도 올려
주었다. 엄마는 자기 접시에는 달걀김밥과 채소샐러드만 조금 담았
다. 나는 배부르게 먹었지만 엄마는 먹는 둥 마는 둥 했다. 결혼식장
에서 돌아온 후 몇 분도 채 안 되어서 엄마는 화장실에 들어가서 울기
시작했다. 처음엔 엄마가 왜 우나 하다가 곧 결혼식장의 그 남자들 때
문임을 깨달았다. 나는 엄마에게 울지 말라고 하지 못했다. 그냥 내 방
에서 꼼짝하지 않았다. 엄마는 한동안 그칠 줄 모르고 울었는데, 언덕
길에서 놀던 동네 꼬마들이 그 울음소리 때문에 허리를 굽혀서 우리
집 반지하방 창문을 기웃거릴 정도였다. 엄마는 밤에 나 몰래 술을 사
다 마시며 또 울었다. 그 결혼식 이후로 엄마는 한동안 그 누구의 결
혼식에도 가지 않았다.

사람의 울음에도 종류가 있다면 지금 새벽에 잠도 안 자고 저렇게
우는 엄마의 울음은 실연을 당한 울음이다. 엄마는 해바라기 주인 남

자를 참으로 많이 사랑했나 보다. 내가 생각했던 것보다 훨씬 더 깊이. 해바라기 주인 남자에게 다른 여자가 생긴 걸까.

머리가 아프다. 어젯밤에 영화네식당에서 술을 너무 많이 마셨다. 다시 숙취가 몰려온다. 침대에 눕는다. 엄마의 코 푸는 소리와 울음소리가 들리는 와중에 눈이 감긴다.

잠깐 잠이 들었을까.

요란하게 핸드폰 벨이 울린다. 정말 귀찮고 짜증이 난다. 도대체 누가 이 꼭두새벽에 전화를 한담. 이 시간에 나에게 전화를 할 지인은 없지만, 그래도 혹시 몰라서 방바닥을 손으로 더듬어 바지 주머니에서 핸드폰을 꺼낸다. 그런데 발신 번호가 이상하다. 핸드폰 번호가 아니다. 공중전화 번호다. 그래서 받지 않고 핸드폰을 그냥 책상 위에 올려놓는다. 몇 분 후, 다시 핸드폰 벨이 요란하게 울린다. 역시 그 공중전화 번호다. 나는 받지 않는다. 잠시 후 또 핸드폰 벨이 울린다. 공중전화 번호다. 나는 핸드폰의 전원을 꺼버린다. 누가 자꾸 이 새벽에 전화를 거는 걸까. 밤색 머리일지도 모른다는 생각에 잠깐 긴장했다가 그럴 리가 없음을 깨닫고 긴장을 푼다. 악마도 요즘 같은 세상에는 아날로그 공중전화를 사용할 리가 없다. 장난을 쳐도 핸드폰으로 치지. 아마 술 취한 누군가가 실수로 내 핸드폰 번호를 누른 것일 거다.

조부모의 제삿날

낮 열두시쯤, 엄마가 누군가와 큰 소리로 통화를 한다. 저렇게 큰 소리로 통화를 하는 것은 이모와 싸울 때뿐이지만, 지금의 통화 상대는 이모가 아니라 해바라기 주인 남자다. 엄마가 분을 못 이기겠다는 듯 큰 소리로 말하다가 급기야 울먹인다. 새벽의 그 아픈 울음이 채 가시기도 전에 또 울먹이는 것이다. 그러더니 갑자기 전화를 끊고는 욕실 겸 화장실로 뛰어 들어간다. 부랴부랴 세수를 하고 머리를 감는다. 그리고 평소와는 달리 예쁘게 화장도 안 하고 바삐 외출을 서두른다. 나가기 전에 내 방에 잠깐 들어와 책상 위에 돈 봉투를 놓고 간다.

나는 자는 척 눈을 감고 있다. 그런데 엄마는 무슨 일로 해바라기 주인 남자에게 그토록 화를 냈을까. 얼마 전엔 새벽에 술 취해 귀가해서 그를 욕하기까지 했다. 그런 일은 처음이었다.

낮 한시 반쯤, 나는 늙은 영화에게 오늘은 급한 사정이 있어서 일을 못하겠다고, 내일 하겠노라고 양해를 구한다. 늙은 영화는 도대체 무슨 일이냐고 묻지만 조부모의 기일이라고 말하지는 않는다. 그리고 엄마가 책상 위에 놓고 간 30만 원을 챙겨서 집을 나선다. 청주로 가기 위해서다. 전철을 타서 얼마간 가다가 7호선으로 갈아타고 고속버스터미널로 간다.

자정이 조금 넘어서 조부모의 제사가 끝난다. 작년 기일 때보다는 친척들 수가 적다. 그래서 그런 것은 아니겠지만 엄마에 대한 얘기는 일절 없다. 욕을 하지도 않고 나에게 엄마 안부를 묻지도 않는다. 그런 분위기의 의미가 조금은 궁금했지만 곧 신경을 끈다. 작은엄마가 나를 부르더니 엄마한테서 전화가 왔었다면서, 엄마는 직장에 잘 다니느냐고 묻는다. 나는 그렇다고 말한다.

작은아빠가 자고 가라고 하지만, 나는 가락시장에 무와 당근을 납품하는 한 친척의 트럭을 얻어 타고 서울로 올라온다.

집에 들어와보니 엄마는 없다.

나는 씻지도 않고 레모네이드만 한 잔 마시고 침대에 쓰러진다.

막 잠이 들려는데, 빌어먹을! 민경이 오빠가 또 술에 취해 귀가했다. 술 취한 짐승. 민경이가 소리를 지르며 운다. 생활력을 상실한 민경이 아빠는 술 취한 아들의 소란에도 죽은 듯이 침묵한다.

민경이는 내가 고등학교 2학년 때 1501호로 이사를 왔다. 당시 민경이는 대학교 1학년생이었다. 그러니까 민경이는 나보다 두 살이 많다. 아니다. 내가 한 살 일찍 학교에 들어갔으니 세 살이 많다. 민경이는 교복을 입고 귀가하는 나를 보고 처음부터 서슴없이 반말을 했다.

"너, 1502호에 사니?"

나는 처음 보는 여자가(누나뻘이라는 생각은 들었지만) 다짜고짜 반말을 해서 무척 기분이 상했다. 고등학생 특유의 자존심이었다. 그래서 대답도 안 하고 현관문을 부서져라 닫고 집 안으로 들어갔다. 그래서인지 그 후로 민경이의 말투가 조금 변했다. 내가 대학교에 들어가자 꼬박꼬박 정중하게 존댓말까지 써주었다. 그로부터 얼마 후, 민경이가 우리 집 초인종을 누르기 시작했고 나는 귀찮아서 짜증이 나면서도 현관문을 열어주었다. 민경이가 맨 처음 나에게 갖다 준 음식은 쟁반에 담긴 떡과 사과, 배, 식혜, 그리고 갈비찜과 동태전이었다. 그걸 보자 느낌이 영 이상했다. 아니나 다를까, 민경이가 말했다. 제사 음식이라고. 간밤에 자기 엄마의 제사가 있었다고. 나는 당황스러웠다. 남의 제사 음식을 받을 수도 없고 안 받을 수도 없었다. 그런 경우는 태어나서 처음이었다. 결국 받긴 받았다. 그러나 요즘 세상에 자기 집 제사 음식을 이웃에게 갖다 주는 사람도 있다니, 정말 황당했다. 더욱이 나와 민경이는 딱히 친한 이웃도 아니었다. 딱 한 번 담배를 같이 피웠을 뿐이었다. 내가 고등학교 3학년 때 할머니의 발인을 마치고 돌아온 날 밤에 우연히 같이 복도에서 담배를 피웠다. 별말도 하지 않고. 그러니까 나와 민경이는 단지 나란히 붙어 있는 집에서 살 뿐이었다. 그런데 뜬금없이 자기 엄마의 제사 음식을 갖다 주다니 어안이 벙벙했다. 퇴근하고 냉장고를 열어본 엄마도 깜짝 놀라기는 마찬가지였다. 그러나 엄마는 성의가 고맙다면서 그 제사 음식을 버리지 않았다. 나는 하나도 안 먹고 엄마만 며칠 동안 꾸준히 먹었다. 하여튼 그때부터 나는 민경이가 이상하고 독특한 여자로 보였다.

이윽고 오빠를 말리다가 지친 민경이가 정해진 순서처럼 현관문을 열고 밖으로 나온다. 그리고 우리 집과 자기 집 중간쯤에 쪼그리고 앉아 운다. 거기서 울면 분명 내 방에서 울음소리가 들린다는 걸 알 텐데, 민경이는 언제나 저 자리에서 저렇게 쪼그리고 앉아 운다. 나더러 잠도 자지 말고 들으란 건지.

나는 하는 수 없이 침대에서 일어난다. 담배와 라이터를 들고 복도로 나간다. 민경이가 나를 보더니 짐짓 놀라는 표정을 한다. 속이 훤히 보이는 내숭. 민경이가 일어난다. 눈물을 훔치는 시늉을 한다. 나는 정해진 순서처럼 시치미를 뚝 떼고 묻는다.

"무슨 일 있어요?"

"아니요."

민경이는 오빠 얘기를 하지 않는다. 그러나 표정은 조금 밝아진다. 내가 복도로 나와준 것이 위안이 된 걸까. 그런데 막상 나는 더 할 말이 없다. 뻘쭘하다. 그냥 집으로 들어가기도 뭣하고, 마냥 밤하늘만 쳐다보고 있기도 뭣하다. 나는 담배를 피워 문다. 이래서 담배가 좋다. 뻘쭘함을 없애준다.

"인우 씨, 나 예뻐요?"

갑작스러운 민경이의 질문에 나는 무척 당혹스럽다. 예쁘냐니? 지금 이 상황에서 그런 질문이 나올 수 있나. 참 엉뚱한 여자다. 나는 말문이 막힌다.

"저기, 내 가슴."

"가슴이요?"

"내 게 좀 작죠?"

순간 나는 담배 연기에 사레가 들려 기침이 쏟아진다.

"납작 가슴이라고 흉보는 인간들이 있더라고요."

"누가요?"

"1505호."

밤색 머리가 지난번엔 민경이의 짧은 커트 머리를 놀렸다더니 이번엔 민경이의 가슴을 놀린 모양이다.

"그 아이랑, 또 그 아이 옆에 있는 계집애도 아까 낮에 그러더라니까요."

이럴 땐 뭐라고 위로의 말을 해야 할지 모르겠다.

"그 계집애, 내 거보다 훨씬 작은 메추리알 주제에."

"싸웠어요?"

공연히 물어봤다. 무슨 짓을 저지를지 모르는 애들인데.

"인우 씨, 나 가슴 수술하면 어떨까?"

민경이가 내 질문엔 대답하지 않고 엉뚱한 말을 한다. 나는 또 말문이 막힌다. 내가 대답 대신 담배 한 개비를 더 피워 물자 민경이가 시무룩해진다. 1501호에선 민경이 오빠의 술 취한 목소리가 들려온다. 고릴라가 울부짖듯 괴이하게 민경이를 부른다. 그러나 민경이는 들은 척도 안 하고 밤하늘을 쳐다본다. 나는 복도로 나온 걸 후회한다. 민경이가 나더러 담배 한 개비를 요구한다. 나는 담배 한 개비를 꺼내 민경이에게 건네준다. 라이터로 담뱃불을 붙여준다. 민경이는 언제부터 담배를 피웠을까. 나처럼 중학교 3학년 때 고민은 많은데 수학 숙제인 인수분해까지 징그럽게 안 풀려서 피우기 시작했을까.

민경이가 담배를 복도 바닥에 비벼 끄더니 또 눈물을 보인다. 사는 게 많이 힘든가 보다.

"인우 씨, 술 잘 마셔요?"

나는 이번에도 선뜻 대답을 못 한다. 내가 술을 잘 마시는지 못 마시는지 모르기 때문이다. 그때 갑자기 1501호에서 민경이 오빠의 괴상한 고함 소리와 함께 민경이 아빠의 다급한 목소리가 들린다. 민경이는 나를 보고 겸연쩍게 웃더니, 갑자기 내 입술에 키스를 한다. 나는 너무 당혹스럽다.

"언제 우리 술 한잔 해요."

그 말과 함께 돌아서더니 민경이가 1501호로 들어간다.

나는 내 방에 들어와 잠시 멍한 기분이다. 전혀 생각지도 못했던 민경이의 키스 때문이다. 그렇다고 별다른 느낌이 있는 건 아니다. 그러고 보니 민경이가 세 번째다. 1505호의 악마, 늙은 영화, 민경이.

형광등을 끄기 전에 탁상시계를 본다. 새벽 세시가 되어간다. 엄마는 아직 귀가하지 않았다. 평소처럼 해바라기에서 일을 하고 있는 건지 아니면 다른 데에 있는 건지 모르겠다.

문득 엄마의 가슴이 궁금하다. 민경이의 납작 가슴보다 클까 작을까. 나는 눈을 감고 두 사람의 가슴 크기를 비교해본다. 의외로 금방 정답이 나온다. 엄마의 가슴이 크다. 세 배는 더 크다. 여느 중년 아줌마들의 가슴처럼 움직일 때마다 물 풍선처럼 흔들거리지는 않지만, 크기는 그녀들의 가슴과 엇비슷하다. 브래지어도 큰 것 같고. 그러고 보니 엄마는 여자의 가슴을 일찍 가졌다. 어렴풋하나마 내 기억으론 내가 초등학교 1, 2학년 때쯤이었던 것 같다. 더 이전일 수도 있고. 어쨌든 엄마가 유방 성형수술을 한 것은 확실하다. 예전에 이모랑 대화하는 걸 엿들었을 때 그 사실을 확인했다. 그러나 나는 어렸을 때부터 지금까지 엄마의 가슴을 만져본 적이 단 한 번도 없다. 엄마의 맨가슴을 본 적도 없다. 엄마의 벌거벗은 몸을 아예 본 적이 없기 때문이다.

그런데 엄마가 여자의 가슴을 갖기 위해서 한 가슴 수술과 민경이가 하고 싶어 하는 가슴 수술은 어떻게 다를까. 이유야 어떻든 여자들은 골치 아프겠다. 가슴 때문에.

나는 다시 침대에 누우려다가 노트북을 켠다. 메추리알 사진을 찾기 위해서다. 민경이가 그 계집애 가슴이 메추리알이라고 말했는데, 그게 얼마나 작은지 정확히 몰라서다.

마침 누군가가 친절하게 타조알과 달걀과 메추리알의 크기를 비교하는 사진을 인터넷에 올려놓았다. 그런데 가슴이 크면 어떻고 작으면 어때. 여자인 것이 중요한 거지. 엄마, 안 그래?

손님

핸드폰 벨이 요란하게 울린다. 보나마나 늙은 영화일 것이다. 하는 수 없이 눈을 뜬다. 아침이다. 늙은 영화는 아침부터 사람을 귀찮게 한다. 또 어디 가서 빨리 개를 신고 오라는 전화일 것이다. 누가 또 아침부터 개를 버리는 모양이다. 나는 팔을 뻗어 핸드폰을 손에 쥔다. 핸드폰을 들여다본다. 늙은 영화의 핸드폰 번호가 아니다. 또 공중전화 번호다. 어제 새벽에도 귀찮도록 전화를 걸어온 바로 그 번호다. 내가 계속 받지 않아서, 부재중 통화 목록에 그 번호로 열 번 이상 전화가 왔음이 기록되어 있다. 도대체 누가 지금 세상에 핸드폰 대신 공중전화로 자꾸 전화를 하는 걸까.

연이틀 계속하는 걸로 보아 장난 전화는 아닌 듯하다. 그래도 나는 어제 새벽처럼 끝내 전화를 받지 않는다. 밤색 머리와 그 패거리는 아니다. 나한테 장난 전화를 걸려고 아침부터 서울 시내 공중전화 부스를 찾아다닐 애들이 아니다. 그 애들에겐 나를 괴롭힐 다른 방법들이 얼마든지 있다. 나이는 나보다 어려도 얼마든지 잔인하고 교활해질수 있는 악마들이니까. 아무래도 뉴스에 곧잘 나오는 중국 조선족들의 사기성 전화인 듯하다.

엄마는 방에 없다. 아직도 귀가하지 않았다. 해바라기에서 아직도일을 하고 있는 건지 아니면 다른 일이 생긴 건지 모르겠다. 어젯밤에내가 청주에 있을 때 청주에 잘 도착했느냐는 문자메시지만 보내왔을 뿐이다. 그렇다고 내가 먼저 엄마에게 전화를 하기는 싫다. 엄마가싫어서가 아니라 여태 그런 적이 한 번도 없어서다.

어쨌든 엄마가 더 이상은 어제 새벽처럼 울지 않았으면 좋겠다. 이여름이 가고 내가 입대하면 그때부터는 엄마 혼자 살아야 하기에 더걱정이다. 그렇다고 내가 해바라기 주인 남자를 만나볼 수도 없고, 난감하다.

혹시 해바라기 주인 남자에게 다른 여자가 생긴 걸까. 트랜스젠더가 아니라 일반 여자가.

나는 비어 있는 엄마 방으로 들어가서 포장도 뜯지 않은 택배 박스를 본다. 엄마 이름인 이찬옥 앞으로 사흘 전에 온 박스다. 보나마나 엄마가 홈쇼핑에서 주문한 예쁜 브래지어와 팬티일 것이다. 엄마는 해바라기 주인 남자를 생각하며 주문했을 것이다. 그런데 왜 아직 포장도뜯지 않았을까. 남자에게 다른 여자가 생겨서 화가 났기 때문일까.

내 방에서 핸드폰 벨이 울린다. 나는 엄마 방을 나와 내 방으로 건너가서 핸드폰을 들여다본다. 또 그 공중전화 번호다. 나는 받지 않는다.

배가 고프다. 전기밥솥에서 딱딱하고 검게 변색된 밥 한 덩이를 푼다. 오므라이스를 해 먹기 위해서다.

　볶은 밥을 접시에 담고 달걀 물을 프라이팬에 부을 때 늙은 영화의 전화가 걸려 온다. 나는 프라이팬을 이리저리 돌려서 지단을 만들며 다른 손으로 핸드폰을 들고 통화한다.

　"인우야, 오늘은 일할 수 있지?"

　"네."

　"그럼 빨리 와. 개부터 가져와야 하거든."

　"오늘은 어디에요?"

　"홍제동 그 병원."

　"알았어요. 근데 지금 밥 먹으려고 하는데 먹고 가면 안 돼요?"

　"먹고 와."

　늙은 영화는 무슨 반찬하고 밥을 먹느냐는 둥 너는 고기를 많이 먹어야 한다는 둥 몇 마디 더 하고는 전화를 끊는다.

　나는 프라이팬의 달걀 지단을 볶은 밥 위에 얹는다. 그리고 그 위에 잘게 썬 쪽파를 뿌리고 토마토케첩을 짜서 얹는다.

　늙은 영화가 말한 홍제동 병원은 영화네식당의 고정 거래처인 동물병원이다. 60대 초반의 원장 남자가 이따금씩 안락사시킨 개들을 영화네식당에 공급해준다. 그 원장 남자는 수의사임에도 불구하고 개고기를 먹는다. 늙은 영화가 수육 한 접시를 늘 서비스로 준다.

　나는 오므라이스 접시를 들고 엄마 방으로 들어간다. 텔레비전을 켜놓고 오므라이스를 먹기 시작한다. 밥알이 덜 풀렸는지 이따금 딱딱한 밥알이 걸린다. 우리 집 전기밥솥의 밥은 대부분 검게 변색되고 마른 상태다. 엄마는 거의 집에선 밥을 안 먹고 나 혼자만 가끔 오므라이스나 해 먹으니 그 모양이다. 그렇다고 밥을 조금씩만 하면 엄마가 너무 귀찮고 힘들어진다. 날마다 전기밥솥을 들여다보며 밥이 떨어지지나 않을까 걱정할 시간이 엄마에게는 없다. 해바라기에서 새벽이나 아침에 퇴근하면 잠만 자고 다시 오후에 해바라기로 출근하기도 바쁘다. 나는 밥을 할 줄은 알지만 귀찮아서 거의 안 한다. 밥이 떨어지면 라면을 끓여 먹는다. 엄마는 아무리 바빠도 며칠에 한 번씩은 꼭 밥을 해놓는다. 이따금 반찬도 해놓는다. 콩나물무침, 어묵볶음, 멸치볶음, 샐러드. 이 네 가지 단골 반찬 외에 어쩌다가 느타리버섯을 잔뜩 넣은 돼지불고기를 만들어준다. 해바라기에선 음식을 가져오지 않는다. 몇 년 전 겨울에 딱 한 번 병에 든 올리브 절임과 파인애플 케이크를 가져왔을 뿐이다.

오므라이스를 다 먹은 뒤 텔레비전을 끄고 엄마 방에서 나온다. 오므라이스 접시를 설거지하는데 엄마한테서 문자가 온다.

—아들, 청주는 잘 갔다 왔어? 밥은 먹고? 가스는 잘 나오지? 엄마 걱정 말고.

나는 청주에 잘 갔다 왔다고 엄마에게 답장 문자를 보낸다. 그런데 엄마는 지금까지도 해바라기에서 일을 하고 있는 건가? 어디에 있느냐고 물어보려다가 그만둔다.

영화네식당에 들러 미니밴을 끌고 나와 새마을금고 건물 옆 동물병원에 도착했을 때, 원장 남자가 대뜸 나더러 기분 나쁘게 말한다.

"왜 이렇게 늦게 오는 거야? 전화한 지가 언젠데."

반말이다. 평소엔 점잖은 척, 교양 있는 척 존댓말을 하며 수의 테크니션에게 마실 것 좀 내오라고 하다가도 내가 조금이라도 늦으면 불같이 화를 낸다. 오늘은 두 시간이나 늦었으니 이런 반응은 놀랄 것도 없다. 성격 파탄자 같은 사람이 어떻게 동물들의 생명을 치료하는 수의사가 되었는지 모르겠다. 아무튼 고약한 성깔이다. 자기가 세상에서 가장 잘난 줄 아는 위인이다. 딱히 바쁜 것 같지도 않은데 엄청 바쁜 척을 한다. 그래도 어쨌든 내가 늦은 것이므로 대꾸할 말은 없다. 나는 원장 남자의 내연녀인 40대 중반의 수의 테크니션이 건네주는 개들을 차 트렁크에 싣는다. 개 값은 늙은 영화가 원장 남자의 은행 계좌로 송금한다.

개는 세 마리다. 시추 계열의 똥개 두 마리와 진돗개 한 마리다. 시추 계열의 똥개들은 순종 시추보다는 크고, 진돗개는 얼핏 봐서는 순종인지 잡종인지 알 수가 없다. 똥개들은 그런대로 살이 좀 붙어 있는데, 진돗개는 뱃가죽이 등에 붙어 갈비뼈가 앙상하게 드러나 있다. 암컷인데 새끼를 두세 번 정도 낳았던 것 같다. 젖꼭지 상태는 그런대로 양호하다. 예전에 어떤 유기견 어미 개는 뭐가 잘못되었는지 배 속 새끼들을 제때 낳지 못하고 품은 채 죽어 있었는데, 젖꼭지 상태가 장난이 아니었다. 어찌나 심하게 부었는지 땅바닥에 질질 끌릴 정도였다. 영화네식당 단골손님인 환경미화원이 어떤 아파트 담장 옆 쓰레기 더미에서 그 개의 사체를 발견하고 늙은 영화에게 연락을 했다. 다른 곳에서 얼어 죽은 그 개를 누군가가 그곳에 갖다 버렸는지, 아니면 마지막으로 먹이를 찾으려고 어미 개가 그곳까지 왔다가 얼어 죽었는지는 모를 일이었다.

이미 죽은 개들이라서 빨리 작업을 하기 위해 나는 곧장 해바라기밭으로 차를 몬다. 아직은 대낮이어서 남들 시선이 신경 쓰이지만, 차라리 잘됐다는 생각도 든다. 저녁에 개털 작업을 하다가 악마와 그 패거리를 만나는 것보다는 낫기 때문이다.

해바라기밭이 하루가 다르게 노랗게 물들고 있어서인지 사람들이 있다. 여자들 몇 명이 사진을 찍고 있다. 나는 담배를 피우며 잠시 기다린다.

영화네식당에 털이 그슬린 개의 사체를 내려놓았을 때는, 어느덧 저녁이었다. 그런데 늙은 영화가 어이없다는 표정으로 상스러운 욕까지 한다.

"별 미친 것들을 다 보겠네."

"누구요?"

"너 오기 전에 웬 철 지난 개나리 가지처럼 비쩍 마른 것들이 찾아와서 지렁이가 웃을 소리를 하잖어."

그러면서 늙은 영화는 갑자기 주방으로 뛰어 들어가더니 굵은소금을 한 바가지 갖고 나온다. 그러고는 식당 앞마당과 미니밴 주변, 식당 뒷문 쪽과 화장실 앞까지 마구 소금을 뿌려댄다.

늙은 영화가 한창 바쁘게 부추와 열무를 다듬고 있는데 웬 여자 두 명이 찾아왔단다. 그중 한 여자가 약간 서툰 한국말로 개고기 캡슐을 들여놓지 않겠느냐고 했단다. 개고기의 모든 영양 성분을 개고기 캡슐로 섭취하는 것이 바쁜 정보화 사회 속에서 정신없이 살아가는 현대인들에겐 더없이 안성맞춤이며, 또 비위가 약해 개고기를 먹고 싶어도 못 먹는 사람도 그 땅콩만 한 캡슐로 개고기 영양분을 섭취할 수 있다면서. 그러니 개고기 캡슐을 식당에 들여놓고 손님들에게 판매해 보라고 했단다. 다섯 상자에 300만 원인데, 그걸 다 팔면 500만 원의 수입이 생기니 200만 원의 순수입이 생기는 거라면서. 그 여자들은 중국이나 라오스, 베트남, 그리고 미얀마 일부 지방에선 개고기 캡슐이 모자라서 못 팔 지경이고, 남아메리카까지 수출되어 페루와 볼리비아, 에콰도르 사람들도 섭취한다고 했단다. 잉카문명의 옛 조상들은 개고기로 여러 가지 영양 성분을 섭취하며 고산병을 이겨냈기 때문에, 그 후손들도 개고기 캡슐을 좋아한다면서. 그러나 늙은 영화는 그 여자들의 권유를 일언지하에 거절했단다. 개고기 캡슐이 그렇게나 좋은 거라면 왜 약국이나 홈쇼핑에선 안 파냐면서, 중국 사람들이 분명 그 속에 개고기보다 싸게 사들인 인육을 넣었을 게 뻔한데 그걸 어떻게 손님들에게 판매할 수 있겠냐고 반박했단다. 또한 아무리 세상이 변했다 해도, 우리나라 사람 중에 누가 펄펄 끓는 보신탕이 아니라 땅콩만 한 캡슐 형태로 개고기를 먹겠느냐고도 했단다.

늙은 영화는 몹시 흥분한 상태지만, 얘기를 들어보니 별일도 아니다. 그러나 그 여자들이 이해가 가지 않는 건 나도 마찬가지다. 그 캡슐이 아무리 밀수품이라고 해도 굳이 왜 보신탕집에 와서 팔아보라고 하는 걸까? 인터넷으로 몰래 판매하면 될 것을.

내가 집으로 가려고 늙은 영화에게 인사를 하고 돌아서는데, 그녀가 뚱딴지같은 한마디를 던진다.

"너, 그 캡슐 먹을래?"

"네? 아뇨."

"그러지 말고 그거라도 먹어봐."

"싫어요."

"바보."

그 개고기 캡슐에 개고기보다 싼 인육이 들어갔을지도 모른다고 자기 입으로 말해놓고도, 왜 나에게 그 캡슐을 먹어보라고 하는 걸까? 하기야 늙은 영화의 의도가 무엇이든, 뭐 어떠랴. 나는 이제 늙은 영화가 내 몸을 마음대로 만져도 화도 안 낼 것 같다.

타락.

만일 내가 타락한 영혼이라면 그것은 순전히 악마 때문이다.

늙은 영화는 저녁밥을 먹고 가라고 한마디 더 하지만, 나는 평소처럼 사양하고 집으로 향한다.

마을버스에서 내려 아파트 단지로 들어가는데 상가 앞에 밤색 머리와 코에 피어싱을 한 여자아이가 보인다. 저 두 아이는 다른 아이들이 없을 땐 항상 저렇게 붙어 다닌다. 저 여자아이는 어린 나이에 벌써 악마의 아기를 임신했다가 낙태 수술을 했다고 한다. 성은 모르고 이름은 소연이라던가. 한동안 안 보이다가 최근에 다시 붙어 다니는 것 같다. 악마가 그 사이에 잠깐 사귀었던 포니테일 머리 여고생은 온데간데없이 사라져버렸다. 악마와 여자아이는 비닐봉투 안의 물건들을 들여다보며 큰 소리로 떠들고 있다. 뭔가를 잘못 사서 다시 바꾸네 마네 하는 것 같다. 나는 행여 그 둘이 나를 볼까 봐 재빨리 101동으로 간다.

엘리베이터에서 내려 15층 복도로 들어서는데 우리 집 앞에서 누군가가 담배를 피우며 서성대고 있다. 나는 순간 걸음을 멈춘다. 작은 키의 왜소한 그 남자는 엷은 자주색 모자를 눌러썼다. 한눈에 봐도 초췌한 모습이다. 빛바랜 체크무늬 남방셔츠에 다 구겨진 회색 바지, 그리고 흙투성이의 지저분한 운동화를 신었다. 나이도 꽤 들어 보인다. 한쪽 손에는 무슨 종이 가방을 들고 있다. 그가 좌우를 두리번거리며 안절부절못하는 모습으로 담배를 피우고 있다. 1501호 민경이네 손님일까? 아니다. 그가 있는 곳은 분명 1502호 우리 집 앞이다. 누굴까? 나는 조심스레 다가간다.

필균이 아저씨다.

재회

　어제 새벽과 오늘 아침에 수없이 공중전화로 내게 전화를 건 사람은 바로 필균이 아저씨였다. 필균이 아저씨는 여전히 핸드폰이 없어서 공중전화를 이용할 수밖에 없었노라고 했다.

　"전화 받을 때까지 죽기 살기로 했지 뭐. 그래도 안 받아서 이렇게 집까지 찾아왔지만."

　필균이 아저씨는 여전히 아래위 앞니 몇 개가 부러지고 빠진 채로 웃으며 말한다.

　필균이 아저씨는 가야농원에서 나와 함께 생활했던 기억을 고스란히 간직하고 있었다. 나는 까맣게 잊고 있었지만. 그 기간이 일주일밖에 되지 않기 때문이다. 하지만 필균이 아저씨는 내가 새벽에 농장을 빠져나올 때 아저씨 바지 주머니에 넣은 종이쪽지까지 소중히 간직하고 있었다. 거기 적힌 내 핸드폰 번호와 우리 집 주소 덕분에 우리는 3년 만에 다시 만난 것이다.

필균이 아저씨는 나더러 왜 그렇게 전화를 안 받았느냐면서, 포기하고 서울을 떠날까 하다가 마지막으로 집에나 찾아가보자는 마음에서 온 거라고 했다. 서울 지리를 하나도 모르는데 택시를 타고 아파트 주소를 내밀었더니 택시 기사가 알아서 데려다주더라면서.

"그런데 농장 일은 어떡하고 오신 거예요?"

"농장 일? 잠깐 나온 거야."

"휴가?"

"휴가? 말하자면 그렇지."

"그럼 서울엔 어제 새벽에 오신 거예요?"

"아니. 그 전날 밤에."

"그럼 이틀 동안 잠은 어디서 주무셨어요?"

"초희의 집이라던가?"

"초희의 집이요?"

"모텔. 거기서 잤어."

그러더니 베이지색 종이 가방을 자기 등 뒤로 슬그머니 감춘다. 나는 그 안에 든 것이 뭐냐고 물어보지 않는다. 아저씨가 굳이 감추려는데 물어볼 수가 없어서.

"홍 씨 할아버지랑 연 씨 할아버지는 잘 계시고요?"

"노인네들? 잘 있지."

"마리코도요?"

"마리코? 그 계집애, 애를 배서."

"아기요?"

"사장님 아기."

"그래서요?"

"그래서? 싸움이 났지. 사모님하고."

"그래서요?"

"그래서는 뭘. 애를 낳네 못 낳네 하다가 결국 낳았어. 딸."

"사장님이 좋아해요?"

"아들이 아니라고 뭐라고 하는 것 같더라만, 모르겠어. 근데 사장님은 원래 애들을 안 좋아해."

"사모님은요?"

"집 나갔었어. 마리코가 애 낳았다고. 사장님한테 욕하고."

"그래서요?"

"그래서는 뭘. 또 들어오더라구. 자기 발로. 한 두어 달 나가 있었나? 사장님을 너무 사랑해서 할 수 없이 돌아왔다고 하더라만 그게 말이야 막걸리야?"

"정말 사장님을 사랑해요?"

"사랑은 개뿔, 세상천지에 갈 데가 없으니깐 다시 들어온 거지, 뭘."

필균이 아저씨는 내가 전기밥솥에 남아 있는 딱딱한 밥덩이로나마 오므라이스를 만들어주겠다고 하자, 식사를 하고 왔단다. 그래서 나는 레모네이드만 한 잔 갖다 준다.

필균이 아저씨와 나는 함께 담배를 피우며 시간 가는 줄 모르고 얘기를 나눈다. 밤 열한시쯤에 필균이 아저씨가 함께 먹을 것 좀 사러 가자고 해서 상가 마트로 간다. 소주 세 병과 포도 주스, 참치 캔, 멜론 그리고 담배를 산다. 계산은 모두 아저씨가 한다. 초라한 행색과는 달리 5만 원권 지폐를 보란 듯이 내놓는다. 가야농원 최 사장이 휴가비

를 넉넉하게 준 모양이다. 그러면 옷부터 사서 입을 것이지, 옷차림이
대체 이게 뭐람.

필균이 아저씨와 내가 한창 술을 마시고 있는데 엄마에게서 문자
메시지가 온다.

—아들, 저녁은 먹었어? 엄마는 바쁜 일이 있어서 오늘도 집에 못
들어갈 거 같아. 문단속 잘하고 가스 잘 잠그고, 잘 자. 엄마 걱정하지
말고. 사랑해.

엄마가 술을 마셨나? 평소와 달리 사랑한다는 말을 다 하고. 그런
데 엄마는 지금 어디에 있는 건가. 해바라기에서 먹고 자며 계속 일만
하고 있는 건가.

필균이 아저씨는 술에 취하자 노래를 부른다. 술 마시고 노래하고
춤을 춰봐도 가슴에는 하나 가득 슬픔뿐이네. 옛날 노래 같은데 나는
잘 모르는 노래다. 필균이 아저씨가 일어나서 춤까지 춘다. 나는 옆집
과 아래층 사람들에게 소음 피해를 줄까 봐 아저씨를 말린다. 아저씨
가 미안하다며 다시 자리에 앉다가 책상 위의 휴대용 가스토치를 발
견한다. 이런 게 왜 방에 있느냐고 묻는다. 나는 영화네식당 아르바이
트 얘기는 하지 않고 그냥 잠깐 누구한테서 빌린 거라고 말한다. 그러
자 필균이 아저씨가 가스토치를 손에 들더니 갑자기 가야농원 최 사
장을 욕한다. 아까와는 달리 사장님이라고 부르지 않고 최 사장 그 개
새끼라고. 아마 최 사장이 휘두르는 롱가스토치 불꽃에 자주 생명의
위협을 받았던 아픈 기억이 떠올라서일 것이다. 나도 술김에 밤색 머
리 얘기를 꺼낸다. 남 앞에선 처음으로 악마를 욕한다. 그러자 필균이
아저씨가 대뜸 그 밤색 머리 아이가 누구냐고 눈에 불을 켜며 묻는다.

나는 1505호에 사는 남자아이라고 말한다. 필균이 아저씨가 그런 나쁜 자식이 있느냐고 길길이 날뛰는 걸 간신히 말린다. 필균이 아저씨가 다시 자리에 앉아 나와 함께 담배를 피운다.

필균이 아저씨가 연거푸 담배를 피워 물더니 뜬금없이 말한다.

"인우야. 나 여기서 며칠만 신세 좀 지면 안 될까?"

"우리 집에서요?"

"응. 미안하지만."

나는 갑자기 당황스럽다. 엄마와 단둘이 사는 비좁은 아파트에 필균이 아저씨가 머물겠다니. 더욱이 엄마한테는 낯선 남자나 다름없는데. 그러나 서울에서 당장 오갈 데가 없는 아저씨이므로 허락을 한다.

"그러세요."

"고맙다. 며칠만이야."

하지만 내심 걱정이다. 엄마한테 뭐라고 말해야 할지 몰라서다. 내가 다섯 살 때 엄마와 서울로 이사를 와 단둘이 산 이후로, 엄마가 모르는 사람이 우리 집에서 자는 경우는 처음이기 때문이다. 엄마가 귀가하면 당장에 불편해할 텐데 어찌해야 좋을지 모르겠다. 하지만 어쩔 수가 없다. 아저씨가 내 방에서만 생활하면 된다. 엄마 방에 있는 텔레비전은 보지 않으면 되는 것이고. 나는 필균이 아저씨에게 내 침대를 쓰라고 말한다. 그러자 아저씨가 몇 번이나 사양하다가 마지못해 알았다고 말한다. 내가 화장실에 다녀오자, 방바닥에 5만 원짜리 지폐들이 놓여 있다.

"이 돈은 며칠 신세 지는 값이야."

아저씨는 50만 원이라고 말하며 씨익 웃는다. 나는 그 돈을 보고 고개를 갸웃한다. 이 돈이면 차라리 시설 좋은 호텔에 가서 편하게 자는 것이 낫기 때문이다. 굳이 비좁은 우리 집에서 잘 이유가 없는 것이다. 그나저나 도대체 아저씨가 가야농원에서 휴가비를 얼마나 받았길래 나에게 방값으로 돈까지 내놓는 건지 의아하다.

자려고 비좁은 방바닥에 겨우 누웠는데 핸드폰 벨이 울린다. 혹시 밤색 머리 패거리 중 누군가의 전화가 아닌가 싶어 잠시 긴장한다. 벨이 계속 울려서 핸드폰을 들여다보니 뜻밖에도 이모 번호다. 이모는 나한테 전화를 잘 안 하는데 웬일인지 모르겠다. 귀찮아서 받을까 말까 망설이는데 도무지 벨이 끊어지질 않는다. 이모는 내가 아직 자지 않고 있다는 걸 아는 모양이다. 아니면 술을 마셨거나. 나는 전화를 받는다.

"왜요, 이모?"

"오랜만이다."

"네."

"자고 있었니?"

"아뇨. 아직."

"잠깐 나올래? 할 얘기도 좀 있고."

한밤중이라 조금 짜증이 났지만 어쩔 수 없이 나가겠다고 한다. 빚 때문에라도 나가는 것이 예의다. 작년 10월 중순경, 악마 때문에 빌린 200만 원의 돈을 아직도 갚지 못하고 있기 때문이다.

나는 자리에서 일어난다. 필균이 아저씨는 술에 취해 내 침대 위에서 잠들어 있다.

이모

이모의 입에서 술 냄새가 난다. 이모가 나에게 담배 한 개비를 건네
준다. 그리고 자신도 담배 한 개비를 입에 물고 라이터를 켠다. 나에게
담뱃불을 붙여주고 자신도 담뱃불을 붙인다. 우리 둘은 차 안에서 한
동안 말없이 담배만 피운다.

"더워?"

"아뇨."

그러나 이모는 내 말을 못 들었는지 차의 에어컨을 켠다. 담배를 다
피우자 블라우스를 벗는다. 차 한 대가 이모의 외제차 옆을 지나간다.
불빛에 잠깐 이모의 맨 어깨와 브래지어를 찬 가슴이 드러난다. 엄마
보단 가냘프다.

"이모네 집에 가서 술 한잔 할래?"

"아뇨."

"참, 내일 학교 가야지? 공부는 잘되니?"

"네."

이모는 내가 대학교를 자퇴한 사실을 모르고 있다. 엄마가 말을 안한 모양이다.

이모가 다시 담배를 피우려다 말고 갑자기 고개를 돌린다. 내 얼굴을 끌어당기고는 볼에 입을 맞춘다. 술 냄새와 향수 냄새까지 뒤섞인 이모의 냄새가 코를 찌른다. 나는 당황스럽지만 가만히 있는다. 술김에 한 것이니까.

문득 예전에 들었던 이모와 엄마의 대화가 생각난다. 그에 따르면 이모의 성기는 여성의 성기가 아니다. 남자의 성기를 그대로 갖고 있다. 돈도 잘 번다면서 왜 수술을 하지 않았을까. 강남의 돈 많은 인간들 중엔 남성 성기를 가진 트랜스젠더 여자들에게 화대를 더 비싸게 지불하는 자들이 있다던데, 그래서일까. 그럴 수도 있겠다. 악착같이 한 푼이라도 더 벌려고 일부러 성기 수술을 하지 않았을 수도 있다. 이모라면.

이모가 다시 담배를 피운다.

"느이 엄마가 나를 오해하는 게 있는데, 나는 해바라기 사장님하고는 술 취해서 그냥 몇 번 잠을 잔 사이일 뿐이야. 네 엄마가 생각하는 사랑하는 사이는 아니야. 내가 그럴 자격도 없고. 어쨌든 그것만 알아줘. 네 엄마에게 말하고 싶었지만 네 엄만 죽어도 나를 보지 않으려고 하니 너에게라도 말할밖에. 응?"

"네."

나는 엄마가 이모를 그토록 싫어했던 이유가 따로 있었구나 싶어 적잖이 놀란다. 그동안 엄마는 이모와 자주 다투며 멀리했는데, 이모가 매춘을 하기 때문이라고 했다. 힘들지만 성실하게 살아가는 다른 트랜스젠더들에게 수치심과 모욕을 안겨준다고. 나는 지금까지 그렇게만 알고 있었다.

"그리고 나, 곧 이 땅을 떠날 거야. 어디라고 밝힌 건 없고, 조금은 덜 슬픈 곳. 그곳에서 새 출발할 거야. 이 나라는 나에겐 너무 힘든 땅이야. 이것저것. 너무 고루하고 보수적이고 한 꺼풀 벗겨보면 쥐뿔도 잘난 게 없으면서 따지는 것은 왜 그렇게도 많은지. 내가 성전환을 한다고 했을 때 우리 엄마는 바로 정신줄을 놓고 치매에 걸렸어. 그리고 육 년 동안 고생하시다가 광나루 자전거공원 풀밭에서 거지꼴로 돌아가셨지. 손가락에 끼고 나가신 금반지는 어떤 인간이 벌써 빼 가고, 똥은 똥대로 옷에다 싸고. 다들 내 욕을 하더라. 그래도 죄인인 내가 뭐라고 말할 수 있겠어? 그냥 그 욕을 다 먹었어. 내가 남한테 피해 안 주며 나 살고 싶은 대로 살겠다는데 그것도 죄니?"

나는 이모가 무슨 의미로 이런 말을 하는지 대강은 알아듣지만 점점 졸음이 밀려온다. 그렇다고 집에 들어가고 싶다는 말은 하지 못한다.

"졸리니?"

"좀."

"알았어. 미안해. 참, 혹시나 해서 하는 말인데, 나한테 빌린 돈은 잊어버려. 공부나 열심히 해. 응?"

"네, 감사합니다."

"얘는 감사는 무슨. 그리고 앞으로 세상을 살아가면서 네 권리만큼은 꼭 챙겨 먹으며 살아. 한국에선 그 누구도 네 권리를 옛다 하고 거저 갖다 주지 않아. 아무리 힘들고 머리가 깨져도, 네 권리를 뺏기지

마. 응?"

"네."

"내 생각은 그래. 사람의 일생은 권리로 시작해서 권리로 끝난다고. 태어날 권리부터 인간답게 살 권리, 그리고 인간답게 죽을 권리까지 말이야. 인간의 자유라는 게 뭐 별거니? 그런 평범한 권리를 평범하게 누리며 사는 게 자유지. 응?"

"네."

"나는 그 평범한 권리를 못 찾아 먹었어. 나는 여자로 살고 싶은데 안 된단다. 누구 마음대로 여자로 사느냐고 하더라. 국가권력의 허락이 없으면 절대 안 된단다. 아랫도리 수술을 했든 안 했든 나는 여잔데, 왜 꼭 수술을 해서 여자임을 허락받으라고 지랄들을 하는지 모르겠다. 내 인생을 내 마음대로 못 사니, 참. 가끔 동물 취급이나 하고. 그동안 온갖 수모를 다 당하며 악착같이 벌어놓은 돈으로 수술을 해서 그네들이 요구하는 여자가 될까도 생각했었어. 근데 그만두었다. 그렇게 해서 여자가 되면 뭐해? 무늬만 여자로 인정해주는걸. 참 희한한 나라야. 결국 사는 것도 지치고 싸우는 것도 지쳐서 이 땅을 떠나는 거야. 떠나는 건지 쫓겨나는 건지 모르겠다만. 너는 대학교도 다니니깐 내 말을 이해할 거야. 무슨 과지?"

"철학과요."

"하여튼 공부 열심히 하고. 응?"

"네."

"내가 처음 돈을 벌었을 때가 생각나네. 40대 초반쯤 된 사내를 받았는데, 자기 몸을 핥아달래더라. 그래서 삼십 분 동안 혀로 온몸을 핥아줬지. 그랬더니 한 십 분쯤 맥주를 마시고는 이번엔 내 가슴과 성기로 자기 몸을 마사지해달라는 거야. 하는 수 있니? 해줬지. 그랬더니 그 인간이 갑자기 오줌이 마렵다는 거야. 나는 화장실에 갔다 올 줄 알았어. 당시만 해도 내가 참 순진했으니까. 그런데, 글쎄 내 입에다가 오줌을 싸고 싶다는 거야. 농담하지 말라고 했더니 그 인간이 무섭게 정색을 하는 거야. 아무리 그래도 차마 그 짓만은 못 참을 것 같아 싫다고 했더니 불같이 화를 내는 거야. 나중에는 코피가 줄줄 날 때까지 내 얼굴을 막 때리기까지 하더라. 개자식. 못 견디게 아프기도 했지만, 그 인간이 돈도 안 줄까 싶어서 결국 허락했어. 그 인간, 정말로 성기를 내 입에 쑤셔 넣고 오줌을 싸더라."

이모가 한동안 말을 멈추더니 눈물을 글썽인다.

"그렇게 돈을 벌기 시작했다."

이모가 울먹인다. 이모가 우는 건 처음 본다. 나는 어쩔 줄을 모른다. 이모의 어깨라도 감싸주고 싶지만 차마 그러지 못한다.

"내가 왜 네 엄마한테 욕바가지를 얻어먹으면서까지 몸을 팔아서 돈을 번 줄 아니? 달리 할 게 없어서야. 어딜 가든 무얼 하든 세상이 이상한 시선으로 바라보니까. 그래서 엄마나 이모 같은 사람들 중엔 실업자가 많아. 지금 세상이 어떤 세상이니? 보통 사람들도 먹고살기 힘든데, 우리 같은 사람들은 얼마나 살기가 힘들겠니?"

"네."

"조금은 이모를 이해해줄 수 있겠니?"

"네."

"혹시라도 이모 욕하지 마."

"안 해요."

"그리고 엄마한테는 오늘 밤에 나 만난 거 말하지 마. 나를 죽인다고 칼을 들고 쫓아올 거다."

"네."

이모가 눈물을 닦더니 웃는다. 사실 나로서도 이모를 만났다는 말은 하면 안 된다. 그랬다가 이모가 내게 돈을 빌려준 걸 엄마에게 들키면 큰일이기 때문이다. 엄마는 아마 나까지 죽이려 할 것이다.

"엄마한테 효도 잘하고."

이모는 그 말과 함께 나를 차에서 내려준다. 그리고 차창을 열고 손을 흔든다. 나는 이모가 외제차를 출발시키는 걸 보고 아파트 단지로 들어선다. 인적이 거의 끊겼다.

나는 이모가 자신의 말처럼 조금은 덜 슬픈 곳에서 인생을 새 출발해 부디 행복하게 잘 살길 바란다. 기왕이면 좋은 남자를 만나서 예쁜 가정도 꾸미고.

집에 돌아와보니 필균이 아저씨는 술 냄새를 풍기며 여전히 자고 있다. 침을 너무 많이 흘려서 내 베개가 다 젖었다. 얼마나 고단했으면 저럴까 싶다가, 문득 아저씨가 방값이라고 내놓은 돈이 생각난다. 도대체 그 많은 돈이 어디서 났을까. 아무리 생각해도 휴가비는 아니다.

어수선한 날들

필균이 아저씨가 내 방에서 나와 함께 지낸 지 벌써 사흘째다. 솔직히 말하면, 가끔 숨이 막힌다. 언제나 내 방에서 나 혼자 생활하던 습관 때문인지 많이 불편하다. 특히 잠을 잘 때가 가장 불편하다. 옆에 누가 있으니 잠도 설치고 심지어 짜증까지 난다. 그렇다고 손님인 필균이 아저씨더러 침대 옆의 비좁은 방바닥에서 자라고 할 수는 없다. 돌아눕기도 벅찬 그 비좁은 방바닥에서 자는 것은 나다. 난생처음이다. 등이 아프고 영 잠을 잔 것 같지가 않다.

하지만 아저씨를 원망하진 않는다. 돈을 받아서가 아니다.

필균이 아저씨는 가야농원에 돌아갈 생각을 안 한다. 아저씨 옷들도 세탁기에 넣어서 깨끗이 빨아놓았건만, 아저씨는 도무지 농장으로 돌아갈 생각을 안 한다. 그렇다고 휴가 기간이 얼마 동안이냐고 대놓고 물어보기도 좀 그렇다. 아무튼 우리 집을 떠날 기색이 전혀 없다. 외출도 좀체 하지 않는다. 우리 집에 온 이후로 나랑 상가 마트에 한 번 다녀온 것 외에는 외출을 한 적이 없다. 아저씨는 베이지색 종이 가방을 내 침대 밑에 숨겨놨는데, 혹시 그 종이 가방 때문에 외출을 하지 않는 걸까? 도대체 그 안에 무엇이 들어 있는 걸까? 그렇다고 물어볼 수도 없고. 어쨌든 필균이 아저씨는 내가 차려준 밥을 먹고(내가 만들어주는 오므라이스가 세상에서 가장 맛있단다), 화장실에 가고, 담배를 피우는 게 다다. 가끔 책상 위의 가스토치를 만지면서 내가 그린 고양이 그림들을 들여다보고, 치킨이나 족발이나 탕수육이나 팔보채를 배달시켜 먹자고 하기도 하지만. 물론 음식값은 아저씨가 지불한다. 내가 개털 작업을 하러 외출하면 그때부터 내가 돌아올 때까지 엄마 방에서 텔레비전만 본다. 그게 필균이 아저씨의 일과다.

아저씨가 나를 도와줄 때도 있다. 엊그제 밤 열시 반쯤에 머리 반쪽만 커트한 아이로부터 전화가 왔을 때, 나 대신 전화를 받아준 것이다. 그 아이는 아저씨 목소리를 듣고 얼른 전화를 끊었다. 틀림없이 악마가 내 엉덩이에 강간을 하고 싶어서 그 아이에게 전화를 걸어보라고 시켰을 것이다. 필균이 아저씨가 전화를 받지 않았더라면, 악마는 패거리를 데리고 우리 집에 찾아왔을지도 모른다.

엄마는 며칠째 계속 귀가하지 않고 있다. 벌써 닷새째다. 밤늦게 문자메시지만 보낸다. 내용은 항상 똑같다.

—아들, 저녁은 먹었어? 엄마는 바쁜 일이 있어서 오늘도 집에 못들어갈 것 같아. 문단속 잘하고, 가스 잘 잠그고, 잘 자. 엄마 걱정하지 말고. 사랑해.

어젯밤에는 너무 궁금해서 엄마에게 지금 어디에 있느냐고 물어보려다가 그만두었다. 필균이 아저씨만 옆에 없었으면 틀림없이 문자를 보냈을 것이다. 엄마가 혹시 해바라기 주인 남자와 함께 있을까 봐 전화는 못 하더라도.

요즘 기분이 너무 뒤숭숭하고 어수선하고 그렇다. 필균이 아저씨는 떠나질 않고, 엄마는 집에 안 들어오고.

수영이는 아까 밤 열시가 조금 넘었을 때 전화를 했다. 술에 잔뜩 취해서. 기말시험이고 뭐고 대낮부터 계속 술을 마셨다고 했다. 작은형이 서울시 지방직 9급공무원 시험을 포기했단다. 그리고 강원도 도계라는 곳으로 석탄을 캐러 갔단다. 수영이의 부모는 작은형이 난데없이 공무원 시험을 포기하고 도계 탄광으로 간다는 말에 완전히 넋이 나갔다고 했다. 집안을 발칵 뒤집어놓고 작은형은 벌써 강원도로 떠났는지 그저께부터 집에 안 들어온다고 했다. 수영이의 큰형은 작은형을 단단히 벼르고 있단다. 수영이는 함께 술이나 마시자며 밖으로 나오라고 했다. 그러나 나는 거절했다. 내 코가 석 자라서 수영이의 마음을 위로할 기분이 아니었다. 수영이에겐 미안했지만 어쩔 수가 없었다.

잠을 자려고 비좁은 방바닥에 드러누웠더니, 필균이 아저씨가 침대에서 고개만 살짝 들어 묻는다.

"인우야. 너 혹시 어디 가서 개 그슬고 오니?"

내 몸에서 냄새를 맡은 모양이다. 씻느라고 씻는데도 냄새가 나는 모양이다. 그러나 나는 아무 말도 안 한다. 그런 얘기해서 좋을 게 뭐가 있다고.

우리들의 아침

아침부터 침대에 엎드려 만화책을 보는 필균이 아저씨의 모습이
다소 낯설다. 농장에선 꼭두새벽부터 일어나 일을 하던 사람이다. 아
마 배가 고플 것이다. 규칙적으로 아침 식사를 하던 사람이니까. 그런
데도 나더러 아침밥을 달라거나 먹자는 소리를 하지 않는다. 착한 아
저씨.

원래 지금은 늙은 영화의 호출 전화가 없으면 계속 늦잠을 자는 시
간이지만, 나는 자리에서 일어난다. 아저씨에게 오므라이스를 해주기
위해서다. 막 주방으로 나서려는데 엄마에게서 핸드폰 문자가 온다.

—아들, 집에 별일은 없니?

—응. 근데 어디야?

—해바라기.

—바빠?

—응. 당분간은 집에 못 들어갈 것 같아.

—알았어.

　—엄마 걱정하지 말고.

　—응.

　—쌀은 있니?

　—아직.

　내가 방에서 나가려 하니 필균이 아저씨가 만화책을 덮는다. 책에
별 흥미를 못 느끼는지 어딘가 갑갑해하는 것 같다. 농장에서라면 부
지런히 움직일 시간인데, 낯선 서울의 비좁은 방 침대에만 누워 있으
려니 어지간히 갑갑할 것이다. 나는 필균이 아저씨의 얼굴에 맺힌 땀
방울을 보고 선풍기를 끌어다가 아저씨 앞에 놓는다. 그리고 강 버튼
을 누른 뒤 그 버튼 틈새에 이쑤시개를 꽂는다. 그러자 선풍기 날개가
돌아가며 세찬 바람을 쏟아낸다. 필균이 아저씨가 시원하다는 표정을
짓는다. 내 방 선풍기는 약중강 버튼이 반쯤 고장 나서 사용할 때마다
애를 먹는다. 엄마 방 선풍기와는 달리 내 방 선풍기는 사용할 때마다
버튼을 누른 뒤 이쑤시개를 버튼의 작은 틈새에 끼워야 한다. 안 그러
면 버튼을 아무리 눌러도 선풍기 날개가 회전하지 않는다. 한마디로
귀찮고 번거로운 선풍기다. 오래되어서 그렇다. 내가 중학교 3학년
때 산 거다. 엄마는 해마다 여름이면 자기 방 선풍기를 가져가라고 하
지만, 나는 번번이 거절한다. 해바라기에서 피곤한 몸으로 퇴근한 엄
마에겐 한 번의 터치로 쌩쌩 돌아가는 선풍기가 필요하다. 이제 와서
새 선풍기를 살 생각도 없다. 조금 귀찮아도 이쑤시개만 잘 꽂으면 된
다. 돈도 없고.

　"인우야. 잠깐만 텔레비전 좀 보면 안 될까?"

나는 그러라고 한다. 아저씨가 엄마 방으로 건너간다. 필균이 아저씨는 이따금 내게 텔레비전이 보고 싶다고 한다. 하긴 가야농원에선 최 사장과 동거녀 때문에 텔레비전을 마음 놓고 본 적이 없을 것이다. 그런데 필균이 아저씨는 뉴스만 찾아서 본다. 적어도 내가 아는 필균이 아저씨의 이미지와는 너무 맞지 않는다. 뉴스에 왜 그렇게 관심이 많은지 모르겠다. 시끄러울까 봐 조심하는지 소리를 거의 안 들릴 정도로 줄여놓고, 뉴스 중간에 나오는 홈쇼핑 여자 속옷 광고까지 몰입해서 본다.

오늘따라 오므라이스를 만드는 내 속도가 더디다. 밥솥에서 푼 밥덩이가 너무 딱딱해서다. 필균이 아저씨는 아마 무척 배가 고플 것이다. 가야농원에선 이른 아침부터 개 내장탕에 밥을 세 공기씩이나 말아 먹던 사람이니까. 아저씨가 국물이 모자란다고 하면 마리코는 건더기와 함께 국물을 더 퍼주곤 했다. 홍 씨 할아버지와 연 씨 할아버지도 내장탕을 잘 먹었지만 필균이 아저씨보다는 양이 적었다. 아저씨는 일하다가 출출해지면 간식 삼아 개 간을 소금에 찍어 먹기도 했다.

내가 달걀 물을 프라이팬에 부어 지단을 만들고 있을 때, 아저씨가 슬그머니 엄마 방에서 나온다. 욕실 겸 화장실로 들어간다. 나는 문득 호기심이 인다. 열려진 엄마 방의 텔레비전을 들여다본다. 뉴스가 아니고 홈쇼핑의 여자 속옷 광고다.

나는 완성된 오므라이스를 담은 접시 한쪽에 숟가락을 올려놓는다. 그리고 필균이 아저씨가 화장실에서 나오기를 기다린다. 오늘따라 시간이 많이 걸린다. 나는 아저씨를 부르러 화장실로 다가간다. 그런데 이상한 소리가 새어 나온다. 필균이 아저씨가 자위행위를 하는 소리다.

　엄마가 자위행위를 한다는 걸 처음 안 것은 고등학교 2학년 때였다. 그날 나는 야간 자율학습을 땡땡이치고 수영이와 감리교회 앞 슈퍼에 들어가서 캔 맥주를 마시며 담배를 피웠다. 원래는 자금성에 가려 했는데, 무슨 일인지 자금성 문에 임시휴일 팻말이 붙어 있었다. 수영이와 나는 담배 한 갑을 다 피우면서 슈퍼 주인 아들인 꼬맹이와 놀다가, 수영이 큰형 백 사장이 하는 보신탕집으로 갔다. 그리고 보신탕을 먹었다. 오랜만에 왔다며 갖다 주는 보신탕을 거절할 수가 없었다. 그날따라 개고기 건더기가 왜 그렇게 많은지 너무 부담스러웠다. 그래도 먹었다. 그리고 나는 수영이와 헤어져서 집으로 돌아오며 길바닥에 두 번, 숨멍여고 옆 길거리 골목에서 한 번, 아파트 단지 화단에서 한 번 등 모두 네 번을 게웠다. 집에 돌아오니 엄마가 있었다. 당시 엄마는 모처럼 집에만 있었다. 해바라기의 지하 홀 공사 때문이었다. 내부 확장까지 겸하는 인테리어 공사라고 했다. 덕분에 엄마는 집에서 청소도 하고 세탁기도 돌리고 반찬도 만들었다. 느타리버섯을 잔뜩 넣은 돼지불고기와 어묵볶음, 콩나물무침, 멸치볶음, 채소샐러드 등을. 그래서 그날 아침에 나는 맛있는 아침밥을 먹고 학교에 갔었다.

　네 번씩이나 게우고 집으로 돌아온 나는 힘이 하나도 없었다. 배 속은 완전히 뒤집어진 상태였다. 그러나 나는 엄마에게 게웠다는 얘기는 하지 않았다. 그냥 친구네 집에서 저녁밥을 먹고 왔다고만 말했다. 엄마는 간식이라며 만두를 내놓았지만 나는 먹을 수가 없었다. 또 게울까 봐. 나는 내 방 침대에 쓰러져 잠이 들었다. 죽은 듯이 잤다. 잠결에 얼핏 엄마가 나를 부르는 소리를 들었다. 집에 오자마자 쓰러져서 자는 내가 걱정이 되어서였을 것이다. 그러나 나는 그냥 잠만 잤다. 얼마나 지나서였을까, 나는 잠에서 깼다. 탁상시계의 야광 시침은 밤 한 시가 넘었음을 알려주었다. 배가 고팠다. 만두 생각이 났다. 나는 주방으로 가기 위해 침대에서 일어났다. 그리고 방문을 아주 조용히 열었다. 엄마가 자고 있을지도 모르기 때문이었다. 엄마 방 불은 꺼져 있었다. 텔레비전도 꺼져 있었다. 내가 막 방을 나서려는데 불 꺼진 엄마 방에서 이상한 소리가 들려왔다. 이제껏 들어보지 못한 소리였다. 앓는 듯한 소리였다. 나는 처음엔 엄마가 잠을 자면서 꿈을 꾸는가 했다. 그러다가 그 소리가 점점 심해지자 엄마가 몸이 아픈가 했다. 그러나 나는 곧 그 소리가 무슨 소리인지 알아차렸다. 나는 만두를 포기하고 주방으로 나가지 않았다. 다시 조용히 내 방문을 닫았다.

그날 밤 이후 나는 엄마가 자위행위를 하는 소리를 두 번 다시 듣지 못했다. 혹시 그날 밤에 엄마가 내 방문이 열리는 소리를 들은 것은 아닌가 하는 생각마저 들었다.

그런데 엄마는 그날 밤에 누구를 생각하며 자위행위를 했을까. 누구와의 사랑을 상상하며 오르가슴을 느꼈을까. 옛날에 이혼한 엄마일까, 아니면 해바라기 주인 남자일까.

필균이 아저씨

시계를 보니 어느덧 낮 한시가 넘었다. 오늘은 아직까지 늙은 영화의 호출 전화가 없다. 사람들이 오늘은 개를 안 버리는 모양이다. 나는 필균이 아저씨와 함께 오전 내내 지독하게 피워댄 담배 연기를 빼내려고 현관문을 열려다가 그만둔다. 문을 열어놓고 있다가 재수가 없으면 밤색 머리와 그 패거리가 느닷없이 들이닥칠 수도 있기 때문이다. 악마는 언제 어디서든 나타날 수 있다.

침대 위에 누워 있던 필균이 아저씨가 벌떡 일어난다.

"술 마실래?"

느닷없이 대낮부터 술을 마시자니. 나는 언제 늙은 영화가 전화를 할지 몰라 선뜻 대답하지 못한다.

"이따가 날이 어두워지면 떠날 거야. 너한테 신세 진 것도 있고, 헤어지는 마당에 술이나 한잔 하자."

나는 막상 아저씨가 떠난다고 하자, 왠지 서운한 생각이 든다. 그래서 술을 마시겠다고 말한다. 늦은 영화의 전화가 걸려 오면 적당히 평계를 대면 되겠지.

내가 지갑을 들고 나서자, 아저씨가 펄쩍 뛴다. 그러더니 침대 밑의 베이지색 종이 가방에서 5만 원짜리 지폐 두 장을 꺼내 나에게 준다. 우리 집에 있는 동안 아저씨가 종이 가방에서 돈을 꺼내는 장면을 본 것은 처음이다. 정말 우리 집을 떠날 모양이다.

"농장으로 가시는 거예요?"

나는 방을 나서며 지나가는 말로 묻는다.

"아니. 응, 맞아. 농장으로 가야지. 휴가가 끝났으니까."

약간 석연치 않은 대답이다. 하필 날이 어두워지면 떠난다니 왜 그런지 모르겠다. 환한 대낮에 출발해야 그 남한강변 시골 농장으로 들어가기가 수월할 텐데. 어쨌든 나는 신경을 끄고 상가 마트로 향한다.

마트에서 소주 다섯 병과 참치 캔과 조미 오징어와 담배 두 갑을 산다. 이것저것 더 사고 싶지만 마트에 악마가 돌아다닌다. 조금 전에 조미 오징어를 고를 때 밤색 머리와 그의 본처인 콧구멍에 피어싱을 한 여자아이가 진열대에 놓인 수박을 들여다보고 있는 것을 보았다. 둘은 수박을 카트에 담으려고는 안 하고 구경만 했다. 비싸서 망설이는 모양이었다. 밤색 머리도 돈이 아쉬울 때가 있는 모양이다. 코의 피어싱만 빼면 아무리 보아도 별로 존재감이 없어 보이는 본처는, 벌써 애를 지운 적이 있다고 한다. 누가 보아도 그저 평범한 여고생인데 말이다. 아무튼 나는 악마의 눈에 띨까 봐 서둘러 계산을 마치고 마트를 빠져나온다.

필균이 아저씨는 이제 내 앞에선 입을 가리지 않는다. 원래는 앞니가 부러지거나 빠진 자신의 입속이 부끄러워 손으로 입을 가리며 말하고, 담배를 피울 때도 담배를 쥔 손으로 자연스럽게 입을 가리는 사람이다. 치과에 갈 시간도 없고 돈도 없어서 무작정 방치한 자신의 입속이 꼭 형편없는 자기 인생처럼 느껴져 몹시 창피해하는 것처럼. 이제 내 앞에서는 입을 가리지 않는 아저씨의 모습을 보니, 딱 개그 프로그램에 나오는 팔푼이 같다. 하긴 가야농원 최 사장한테서 날마다 비인간적인 폭언과 폭력에 시달려도, 복숭아나무들 옆 축사의 개들만도 못한 대접을 받아도, 반항은커녕 말대꾸 한번 제대로 못했으니 팔푼이나 다름없다.

필균이 아저씨가 입을 가리지 않고 말도 하고 담배도 피우고 술도 마시는 것은, 그만큼 나와 가까워졌다고 생각하기 때문일 것이다. 비록 기약 없이 헤어지는 마당이지만 말이다. 아저씨는 삼 년 전에 가야농원에서 나와 처음 만났을 때부터 이상하게도 나를 좋아했다. 각자 맡은 일이 달라서 자주 대할 시간은 없었지만 하루 일과가 끝나면 항상 친동생처럼 대해주었다. 대학생 신분인 내가 그런 아르바이트를 한다는 것을 몹시 마음에 들어 하는 눈치였다. 내가 개 내장탕을 먹지 못하는 것에 대해서는 무척 의아해하며 도무지 이해할 수 없다는 표정을 짓기도 했다. 사내자식이 이 맛있는 개고기를 먹을 줄 모르다니 오 마이 갓, 하는 표정이었다. 그 어처구니없어하는 표정은 식사 시간마다 나타났다.

필균이 아저씨가 잘 웃고 떠들다가 갑자기 깊은 한숨을 내쉰다. 얼굴이 한없이 어두워진다. 나는 영문을 몰라 왜 그러느냐고 묻는다. 그러나 아저씨는 아무것도 아니라고 한다. 네 병째 소주병을 따면서 잠시 고향 이야기를 하더니 눈물까지 짓는다.

아저씨가 농장에 들어온 내력을 잠시 말해준다.

필균이 아저씨가 서른네 살이 되던 해에 형이 죽었다. 여섯 살 위의 형은 필균이 아저씨의 유일한 혈육이었다. 충남 태안 지방과 광천, 오천항 등의 부둣가에서 칠 년 동안 얼음 배달 등 허드렛일을 하던 아저씨는 일을 그만두고 불쑥 형을 찾아갔다. 형은 늦게 결혼한 인도네시아 여자가 도망을 가서 혼자 살고 있었는데, 그때부터 동생의 생계까지 책임지게 되었다. 그런 형이 어느 날 새벽녘에 만취해서 집에 돌아오다가 횡단보도에서 교통사고를 당해 죽었다. 사람들은 개죽음이라고 말했다. 필균이 아저씨는 터무니없는 보상금을 받고서야 그 말뜻을 알아차렸다. 사람들은 억울하면 변호사를 써서 소송을 걸라고 했지만, 아저씨는 그런 일은 엄두가 안 나 그냥 장례를 치렀다. 그런데 조문객도 드문 그 쓸쓸한 형의 장례식에, 도망쳤던 형수가 찾아와 엉엉 울었다. 장례가 끝나자 그 인도네시아 여자는 필균이 아저씨더러 함께 인도네시아로 가서 살자고 했다. 마침 삶의 희망이 없었던 아저씨는 별 고민도 없이 그러마 했다. 어차피 한국에선 더 이상 자신이 일할 만한 곳도 없고 치열하게 살아갈 자신도 없어서였다. 인도네시아에서의 삶도 신통치 않으면 그냥 해외여행 한 셈 치지, 생각했다. 그때가 2009년 10월 하순이었다.

처음 비행기를 타고 향한 인도네시아는 상상을 초월할 정도로 넓은 나라였다. 비행기와 여객선과 작은 보트를 갈아타며 가도 가도 끝이 없는 길을 갔다. 바다와 그 수많은 섬들이 모두 인도네시아 영토였다. 형수와 함께 꼬박 이틀 걸려 도착한 곳은 그녀의 고향이었다. 인도네시아의 가장 남쪽 지방인 소순다열도에 속한 작은 섬이었다. 사우해의 숨바 섬과 티모르 섬 중간에 위치한 사우 섬이란 곳이었다. 그섬의 가장 안쪽에 위치한, 숨바족이 사는 작은 마을에서 필균이 아저씨는 반년을 살았다. 문명의 혜택이라고는 전혀 못 받는 그 마을에서의 반년이 아저씨 생애에서 처음이자 마지막으로 행복했던 시간이었다. 형수가 결혼하라고 소개시켜준 사리나 때문이었다.

사리나는 형수의 둘째 언니였다. 형수는 부모가 없고 언니만 세 명이었다. 첫째 언니는 족자카르타에서 살고, 미혼인 셋째 언니는 필리핀 세부에서 장사를 하고 있었다. 둘째 언니인 사리나는 형수보다 세 살이 많은 스물아홉이었는데, 형수보다 더 까맣고 커다란 눈에 피부도 더 까무잡잡한 여자였다. 통통한 몸매의 그녀는 마을 여자들과의 공동 작업이 없을 때는 자나 깨나 콩 농사를 지었다. 규모가 그리 크지 않은데도 늘 콩 농사에 신경을 쓰며 밭에 나갔다. 사리나에겐 유난히 눈이 크고 까만, 띠띠라는 이름의 두 살배기 딸아이가 있었다. 전남편은 발리 섬에서 동업자들과 함께 참치잡이 배를 탔다가 해일을 만나 바다에 빠져 죽었다고 했다. 사리나는 필균이 아저씨 때문에 다시 삶의 의욕을 되찾았고, 아저씨도 생애 처음으로 여자의 따뜻한 마음과 살결과 보살핌을 느꼈다. 그래서 전기도 없고 화장실도 없고 마실 물도 턱없이 부족하고 독충으로 들끓는 원시림의 오지 마을에서 반년을 견디며 생활할 수 있었던 것이다. 아저씨는 사리나의 집에서 살았다. 그 집은 지상 위 2층 높이에 지어진 나무 오두막집이었다. 그래서 띠띠가 똥을 누면 오두막집 아래에 있는 돼지와 닭과 개가 달려들어 그것을 먹었다. 예고 없이 쏟아지는 폭우 때문에 집 아래 바닥은 늘 가축들의 똥오줌이 범벅된 진흙탕이었다. 지저분하고 더럽기가 이루 말할 수가 없었다. 날이 개도 푹푹 찌는 무더운 날씨 때문에 악취와 모기와 파리가 들끓었다. 그렇지만 눈을 돌리면 원시 자연의 아름답고 순수한 풍경이 더없이 좋았다. 마을 사람들은 천성적으로 느긋하고 온순하고 낙천적이었다. 옛날엔 바다를 건너 쳐들어오는 다른 부족들과 전쟁도 많이 하고 네덜란드 식민통치 시절엔 결사적인 독립운동도 했다지만 그 말이 믿기지 않을 정도였다. 밤하늘엔 은하수가 흐르고 마을 동쪽 맹그로브숲에선 정령들의 노랫소리 같은 신비스러운 바람이 끝없이 불어왔다(마을 사람들은 그 바람이 부족의 조상들이 마을을 지켜주는 신호라고 했다). 벌거숭이 꼬마들은 우기의 질퍽한 진흙탕 속에서도 하얀 이를 드러내며 언제나 밝고 씩씩하게 뛰어놀았다. 몇 년 전에 한국의 어떤 한글학교 선생님들이 주고 갔다는 축구공을 다 해지도록 차고 또 차며 놀았다. 그렇지만 필균이 아저씨는 차츰 시간이 지나면서 적응은커녕 회의적인 생각이 자꾸 드는 것이었다. 원인을 꼽으라면 단연 까닭 모를 갑갑함이었다. 그래서 비록 자신의 딸은 아니지만 천진난만하고 귀여운 띠띠가 놀아달라고 달려드는 것도 귀찮아졌다. 그러나 사리나와의 사랑이 식은 것은 아니었다. 필균이 아저씨가 은근히 또 귀찮아했던 것은 하루가 멀다 하고 찾아오는 어느 목사였다. 네덜란드 개혁파 교회 목사라는 그 뚱뚱한 자바족 남자는, 평소 코리아에 대해 관심이 많았다면서 한번 사리나 집에 들어오면 해가 질 때까지 떠나질 않았다. 형수가 통역해주지 않으면 전혀 알아들을 수 없는 바하사 인도네시아어로 몇 시간씩 떠드는 그의 설교를 듣는 것은 고역 중의 고역이었다. 희한한 것은 평소엔 오른손을 물로 깨끗이 씻은 후 그 손으로 접시의 밥과 반찬을 먹던 그 집 식구들이, 목사가 오면 모두가 밥을 나무 수저로 서툴게 떠먹는다는 것이었다. 아무튼 목사의 설교를 견디다 못한 아저씨는 그 목사가 마을에 나타날 때쯤이면 형수의 사촌동생인 테오에게 두리안이나 저룩발리 같은 과일 몇 개를 갖고 오라고 해서, 그것을 챙겨 도망을 치곤 했다. 마을에서 서남쪽으로 2킬로미터쯤 떨어진 하천에 낚시를 하러 간 것이다. 필균이 아저씨는 그 지겨운 목사가 떠날 때까지, 똥내가 나지만 맛있는 두리안과 커다란 오렌지와 유사한 저룩발리를 까먹으며 낚시를 했다. 낚시 스승이기도 한 테오가 준 바퀴벌레와 귀뚜라미, 지렁이, 벌의 애벌레 따위를 대나무 낚싯바늘에 꿰어 물속 수초 사이에 던지고 나면 지루하지 않게 시간이 갔다. 한국 붕어처럼 민물고기인 우랑울리가 주로 잡혔고, 수염이 한국 메기처럼 생긴 다비링과 작고 예쁜 라스보라도 심심찮게 걸려들었다. 아저씨가 낚시를 하는 동안 테오는 마을을 오가며 아저씨 심부름도 하고, 사리나가 만든 쁘테고렝(콩 볶음밥)이나 템페고렝(콩반죽 튀김)은 물론 사리나가 긴히 전하는 말도 전해주었다.

그렇게 필균이 아저씨는 사리나의 사랑 속에서 반년 동안 생활했지만, 이상하게도 정착하고픈 생각은 들지 않았다. 테오의 아빠와 삼촌들을 따라서 고깃배를 타고 참치나 가오리, 자이언트 트레일리를 잡으면 수입도 그런대로 괜찮아서 정착하며 살 수 있었지만 아저씨는 내키지가 않았다. 잠이 들면 꿈속에 죽은 어머니와 형이 나타나서

손짓으로 부르곤 했다. 어머니와 형이 묻힌 한국 땅으로 돌아오라는 소리 같았다. 게다가 테오의 누나인 티니가 필균이 아저씨를 좋아하는 바람에 사리나와 티니가 자주 싸우는 것도 은근히 골치가 아팠다. 급기야 그게 문제가 되어서 형수가 필균이 아저씨더러 두 여자 중 하나를 택하라는 억지소리까지 했다. 상황이 그렇게 되자 남편보다 훨씬 뚱뚱한 목사의 아내 쓰파까지 가세해서 교회 계율에 어긋나는 행동을 하지 말라는 황당한 잔소리를 늘어놓았다. 또 그녀는 사리나와 티니가 사고야자나무에서 사고를 채취하다가 싸움이 나서 서로 물벼락을 안기는 바람에 제법 많은 양의 사고를 흙더미에 쏟아 촌장 부인한테 엄청나게 욕을 얻어먹었다는 사실도 폭로했다. 얼마 후, 티니가 바닷가 동굴 절벽에서 떨어져 자살을 했다. 3월의 파술라 축제(부족을 위해 싸운 전사들의 전통을 재현하며 풍년을 기원하는 축제)에 참가하느라 마을 사람 대부분이 마을을 비우고 숨바 섬에 갔을 때였다. 티니의 할머니인 엘리시아와 어머니인 라하라는 날마다 사리나 집에 찾아와 울며불며 난장판을 쳤다. 필균이 아저씨와 사리나더러 죽은 티니를 살려내라고 악을 썼다. 우기가 끝나자 필균이 아저씨는 기회를 엿보다가, 결국 형수와 사리나에게 속마음을 털어놓았다. 사리나는 진심으로 이별을 슬퍼하며 울었다. 2010년 5월 초순에 필균이 아저씨는 한국으로 돌아왔다.

얼마 후 필균이 아저씨는 광명역 부근에서 거의 노숙자 신세로 지내던 홍 씨 할아버지를 만났다. 아들과 며느리에게 화장품 대리점이 있는 건물과 집을 모두 빼앗기고 쫓겨난 홍 씨 할아버지는, 목줄이 풀어지는 바람에 주인 없는 신세로 길거리를 떠돌아다니는 개나 고양이를 낚아채서 보신탕집에 넘겨주고 받는 돈으로 연명하고 있었다. 그 일에 필균이 아저씨도 합세했다. 두 사람은 그렇게 그해 가을까지 서른 마리 남짓의 개와 고양이를 팔아넘기다가 가야농원 최 사장을 알게 되었다. 안양 유원지 근처의 제법 큰 보신탕집에서였다. 그 보신탕집에 정기적으로 도축한 개고기를 공급하던 가야농원 최 사장은, 한두 마리 개와 고양이를 팔아넘기는 홍 씨 할아버지와 필균이 아저씨를 발견하고 그들에게 일자리를 제안했다. 때마침 농장 일손이 부족했기 때문이었다. 두 사람은 얼씨구나 좋다며 그 일자리를 물었다. 세상천지에 오갈 데가 없는 신세인데 숙식 제공은 물론 월급도 100만 원씩 준다니 마다할 이유가 없었던 것이다. 날씨가 점점 쌀쌀해져 겨우살이 걱정이 태산이었던 필균이 아저씨는 가야농원 대표라는 명함을 건네주던 최 사장이 마치 구세주 같았다고 회상했다. 두 사람이 농장에 들어가니 연 씨 할아버지가 있었다. 육 년 전부터 그 농장에서 일했다는 연 씨 할아버지의 첫인상은, 매우 어두웠다. 농장 생활에 대해서도 통 말이 없었다. 그래서 원래 성격이 그런 사람인가 했다. 연 씨 할아버지가 어떻게 가야농원에 들어왔는지는 필균이 아저씨도 지금까지 모른다. 아무튼 필균이 아저씨는 그해 첫눈이 내리던 날부터 가야농원에서의 지옥 생활이 시작되었다고 했다.

필균이 아저씨가 최 사장에게 처음 얻어맞은 것은 농장에 들어온 지 스무 날쯤 지나서였다. 필균이 아저씨는 최 사장의 지시에 따라 가야농원 후문 쪽 언덕에 쓰레기 소각장을 만드느라 목장갑을 끼고 있다가, 그 손으로 당시 최 사장이 가장 아끼던 호피 무늬 그레이트데인에게 닭고기를 먹였다. 그 모습을 본 최 사장이 더럽고 흙이 잔뜩 묻은 목장갑을 낀 손으로 가격이 1,000만 원이 넘는 귀한 개한테 먹이를 주었다며 야단했다. 필균이 아저씨가 최 사장 앞에서 목장갑을 벗자, 최 사장은 심한 욕설을 퍼부으며 그 목장갑으로 아저씨의 얼굴을 이리저리 후려쳤다. 그날 이후부터 필균이 아저씨는 거의 날마다 최 사장에게 온갖 욕설을 들어가며 얻어맞았다고 한다. 아저씨가 월급을 받은 것도 2011년 2월분이 처음이자 마지막이었다. 그때로부터 단 한 번도 두 번째 월급을 타지 못한 것이다.

술이 거나하게 취한 필균이 아저씨는 흥이 났는지 자리에서 벌떡 일어나 막춤을 추기 시작한다. 비틀대며 이리저리 몸을 흔들다가 책상 위의 가스토치를 발견하고는 그것을 마이크 삼아 손에 들고 노래까지 부른다. 술 마시고 노래하고 춤을 춰봐도 가슴에는 하나 가득 슬픔뿐이네.

그러다가 갑자기 몸을 숙이더니 내 두 눈을 무섭게 노려보며 묻는다.

"1505호라고 했지? 그놈이?"

나는 뜻밖의 말에 어리둥절해서 말문이 막힌다. 필균이 아저씨는 내 대답도 기다리지 않고 가스토치를 손에 쥔 채 곧바로 내 방을 뛰쳐나간다. 거친 숨소리를 내며 현관문을 열어젖히더니 복도로 뛰쳐나간다.

나는 너무 당황스러워서 우왕좌왕하다가 빈 술병들을 쓰러뜨리며 넘어진다. 어질러진 방바닥을 대충 치워놓고 밖으로 뛰쳐나간다. 그런데 이미 1505호 앞에서 필균이 아저씨가 밤색 머리와 뒤엉켜 싸우고 있다. 그 옆에 밤색 머리의 본처인 여자아이도 보인다. 사실 싸움이라기보다는, 두 사람이 거의 일방적으로 필균이 아저씨를 때리고 있다. 밤색 머리의 본처는 슬리퍼로 아저씨를 때리다가, 아저씨 손에 들려 있던 가스토치를 빼앗아 아저씨 등을 찌르듯 때린다. 밤색 머리에 비해 키도 작고 왜소한 아저씨는 술까지 잔뜩 취해서 도무지 밤색 머리의 상대가 되질 않는다. 나는 불쌍한 아저씨를 구하기 위해 밤색 머리에게 달려든다. 그러자 밤색 머리가 싱긋 웃더니 내 얼굴에 주먹을 날린다. 나는 악마의 주먹을 피하지 못한다.

이유

내가 밤색 머리를 악마라고 부르게 된 것은 엄마 때문이다. 밤색 머리가 엄마를 강간했다고 떠벌렸기 때문이다.

내가 실제 그 장면을 목격한 것도 아니고, 엄마도 말한 적이 없기 때문에 사실인지 아닌지는 알 수 없다. 그러나 밤색 머리가 분명히 자기 패거리에게 그렇게 말했기 때문에 사실 여부를 떠나 나는 밤색 머리를 악마라고 부르기 시작한 것이다. 엄마는 강간을 당했다 해도 경찰에 신고할 사람이 아니다. 그럴 수 있는 처지가 못 되기 때문이다. 트랜스젠더가 그런 신고를 하면 언론과 방송이 서울에 사는 마흔일곱 살의 트랜스젠더 여자가 아들뻘 되는 청소년에게 강간을 당했다고 떠들썩하게 보도할 게 뻔하다. 게다가 그런 일을 계기로 엄마의 신상정보가 털려 인터넷에 공개된다면, 엄마와 나에게는 그야말로 파멸밖에 없다. 그러니 엄마로서는 정말로 강간을 당했다고 해도 털어놓을 입장이 못 된다. 밤색 머리는 분명히 자기가 1502호 엄마를 '먹었다'고 말했다. 그는 악마이기 때문에 사람을 먹을 수 있다.

그날 밤색 머리와 아이들은 우리 집 초인종을 계속 누르다가 우리 집에서 아무 반응이 없자 담배를 피우며 떠들기 시작했다. 그때 밤색 머리가 그 얘기를 한 것이다. 아이들은 아주 재미있다는 듯이 자세히 물어가며 키득키득 웃었다. 그때 충격이 얼마나 컸던지 나는 그 얘기를 들은 날짜와 시간도 정확히 기억한다. 올해 초봄, 3월 7일이었다. 늙은 영화가 조금 일찍 나오라고 해서 영화네식당으로 출근하려고 막 내 방을 나선 것은 오후 다섯시가 갓 넘은 때였다. 물론 나는 충격으로 그날 영화네식당에 가지 못했다. 늙은 영화는 무지하게 화를 냈다.

그날 밤색 머리가 우리 집 문 앞에서 정수를 비롯한 패거리에게 말한 내용은 이랬다.

작년 12월 하순, 크리스마스를 이틀 앞두고 밤색 머리는 채팅으로 만나서 한 달쯤 사귀던 여자 친구와 헤어졌다. 밤색 머리가 바람을 피우는 걸 알게 된 본처가 자기 패거리와 함께 그녀를 찾아가서 초주검이 되도록 두들겨 팼기 때문이다. 머리털을 거의 다 뽑아놓고, 허벅지와 성기를 담뱃불로 지지고, 벗긴 팬티는 라이터불로 태워버렸다. 그 문제로 밤색 머리는 본처와 크게 싸운 후 화가 나서 혼자 포장마차에서 술을 마셨다. 그리고 밤 열두시경에 노숙자들이 몰래 들어가서 잠을 자는 어느 상가 건물 지하의 포교당 기도실에 들어가서 새벽까지 잤다. 그런 후 포교당에서 나와 집으로 가려고 어슬렁거리며 십여 분을 걸었을까, 택시 승강장이 보였다. 밤색 머리는 술을 마셔서 주머니엔 100원짜리 동전 한 개도 없었지만, 우선은 타고 가서 부모에게 택시비를 지불해달라고 하자 생각하고 택시 승강장으로 향했다. 승강장 대기 의자에 웬 중년 아줌마가 혼자 앉아 있었다. 차림새를 보니 밤일을 마치고 퇴근한 듯했다. 추운지 가끔씩 일어나서 발을 동동 구르며 택시를 기다리고 있었다. 가만히 보니 술도 마신 것 같은 그 얼굴은 뜻밖에도 낯익었다. 같은 아파트에 사는 아줌마였다. 그것도 같은 101동의 같은 층 15층에 사는 여자. 호수까지는 정확히 몰라도 어쨌든 아는 얼굴이었다. 그래서 밤색 머리는 마침 잘되었다고, 아줌마도 집에 가려고 택시를 기다리는 중이니 공짜로 얻어 탈 수 있겠다고 생각했다. 밤색 머리는 아줌마에게 웃는 얼굴로 고개를 숙이며 아는 척을 했다. 아줌마도 밤색 머리가 낯이 익은지, 아니면 상대에게 예의상 그러는 건지 밤색 머리의 인사를 순순히 받아주었다. 그러나 택시는 겨울의 새벽 거리에 좀체 나타나질 않았다. 밤색 머리는 아줌마에게 혹시 담배가 있느냐고 물었다. 아줌마는 고개를 가로저으며 담배를 안 피운다고 했다. 두 사람은 또 한동안 택시를 기다렸다.

밤색 머리는 보면 볼수록 아줌마가 예뻐 보였다. 엄마뻘이 분명한데도 예뻐 보였다. 어쩌다가 아파트 복도나 엘리베이터 안에서 만났을 땐 몰랐는데 그날 새벽엔 달랐다. 술이 덜 깬 상태라서 그런지는 몰라도 그날따라 아줌마가 무척 예뻐 보였다. 몸매도 그런대로 날씬하고 괜찮게 느껴졌다. 특히 아줌마가 의자에서 일어나 발을 동동 구르며 움직일 때마다 풍기는 향수 냄새가 묘하게 자꾸 감정을 자극했다. 갑자기 밤색 머리는 그 아줌마에게 욕정을 느꼈다.

밤색 머리는 장소부터 물색했다. 택시 승강장 옆 길거리 주변엔 별다른 건물이 없어서, 적당한 장소는 초등학교 운동장뿐이었다. 아줌마를 끌고 멀리 갈 수도 없으므로 그곳으로 정했다. 그곳은 아주 낯선 곳도 아니었다. 초등학생 때와 중학생 때 친구들과 가끔 담배를 피우며 놀던 곳이었다. 어느 여름밤에는 소개팅으로 만난 여중생 아이와 함께 그곳에서 같이 담배를 피우면서 그 애의 머리와 가슴을 만지기도 했었다. 게다가 이 추운 새벽에 학교 운동장에 누가 있을 리가 없었다. 장소를 결정하자, 아줌마에 대한 욕망이 걷잡을 수 없이 더욱 커졌다. 밤색 머리는 주머니에 늘 갖고 다니는 잭나이프를 만지작거리며 잠시 머리를 굴렸다. 아무래도 그냥 말로 협박해서는 아줌마가 고분고분할 것 같지가 않았다. 미친놈이 어쩌고저쩌고하며 소리 지르고 날뛰기라도 한다면 돌발적인 일이 일어날 수도 있고, 그러다가 택시라도 나타나면 그걸로 끝이었다. 밤색 머리는 더 이상 망설이지 않고 잭나이프를 꺼내 아줌마의 등 뒤에서 아줌마의 목에 그것을 들이댔다. 아줌마는 갑자기 강도로 돌변한 남자아이의 위협에 공포를 느끼며 어쩔 줄 몰라 했다. 그러면서도 최대한 침착한 목소리로 자신의 가방에 약간의 돈이 있다고 말했다. 그러나 밤색 머리는 돈이 목적이 아니었다. 밤색 머리는 길거리 옆의 초등학교 운동장 담을 넘어 재빨리 안으로 들어가고 싶었지만, 아줌마가 담을 넘기엔 무리였다. 담을 넘다가 도망칠 수도 있고. 밤색 머리는 하는 수 없이 학교 교문 쪽으로 아줌마를 끌고 갔다. 아줌마는 목을 겨누고 있는 칼 때문에 겁에 질려 끌려갈 수밖에 없었다.

새벽의 어두운 운동장은 아무도 없었지만 겨울바람이 장난이 아니었다. 그래도 욕망에 비하면 아무것도 아니었다. 밤색 머리는 학교 건물로 들어갈까 하다가 숙직 교사나 학교 직원들 생각이 나서 그만두었다. 아줌마를 끌고 시소 뒤편의 플라타너스 쪽으로 갔다. 그리고 아줌마더러 코트를 벗으라고 윽박질렀다. 아줌마가 잠시 머뭇거리더니 코트를 벗었다. 밤색 머리는 여전히 아줌마의 목에 잭나이프를 들이댄 채 다른 손으로 아줌마의 스커트를 거칠게 걷어 올렸다. 잠시 후 악마가 아줌마를 먹기 시작했다.

그렇게 밤색 머리는 엄마를 강간했다. 그리고 엄마에게 경찰에 신고하지 말라고 했다. 만일 신고하면 바로 집으로 찾아가서 죽이겠다고 겁을 주었다. 그런 후 엄마의 가방에서 만 원짜리 한 장을 꺼내 택시를 타고 집으로 갔다.

정말로 밤색 머리가 엄마를 강간했을까. 나는 그 일이 있었다는 작년 크리스마스 무렵부터 지금까지 단 한순간도 엄마에게서 강간당한 사람의 징후를 발견한 적이 없다. 그래도 만약 사실이라면, 엄마는 그동안 속으로 얼마나 고통스럽고 힘들었을까.

밤색 머리가 말한 내용에서 새벽 시간은 그럴듯했다. 엄마가 해바라기에서 퇴근하는 시간이기 때문이다. 택시 승강장도 그럴듯했다. 엄마는 새벽에 택시를 타고 귀가하기 때문이다. 향수 냄새도 그럴듯했다. 밤색 머리가 구체적으로 어떤 종류의 향수라고는 말하지 않았으나 항상 엄마의 몸에선 향수 냄새가 나니까. 엄마는 향수를 직접 사기도 하고 해바라기 주인 남자로부터 선물로 받기도 한다. 엄마는 특히 지성적이며 여성적인, 잔향이 좋은 향수를 좋아한다. 물론 엄마는 지성적이지 않지만.

그런데 그 일이 사실이라면, 밤색 머리는 왜 엄마가 트랜스젠더라

고 아이들에게 말하지 않았을까. 신기한 별종이라는 듯 마구 떠들어

델 법한데. 바로 그것이 의문이다.

그러나 내 느낌으론 아무래도 밤색 머리의 말은 거짓이 아니다. 밤
색 머리는 그러고도 남을 인간이기 때문이다. 그러니까, 밤색 머리는
선뜻 경찰에 신고도 못 하는 불쌍한 처지의 엄마에게 씻을 수 없는 수
모와 치욕을 안겨준 것이다. 엄마는 세상의 온갖 수모와 따가운 시선
을 각오하고 경찰에 신고를 하려 했을 수도 있다. 같은 처지의 트랜스
젠더 여자들을 위해서. 그러나 마지막 순간에 아들인 내 얼굴이 떠올
라 포기했을지도 모른다. 나를 트랜스젠더의 자식으로 만든 것도 모
자라 강간당한 트랜스젠더의 자식으로 만들 수는 없기에.

어쨌든 그 얘기를 들은 이후로, 밤색 머리는 나에게 악마가 되었다.

엄마는 내 나이 때 꿈이 무엇이었을까

어제는 경찰서에 다녀왔다. 나는 다행히 무혐의로 풀려났다. 밤색 머리가 자신의 본처인 여자아이가 필균이 아저씨한테 폭행당했다고 고소를 해서다. 오히려 필균이 아저씨가 밤색 머리와 여자아이에게 거의 일방적으로 얻어맞았는데, 악마답게 기묘한 속임수를 쓴 것이다. 악마는 여자아이 입안이 찢어지고, 코뼈에 약간 금이 가고, 목뼈가 경직되었다는 전치 3주의 상해진단서를 끊어서 필균이 아저씨를 고소하면서 치료비를 포함한 합의금 300만 원을 요구했다.

문제는 필균이 아저씨가 전혀 변상 능력이 없는 데다가 일정한 주거지도 없어 도주할 우려가 있다는 이유로 구속수사를 받게 될지도 모른다는 것이었다. 나로선 아저씨를 도울 방법이 없었다. 그러니까 합의금 300만 원은 물론 구속수사 가능성이 높다는 것도 문제였다. 더욱이 아저씨는 당시 너무 취해 있었기에 그때 상황을 제대로 기억하지 못한다면서 자신의 폭행 사실을 바보처럼 순순히 시인해버렸다. 아저씨가 오히려 밤색 머리와 여자아이에게 더 폭행당했다는 내 말은 인정되지 않았다(일이 그렇게 되려고 해서인지 이상하게도 필균이 아저씨에겐 별다른 외상도 없었다). 아저씨가 무작정 1505호를 찾아가서 대뜸 시비를 걸고 행패를 부리며 원인 제공을 했다는 것, 그리고 1505호 안으로 주인 허락도 없이 무단으로 들어갔다는 것이 가장 불리한 사실이었다.

이래저래 필균이 아저씨는 꼼짝없이 수사를 받게 되었는데, 알고 보니 아저씨는 다른 사건으로 이미 지명수배 중이었다. 가야농원에서 돈을 훔쳐 도망을 나온 것이었다. 640만 원가량의 금품을 훔쳐서 도망을 갔다고 최 사장이 신고를 해서 절도범으로 지명수배 중이었던 것이다. 우리 집에 올 때 아저씨가 손에 들고 왔던 베이지색 종이 가방 속의 돈이 그 증거였다. 그리고 우리 집에 오기 전에 묵었던 모텔 '초희의 집' 감시카메라에 찍힌 아저씨의 여러 모습들도 증거가 되었다. 나는 범인 은닉과 공범 여부 관련 조사를 받았지만 무혐의 처분을 받았다.

나는 경찰서에서 밤색 머리의 정확한 나이와 이름을 처음 알게 되었다. 생일이 지나지 않아서 법적 나이 17세인 유민호였다. 아울러 필균이 아저씨의 정확한 나이와 이름도 그때야 알았다. 만 39세, 장필균. 나는 깜짝 놀랐다. 필균이 아저씨는 실제 나이보다 무려 10년은 더 늙어 보였기 때문이다.

내가 경찰서에 가서 곤욕을 치르고 온 걸 알면 엄마는 뭐라고 할까. 그나저나 엄마는 또 연락이 없다. 해바라기에서 도대체 얼마나 바쁜 걸까.

엄마는 한 남자를 사랑했다

늙은 영화에게서 전화가 걸려 온다. 지금 바로 홍제동에 가서 개를 싣고 오란다. 급하단다. 급하다는 말만 아니었으면 적당히 핑계를 대고 오늘은 그냥 집에서 쉬고 싶었는데, 하는 수 없이 가겠다고 말한다. 차를 가지러 영화네식당으로 가기 위해 시내버스를 탔을 때 또 전화가 걸려 온다. 아무리 보아도 모르는 핸드폰 번호다. 그런데 끈덕지게 자꾸만 걸려 온다. 그럴수록 더 받을 마음이 없어진다. 시내버스가 시장 입구 앞 정류소에 멈춰 섰을 때 또 전화가 걸려 온다. 이번엔 엄마의 핸드폰 번호다. 나는 얼른 전화를 받는다. 그러나 엄마의 목소리가 아니다.

"인우? 나야, 나."

"누구세요?"

"해바라기 아저씨."

엄마의 핸드폰으로 전화를 한 사람은 해바라기 주인 남자였다. 자신의 핸드폰으로 전화를 해도 내가 받지 않자 엄마 핸드폰을 사용한 것이다. 나는 그가 왜 엄마의 핸드폰으로 내게 전화를 했는지 의아한 생각이 드는 동시에 본능적으로 불길한 예감이 든다. 아나나 다를까, 해바라기 주인 남자가 엄마 얘기를 전한다.

나는 시내버스에서 내린다. 택시 승강장으로 향하며 늙은 영화에게 전화를 걸어 갑자기 바쁜 일이 생겨서 아무래도 오늘은 일하러 못 갈 것 같다고 말한다. 늙은 영화가 무슨 일이냐며 자꾸 묻지만 나는 그냥 일이 좀 생겼다고만 하고 전화를 끊는다. 나는 택시를 타고 해바라기 주인 남자가 말한 대학병원으로 향한다.

엄마는 그동안 얼마나 힘들었을까. 살아갈 힘도 사랑할 힘도 한계에 이르렀다고 생각했나 보다.

문득 엄마의 주민등록증이 떠오른다.

내가 처음으로 엄마의 주민등록증을 보려고 시도한 것은 수능시험을 치르고 얼마 지나지 않아서였다. 청주의 작은아빠로부터 갑자기 엄마 주민등록증을 본 적이 있느냐는 질문을 받고서였다. 나는 왜 작은아빠가 일부러 전화를 해서 하필이면 그런 질문을 하는지 의아했다가, 나중에서야 깨달았다. 그게 무슨 뜻인지.

주민등록번호는 모두 열세 자리이며, 앞의 여섯 자리와 뒤의 일곱 자리 두 부분으로 나눠져 있다. 앞의 여섯 자리 숫자는 그 사람의 생년월일을 나타내며, 뒤의 일곱 자리 숫자 중 첫 번째 숫자는 남자와 여자를 구별하는 숫자다. '1'은 남자고, '2'는 여자다. 주민등록번호 중에서 아주 중요한 의미를 갖는 숫자다. 이 숫자 때문에 이 거대한 도시의 성소수자인 많은 트랜스젠더들이 운명의 고갯길을 맞아 웃기도 하고 울기도 한다. 두 번째 숫자부터 네 자리는 관할 행정관청의 지역 번호이고, 여섯 번째 숫자는 등록 순서이며, 마지막 일곱 번째 숫자는 검증 번호다. 즉 앞의 번호들이 정상적으로 조합이 되었는지 확인하는 일종의 암호 숫자다.

　엄마의 주민등록증을 보려는 나의 무수한 시도는 번번이 실패했다. 엄마는 틈을 주지 않았다. 누구나 그렇지만 엄마도 주민등록증을 지갑에 꼭꼭 넣고 다녔다. 지갑은 다시 손가방에 넣어져 좀체 엄마 곁을 떠나지 않았다. 가장 만만한 기회는 엄마가 엄마 방에서 잠을 자고 있을 때뿐이었다. 그때 몰래 엄마 방으로 들어가야만 했다. 물론 살그머니 방에 들어가는 것은 어렵지 않은 일이었다. 설령 엄마가 인기척에 깨어나 나를 발견하더라도 내가 무슨 볼일이 있어서 들어왔나 보다 생각할 것이기 때문이었다. 그래서 나는 엄마가 해바라기에서 퇴근해서 잠을 잘 때 엄마 방에 몇 번이나 들어갔었다. 문제는 엄마의 지갑이 들어 있는 손가방이었다. 손가방은 거의 엄마 머리맡에 놓여 있었다. 가끔은 엄마의 누워 있는 발밑 그러니까 옷걸이 아래에 있을 때도 있었고, 텔레비전 앞에 놓여 있을 때도 있었다. 그러나 워낙 좁은 방이라서 손가방에 손을 대기가 녹록지 않았다. 엄마 머리맡에 놓여 있는 손가방을 뒤적인다는 것은 불가능했고, 텔레비전 앞도 위험했다. 엄마가 눈을 뜨는 동시에 바라다보이는 위치이기 때문이었다. 그나마 엄마 발밑인 옷걸이 아래에 놓여 있을 때가 가장 좋은 기회였다. 그러나 나는 워낙 심약해서 그 좋은 단 몇 번의 기회도 놓치고 말았다.

급기야는 엄마가 오후에 출근하기 위해 잠에서 깨어나 화장실에 갈 때를 노리기로 했다. 완전히 위험천만한 모험이었다. 엄마가 자고 있을 때와는 달리, 엄마가 새파랗게 눈을 뜨고 있기 때문이었다. 그러나 그때가 그나마 엄마가 손가방과 떨어져 있는 유일한 시간이었다. 변기통에 앉아 볼일을 보는 데 십여 분, 세수하고 머리 감는 데 삼십여 분 등, 최소한 사십여 분 정도는 내가 손가방에 접근할 수 있는 것이었다. 그래서 며칠 후 엄마가 화장실에 들어간 사이, 용기를 내어 엄마 방으로 들어가 손가방에 손을 댔다. 그런데 손가방에서 엄마의 지갑을 찾으려는 찰나, 하필이면 엄마의 핸드폰 벨이 울렸다. 어찌나 소리가 크게 느껴지던지 나는 간이 떨어지는 줄 알았다. 나는 행여 화장실에 있는 엄마가 핸드폰 소리를 들을까 봐 얼른 엄마 방에서 나와버렸다. 실패한 것이다.

엄마의 주민등록번호를 확인한 것은 구청에서 주민등록등본을 뗐을 때였다. 주민등록등본과 주민등록초본의 차이도 몰라 한 번 망신을 당한 뒤 뗄 수 있었다. 굳이 구청까지 안 가도 공인인증서만 있으면 인터넷에서 무료로 등본을 뗄 수 있다는 것을 안 건 그 후였다. 하여튼 등본을 뗀 그때 세대주인 엄마 이름이 바뀌었다는 것도 처음 알았다. '이찬형'에서 '이찬옥'으로 개명한 것이었다. 형(衡)에서 옥(玉)으로 바뀐 것이었다. 즉 '이찬형'이라는 아빠 이름이 '이찬옥'이라는 엄마 이름으로 바뀐 것이었다. 역시 나중에야 알았지만, 개명은 성전환 수술 여부와 상관없이 어떤 트랜스젠더도 할 수 있는 일이었다. 구슬 옥이 들어간 이름은 언뜻 들으면 여자 이름 같지만, 남자 이름에도 구슬 옥이 들어가는 경우가 꽤 있다. 엄마가 하필이면 구슬 옥을 택한 이유도 개명 판결을 하는 법원 판사가 엄마의 의도를 눈치채지 못하도록 하기 위해서였을지도 모른다. 즉 여자가 되기 위해 구슬 옥을 택한 것이 아니라 앞으로 남은 인생이 잘 풀려서 옥처럼 빛나게 하기 위해 택했다고 생각하도록. 어쨌든 엄마는 고육지책의 개명을 함으로써 아빠에서 엄마가 되었다.

그러나, 엄마의 주민등록번호는 여전히 남자였다. 뒤 일곱 자리 중 첫 번째 숫자는 '1'이었다. 그 번호상으로는 여전히 아빠였다. 나 몰래 이름을 여자 이름으로 바꾸었지만 성별 변경은 못한 것이었다.

얼마 전에 우리 집이 월세를 내며 사는 가난한 집이라는 것을 안 아파트 관리사무소의 착한 여직원 누나가, 기초생활수급자 신청이라도 해보라고 한 적이 있었다. 그때 나는 대뜸 고개를 저었다. 2인 가족 최저생계비는 105만 원가량으로, 엄마 월급은 그보다는 많아 어차피 해당이 안 되지만, 설령 그렇지 않더라도 엄마는 기초생활수급자 신청을 하는 것을 절대 용납할 리가 없었다. 만일 신청을 하면 엄마가 주민등록상 남자라는 사실이 동사무소에 드러날 텐데, 엄마가 동사무소 직원들 앞에서 그런 수모와 곤욕을 감당하려 하겠는가. 그래서 나는 그 여직원 누나의 말을 엄마 앞에서 꺼내지도 않았다.

우리나라 법에선 트랜스젠더의 성별 변경이 매우 어렵다. 대법원의 판례와 예규는 성전환자의 성별 변경을 허가하고 있지만, 몇 가지 까다로운 조건을 갖추어야 한다. 만 20세 이상일 것, 혼인 상태가 아닐 것, 미성년자 자녀가 없을 것, 생식능력이 없을 것, 성전환 수술을 받아 외부 성기를 포함한 신체 외형이 생물학적 성별과 반대의 성으로 바뀌었을 것, 탈법적인 의도가 없을 것 등이다. 그리고 두 사람 이상의 정신과 전문의의 진단서와 부모의 동의서를 첨부해야만 한다.

그나마 다행인 것은 법원이 외부 성기 규정에 대해서는 다소 완화된 입장을 보이기 시작했다는 점이다. 트랜스젠더의 절대 희망 사항인 성전환 수술은 여전히 건강의료보험 적용이 안 되는 상태에서 성기 수술은 당사자에게 너무나 큰 경제적 부담일뿐더러 수술 부작용도 많다는 의견이 있어서다. 그러나 여전히 성별 변경은 매우 어려운 실정이다.

이 같은 이유로 인해 우리나라 트랜스젠더의 삶은 남다르게 고단할 수밖에 없다. 대다수가 자신의 신체 외형과 주민등록번호가 불일치하는 상태로 살아가면서 건강 진료, 취직 등 일상생활과 사회생활 전반에 걸쳐 수모 아닌 수모와 불이익과 차별을 겪는 것이다. 성별 변경이 안 된 채 그저 신체 외형만 바꾸며 살아가는 것은 절반의 여자 혹은 절반의 남자로 사는 절반의 삶이다.

가령 트랜스젠더는 감기에 걸려도 병원에 한번 가기가 고역이다. 신체 겉모습은 분명히 여자(혹은 남자)인데, 간호사가 의료보험 적용 문제로 주민등록번호를 확인하는 과정에서 이상하게 여겨 꼭 성별을 따지고 넘어가기 때문이다. 많은 다른 환자들 앞에서. 엄마라고 그런 곤욕을 겪지 않았을 리가 없다.

우리 엄마인 마흔일곱 살의 중년 여자 이찬옥은 서울에서 그렇게 살아가고 있었다. 그리고 엄마가 설령 성기 수술을 받아 여자의 외부 성기를 가지고 있다 해도, 국가가 인정해주는 여자가 될 수는 없다. 여자의 주민등록번호를 가질 수는 없다는 말이다. 물론 나 때문이다. 비록 이혼을 했을망정 결혼해서 낳은 자식인 내가 있기 때문이다. 어차피 성별 변경이 불가능하니, 엄마는 성기 수술을 안 했을지도 모른다. 남자와의 사랑을 위해서라면 모를까, 수술해봐야 주민등록번호가 바뀔 리는 없기 때문이다. 물론 성기 수술 여부는 나는 여전히 모른다. 지금까지 엄마의 성기를 본 적이 없으니까. 어쨌거나 세탁기 속의 예쁜 브래지어와 팬티를 보면 엄마는 영락없는 여자다. 일상생활 속에서도 엄마는 여자보다 더 여자 같은 여자다. 그까짓 주민등록번호야 아무려면 어때.

대학병원에 도착하니 병원 규모가 어마어마하다. 엄마가 입원해 있는 병실 호수는 알지만 어느 병동인지를 몰라서 원무과부터 찾는다.

해바라기 주인 남자는 엄마가 자살 시도를 했음을 에둘러 말했다. 다행히 금방 발견되어 병원으로 옮겨져 생명엔 아무 지장이 없고 의식도 양호한 상태라고 했다. 그러니까 엄마가 일이 바쁘다며 일주일이 넘도록 귀가를 안 한 것은 병원에 입원해 있었기 때문이고, 엄마가 그동안 나에게 보냈던 핸드폰 문자도 엄마 부탁으로 자신이 대신 보낸 거라고 했다. 해바라기 주인 남자는 거기까지만 말하고 입을 다물었다. 엄마가 해바라기에서 자살을 시도했는지 혹은 어느 이름 모를 모텔에서 쓸쓸히 생을 마감하려고 했는지는 말하지 않았다. 왜 죽으려고 했는지도 말하지 않았다.

나는 원무과로 다가간다. 정신없이 바쁜 여직원에게 환자 이름 이찬옥과 병실 호수 708호를 말하고는 어디로 가야 하느냐고 묻는다.

이모, 덜 슬픈 곳으로 떠나다

708호 입원실은 4인실이다. 엄마는 병상에 누워 자고 있다. 포도당 수액 바늘을 팔에 꽂은 채. 예상과는 달리 엄마 곁에 해바라기 주인 남자가 없다. 맞은편 병상에 누워 텔레비전을 보고 있던 한 아줌마 환자가, 내가 묻지도 않았는데 어떤 아저씨가 날마다 저녁 식사 시간 전에 잠깐 다녀간다고 말해준다. 또 아까 어떤 여자가 왔었는데 벌써 갔나? 한다. 누굴까. 혹시 이모일까.

잠든 엄마의 모습은 많이 수척해진 것 외에는 적어도 외관상으론 자살 흔적이 없다. 흔히들 술에 취한 채 번개탄을 피우거나, 독극물을 먹거나, 욕실에 들어가서 칼로 팔목을 긋는다고 하던데, 엄마에겐 그런 흔적은 없다. 산소마스크를 하지도 않았고 팔목에도 별다른 이상이 없어 보인다. 도대체 엄마는 무슨 방법으로 죽으려고 했을까. 아마도 엄마는 정상적인 일상생활로 돌아와도 자신의 자살에 관해서는 어떤 말도 해주지 않을 것이다. 나도 엄마에게 직접 물어보고 싶지는 않다.

나는 엄마가 누워 있는 침대 벽면의 환자 명패를 보고 깜짝 놀란다. 이름 '이찬옥', 나이 '47세', 그런데 성별이 'M'으로 표기되어 있다. 엄마가 이걸 보고 얼마나 가슴이 쓰라렸을까. 아까 내게 말을 해준 아줌마 환자가 누워 있는 침대 벽면의 환자 명패를 본다. 성별이 'F'로 되어 있다. 도대체 해바라기 주인 남자는 생각이 있는 건지 없는 건지 모르겠다. 엄마가 1인실을 사용하게 하면 안 되었을까. 돈이 그렇게 없는 걸까. 아니면 아까운 걸까.

나는 자고 있는 엄마의 얼굴을 다시 들여다본다. 너무도 수척하다. 일주일 전에 해바라기 주인 남자와 싸우듯 통화를 하고 집을 나가기 전과는 너무도 판이한 얼굴이다.

"아까 울다가 잠들었어요."

맞은편 병상의 아줌마 환자가 말한다.

"울어요?"

"얼마나 울었다고. 누가 죽었대나? 어쩌나 서럽게 울던지. 아주 대성통곡을 하더라고."

나는 죽었다는 그 사람이 혹시 누군지 아느냐고 물었지만 아줌마 환자는 자기가 그걸 어떻게 아느냐고 한다. 누굴까. 누가 죽어서 엄마가 그토록 서럽게 울었을까. 그러고 보니 엄마의 두 눈이 부었다. 그때 누가 내 어깨를 톡 건드린다.

뒤를 돌아보니 뜻밖의 사람이다. 2012년 2월 초에 법원에 성별정정허가신청을 냈다가 법원의 황당한 요구로 아홉시 뉴스에 보도되었던 그 트랜스젠더다. 신청인이 성전환 수술을 했다면 남성의 외부 성기를 여성의 외부 성기로 바꾸었음을 증명하는 사진 두 장을 추가로 제출하라는 요구를 받자, 사진관에서 아예 나체사진을 찍어서 제출했던 그 트랜스젠더 여자다. 나는 조금 당황스러웠지만 그녀가 반가웠다. 그해 4월의 어느 봄날에 동대문운동장 근처 시내버스 정류소에서 엄마의 소개로 잠깐 인사를 나눈 후 처음이다. 그때도 정말 날씬하고 예뻐서 어떤 여자보다 더 여자다웠는데 지금도 여전히 날씬하고 예쁘다. 이름도 개명을 했는지 앞으로 현주 누나라고 부르라며 애교스럽게 귓속말을 한다.

"결혼은 하셨어요?"

"아직. 남친이랑 헤어진 건 아니고."

현주 누나는 여전히 자동차 정비사 일을 하고 있고 꿈이었던 가수로도 정식 데뷔를 했다며 첫 음반 타이틀이 '사랑은 하얀 무지개'라고 말해준다.

그렇게 나와 현주 누나는 잠시 대화를 나누다가 엄마 수면에 방해가 될까 봐 조용히 병실 밖으로 나온다. 현주 누나는 한 시간쯤 전부터 계속 엄마 옆에 있다가 잠깐 화장실에 다녀온 거란다. 그러니까 아줌마 환자가 말한 여자가 현주 누나였다. 현주 누나가 갑자기 어두운 표정으로 슬쩍 내 눈치를 살피더니, 뜻밖의 말을 한다.

"자살했대. 어젯밤 열한시쯤에 양화대교에서 투신해서."

"누가요?"

나는 잠시 어리둥절해한다.

엄마, 사랑해

소나기라도 오려는지 하늘이 잔뜩 흐려 있다. 나는 아파트 복도에서 먹구름 하늘을 쳐다보며 담배를 피운다.

이모는 엊그제 경기도 용인의 어느 납골당에 안치되었다. 이모의 친누나들(이모에게는 언니들)은 처음엔 이모의 유골을 바다에 뿌리려 하다가, 발인 전날에 돌연 마음을 바꾸었다.

대치동 오피스텔과 BMW, 그리고 약간의 은행예금이 있던 이모에게는 빚도 있었던 모양이다. 죽기 전에 오피스텔과 BMW를 처분해서 채무 정리를 하고 은행예금만 장례비와 기부금으로 남겼단다. 유서에 따라 기부금은 충남 아산의 어느 작은 노인 요양원에 전달될 예정이다. 이모의 죽은 어머니가 잠시 머물렀던 곳이란다.

나는 이모의 죽음이 실감나지 않는다. 자살을 할 생각이었기에 일부러 한밤중에 나를 찾아와 빌린 200만 원은 신경 쓰지 말라고 했던 걸까. 어쨌든 이모는 자신의 말처럼 덜 슬픈 곳으로 떠났다. 그동안 답답한 세상과 남자 손님들을 상대하느라 얼마나 지치고 피곤했을까. 이모, 안녕히 주무세요. 가끔 아름다운 꿈도 꾸면서.

그 꿈속에서 이모는 인권의 프린세스, 가증스러운 이 세상 윤리의 가면을 벗겨내고 성의 평등과 자유를 위해 헌신하는 위대한 여성일 것이다.

먹구름 하늘에서 빗방울이 떨어지기 시작한다. 나는 빗방울을 쳐다보며 엄마와 이모와 카페 해바라기의 주인 남자, 그 세 사람의 관계를 잠시 생각해본다.

엄마는 이모가 매춘을 시작하자 성실하게 살아가는 다른 트랜스젠더들에게 수치심과 모욕감을 안겨준다며 싫어하게 되었다. 그러다 어느 날부턴가 이모와 해바라기 주인 남자 사이를 의심하게 되었고, 결국 그 두 사람이 성관계를 맺는 사이임을 알게 되었다. 엄마의 마음은 이루 말할 수 없이 참담했고, 끝내 그 두 사람의 사랑을 저주하며 자살을 시도할 수밖에 없었다(엄마가 지난해 크리스마스 무렵에 초등학교 운동장에서 밤색 머리에게 강간을 당해서 자살을 시도했다고는 생각하지 않는다).

그러나 이모와 해바라기 주인 남자는 술김에 몇 번 성관계는 가졌지만 사랑하는 사이는 아니었다. 이모는 처음부터 그 남자와 연인이 될 생각이 없었다. 자신이 트랜스젠더인 데다가 매춘까지 하기에, 그와 사랑을 나눌 자격도 염치도 없다고 생각했기 때문이다. 물론 엄마와의 의리와 우애도 한몫했을 것이다.

엄마는 자신이 그토록 미워하고 싫어해서 이모가 자살했을 거라고 생각하고 병상에서 대성통곡했지만, 이모는 엄마 때문에 자살한 것이 아니다. 이 사회가 이모를 죽음으로 내몬 것이다.

그나저나 해바라기 주인 남자는 이모는 물론 엄마도 진실로 사랑한 것 같지 않다. 엄마를 사랑했다면 아무리 술김에라도 이모와 성관계를, 그것도 몇 번이나 가질 수 있었을까(이모가 '몇 번'이라고 표현했었다). 게다가 한때는 친자매보다 더 우애 깊고 각별한 사이였던 두 여자와 어떻게 번갈아가며 성관계를 가질 수 있었을까. 그러니 엄마가 해바라기 주인 남자에게 형언할 수 없는 배신감과 분노를 느낀 것은 당연한 일이었다. 내가 할아버지 할머니 제사에 참석하고 돌아온 날 새벽에 엄마가 그토록 아프게 울었던 것은, 어쩌면 그 두 사람의 관계 현장을 두 눈으로 똑똑히 확인했기 때문이었는지도 모른다.

법이 동성결혼을 허용하지는 않지만, 혹시라도 엄마가 법이야 어떻든 해바라기 주인 남자와 재혼하면 나는 그를 아빠로 받아들이겠다고 생각했었다. 그러나 이제 나는 그럴 생각이 털끝만큼도 없다.

나는 복도 바닥에 담배를 비벼 끄고 돌아선다. 현관문을 여는데 마침 1501호에서 민경이와 민경이 아빠가 우산을 들고 나온다. 두 사람이 함께 외출을 하는 모양이다. 아빠가 취직을 할지도 모른다고 민경이가 며칠 전부터 좋아했는데, 그 남대문시장 야간 경비직 면접에 함께 가는지도 모르겠다. 아무튼 그 일이라면 잘되었으면 좋겠다. 나는 민경이에게만 잠깐 눈인사를 하고 집으로 들어온다.

나는 방에 들어오자마자 침대 위에 쓰러진다. 이내 잠이 든다. 무척 피곤했던 모양이다. 잠결에도 내 코 고는 소리가 들린다.

한숨 자고 일어난 후 레모네이드를 만들어 병에 가득 채운다. 레몬은 다른 과일들과 달리 날씨에 따라 가격이 들쑥날쑥하지 않은 것도 마음에 든다.

　나는 오므라이스를 해 먹고 아르바이트를 하러 갈 준비를 한다. 늙은 영화가 직접 미니밴을 몰고 가서 싣고 왔다는 개 두 마리가, 오늘 내가 해바라기밭에서 개털 작업을 할 개들이다.

　머리를 감고 헤어드라이어로 말리는데 누가 초인종을 누른다. 느릿하고 조용하게 누른다. 누굴까. 악마와 그 패거리는 저렇게 초인종을 누르지 않는다. 그때 인기척이 들려온다. 누군지 알겠다. 왜 찾아왔는지도 알겠다. 엄마를 쫓아다니는 중년 사내다. 그러나 나는 현관문을 열어주지 않는다. 어차피 엄마도 없고, 문을 열어준들 엄마가 없는 걸 확인하면 더 쓸쓸할 테니까. 그런데 엄마가 다른 남자 때문에 자살을 시도했다는 걸 알면, 그래도 중년 사내는 여전히 엄마를 사랑할까.

　잠시 후 중년 사내가 떠나자, 나는 영화네식당에 가기 위해 현관문을 나선다. 1504호 앞을 지나가려는 순간, 엘리베이터에서 나오는 밤색 머리가 보인다. 옆에는 밤색 머리의 본처도 있다.

　"오, 이게 누구야?"

　밤색 머리가 나를 보더니 반색을 한다. 먹잇감에 대한 짐승의 반색이다. 그러더니 악마의 웃음을 지으며 대뜸 내 뺨을 때린다.

　"돈. 합의금 말이야. 안 줄 거야?"

　밤색 머리는 필균이 아저씨가 지불해야 할 돈을 나에게 달라고 한다. 경찰서 마당을 나올 때부터 그랬다. 내가 마치 필균이 아저씨의 후견인이라도 되는 양, 서슴없이 돈을 요구했다. 물론 나한테 300만 원이 있다면 망설임 없이 주고 싶다. 필균이 아저씨에겐 돈이 없으므로 그렇게라도 하고 싶다. 그러나 돈은 나한테도 없다. 늙은 영화에게서 한 달에 받는 월급 70만 원으로 겨우 사는 형편이다. 그렇다고 늙은 영화에게 가불을 받을 수도 없다. 돈에 관한 한 철저히 인색한 그녀가 300만 원이나 가불해줄 리도 없고, 설사 해준다고 해도 그 후부터 나는 무일푼으로 어떻게 살란 말인가.

"너 때문에 그 아저씨가 술 취해서 우리 집에 쳐들어온 거잖아. 안 그러냐?"

그건 맞는 얘기다. 어쨌든 나 때문에 필균이 아저씨가 이 아파트로 와서 나랑 술을 마셨고, 내가 밤색 머리 얘기를 꺼냈기 때문에 1505호로 찾아간 것이다.

밤색 머리는 내가 우물쭈물 확답을 하지 않자, 갑자기 화가 치밀어 오른다는 듯이 주먹으로 거세게 내 복부를 때린다. 나는 숨이 턱 막힌 채로 고꾸라진다. 곧이어 밤색 머리의 운동화 발이 내 머리 위로 날아든다. 계속되는 발길질에 나는 정신을 차릴 수가 없다. 이러다가 죽겠구나 싶은 생각이 머릿속을 스쳐갈 때, 여자아이가 밤색 머리를 말린다. 밤색 머리는 그래도 계속 발길질을 하려다가 여자아이가 몸으로 가로막자 그만둔다. 그러고는 여자아이와 함께 1505호로 향한다.

나는 한동안 복도에서 일어서질 못한다. 맞아서 아픈 것도 참담하지만, 마음이 더 참담하다. 내 영혼은 이미 죽었다. 때마침 1504호 현관문이 열리며 대리 기사의 아내인 젊은 여자와 그녀의 친정엄마가 나온다. 내 몰골을 보더니 깜짝 놀란다. 피투성이 얼굴과 엉망이 된 옷차림을 보고 아연실색한다. 나는 그녀들 앞에서 이루 말할 수 없는 창피함과 비참함을 느낀다.

"왜 그래요? 누구한테 맞았어요?"

젊은 여자가 혀를 차며 나를 일으켜 세운다. 나는 간신히 일어선다. 여자가 나더러 괜찮겠느냐고, 병원에 안 가도 되겠느냐고 묻는다. 나는 괜찮다고 말한다. 여자와 그녀의 친정엄마가 안쓰럽다는 듯 나를 걱정해주더니 엘리베이터로 향한다. 나는 죽은 내 영혼을 밟으며 집으로 몇 걸음 옮기다가 뒤를 돌아본다. 밤색 머리의 모습이 눈에 들어온다. 그 악마는 여자아이와 함께 1505호 앞에서 담배를 피우며 노닥거리고 있다. 담배를 다 피우면 집에 들어갈 모양이다.

저 악마는 도대체 누구인가.

갑자기 눈물이 쏟아진다. 그리고 엄마의 얼굴이 떠오른다. 그 추운 겨울의 초등학교 운동장에서 엄마는 악마가 얼마나 무서웠을까. 얼마나 참담했을까.

세상은 무슨 이유로 저 악마를 내버려두는지 모르겠다. 응당한 형벌을 가하는 것도 아니고, 그렇다고 인간으로 만들려고 노력하지도 않는다. 세상도 악마가 두려운 것일까. 아니면 애초부터 악마에겐 관심조차 없었던 것일까. 그래서 내 엄마를 잡아먹은 저 악마를, 또 다른 엄마들을 잡아먹을 수도 있는 저 악마를 내버려두는 것일까.

도저히 그냥 집에 들어갈 수가 없다. 나는 뒤로 돌아선다. 그리고 아직도 1505호 앞에서 여자아이와 노닥거리고 있는 저 밤색 머리를 향해 달려가기 시작한다. 인간답게 살지 못하고 끝내 처참하게 죽은 내 젊은 날의 영혼을 아프게 밟으며 달려간다.

자신을 향해 무섭게 달려오는 나를 보고 밤색 머리가 깜짝 놀란다. 그러나 이내 악마의 웃음을 짓는다. 네까짓 것쯤, 하는 표정이다.

그러고 보니 그동안 엄마는 나한테 해준 게 많은데, 나는 엄마에게 해준 게 하나도 없다. 따지고 보면 다섯 살 이후로 엄마와 단둘이 살면서 엄마가 트랜스젠더라는 사실이 부끄러워 친구들을 집에 데려오지도 않았고, 엄마와 대화는커녕 얼굴조차 마주하지 않았던 때도 있었다. 그런 나를 보며 엄마는 나 몰래 얼마나 울었을까. 엄마, 미안해.

나는 밤색 머리와 뒤엉킨 후, 밤색 머리의 왼쪽 다리를 꽉 붙잡는다. 밤색 머리가 아무리 내 머리를 내리치고 내 등을 후려쳐도 결코 왼쪽 다리를 놓지 않는다. 그리고 있는 힘을 다해 밤색 머리의 몸을 복도 난간으로 밀어붙인다. 여자아이는 밤색 머리에게서 나를 떼어놓으려고 안간힘을 쓴다. 내 머리카락을 뜯어낼 듯 잡아당기면서. 그러나 소용없다. 나는 밤색 머리의 왼쪽 다리를 놓지 않는다. 이윽고 밤색 머리의 몸이 복도 난간에 밀착되었을 때, 나는 있는 힘을 다해 밤색 머리의 왼쪽 다리를 들어 올려 그것을 복도 난간 너머로 기어이 넘긴다. 밤색 머리의 몸이 넘어가면서 그와 동시에 밤색 머리의 두 팔에 붙들린 내 몸도 넘어간다.

악마와 나는 함께 허공을 가르며 까마득한 아래로, 떨어진다.

깜박했네. 그래도 엄마한테 인사는 해야지.

엄마, 사랑해.

작가의 말

    겨울이 깊어가고 눈보라가 거세질수록 그 산중의 허름한 산장엔
아무도 찾아오지 않았다. 산장은 애당초 산장 주인이 소를 키우겠다
며 지었던 축사였다. 그랬는데 졸지에 자취방들로 만들어버린 것이었
다. 손바닥만 한 재래식 부엌과 방 한 칸이 전부였다. 너무 초라한 자
취방들이어서 자취생들끼리 산장이란 이름을 붙인 것이었다. 겨울이
시작되면서 그나마 남아 있던 몇 사람의 자취생들도 떠나가고 나는
연탄불도 없는 산장의 자취방에서 겨울나기에 들어갔다.

    길고도 추운 겨울이었다. 쌀도 떨어지고, 담배와 술도 떨어지고, 산
장 앞마당의 수돗가는 꽁꽁 얼어붙어서 겨우내 물을 주지 않았다. 눈
이나 얼음을 녹여서 간신히 식수만 해결했다. 너무 추워서 귀신도 찾
아오지 않는 밤이면 얼음장 같은 냉골 방에서 담요만 뒤집어쓴 채 잠
을 청해야 했다. 그리고 어서 겨울이 가기만을 기다렸다. 겨울이 가고
봄이 온들 무슨 뾰족한 수가 있는 것은 아니었지만, 너무 춥고 배고프

고 사람이 그리워서 겨울이 가기만을 학수고대한 것이었다. 자취생들이 남기고 간 커피로 하루 세끼를 해결하며 내가 하는 일은 바깥의 양지바른 곳에 쪼그리고 앉아 소설책을 읽는 일이었다. 읽고 또 읽었다. 눈이 오거나 바람이 불지 않으면 그렇게 하루 종일 양지바른 곳에서 소설책을 읽었다. 달리 아무것도 할 일이 없었으니까. 그리고 용하게도 얼어 죽지 않고 봄을 맞았다. 소설이 내 가슴속에 계속 따뜻한 피가 흐르도록 해준 것이었다. 소설과의 설레는 사랑이었다.

봄이 오자 맨 먼저 산장 주인이 찾아왔다. 산 아래에서 따로 살던 그는 몇 달 만에 찾아와서 가을과 겨울 동안 밀린 방세를 내라고 했다. 잔인한 봄의 시작이었다.

그래도 나는 내 가슴속의 설렘을 죽이지 않았다.

삼십여 년 전의 그 설렘은 여전히 내 가슴속에 살아 있다. 나는 지금도 소설을 쓰려면 절망감과 동시에 설렘을 느낀다. 아마도 그 설렘이 세상과 사람들 속에 파묻히고 섞여 있어도 언제나 나임을 확인시켜주는 울림이 아닌가 싶다.

이번 작품은 그런 설렘으로 썼지만 못내 아쉬운 점이 많았다. 우리 사회에 대한 희망을 다루고자 했지만 결국 역부족이었다. 그러나 우리 사회에 희망이 없다면 희망을 만들고, 희망이 존재한다면 과연 희망다운 희망인지 한 번쯤 되짚는 계기가 되었으면 하는 바람이다. 소설이란 결국 희망 만들기가 아니겠는가.

문학의 길을 일러주신 고 정비석 선생님, 고 김토근 선생님, 방영

웅 선생님께 감사드립니다. 부족한 작품을 어여삐 여기시어 뽑아주신 박범신 선생님을 비롯한 심사위원님들과 세계일보사, 그리고 출판 불황기에도 기꺼이 책의 출간을 맡아주신 나무옆의자에 머리 숙여 감사를 드립니다. 소설에 등장한 이웃들을 비롯해 이 땅의 많은 고단한 이웃들에게도 감사를 드리고, 순천향대학교 기술경영행정대학원 사회복지학과의 교수님들과 원우님들, 평생 동안 한국의 아동문학을 사랑하신 최지훈 아동문학평론가 선생님과 김상삼 동화작가님, 대구의 옛 대일출판사 가족들, 그리고 언제나 정다운 막걸리 친구들에게도 더없이 감사를 드립니다. 아울러 옛 태조산장의 문학 동지들과 대구 지산동의 그리운 친구에게도 감사를 드립니다. 우주여행 중이신 부모님이랑 사랑하는 동생들과 조카들에겐 더 말할 것도 없고. 사랑합니다. 모두.

2015년 8월
김 의

제11회 세계문학상 우수상

어느 철학과 자퇴생의 나날

초판 1쇄 인쇄 2015년 10월 13일
초판 1쇄 발행 2015년 10월 16일

지은이 김 의
펴낸이 이수철
주 간 신승철
편 집 정사라, 최장욱
교 정 고나리
마케팅 정범용
관 리 전수연

펴낸곳 나무옆의자
출판등록 제396-2013-000037호
주소 서울시 용산구 한강대로 109 용성비즈텔 802호(04376)
전화 02) 790-6630 팩스 02) 718-5752

페이스북 www.facebook.com/namubench9
카페 cafe.naver.com/namubench
인쇄 제본 현문자현 종이 월드페이퍼

ⓒ 세계일보, 2015

ISBN 979-11-86748-14-5 03810

* 나무옆의자는 출판인쇄그룹 현문의 자회사입니다.
* 잘못된 책은 바꿔드립니다.
* 책값은 뒤표지에 표시되어 있습니다.
* 이 책의 전부 또는 일부 내용을 재사용하려면
  사전에 저작권자와 도서출판 나무옆의자의 동의를 받아야 합니다.

* 이 도서의 국립중앙도서관 출판예정도서목록(CIP)은 서지정보유통지원시스템
  홈페이지(http://seoji.nl.go.kr)와 국가자료공동목록시스템(http://www.nl.go.kr/kolisnet)에서
  이용하실 수 있습니다. (CIP제어번호 : CIP2015024636)